昭明文選

黄侃黄焯批校

六

〔梁〕蕭統 編 〔唐〕李善 注

黄侃 黄焯 校訂

長江出版傳媒
崇文書局

文選卷第三十一

梁昭明太子撰

文林郎守太子右内率府録事參軍事崇賢館直學士臣李善注上

雜擬下

効曹子建樂府白馬篇一首 五言 袁陽源

孫嚴宋書曰袁淑字陽源陳郡人少好屬文彭城王起爲祭酒後遷至左衛率凶劭當行簒逆淑諫見害

劒騎何翩翩。長安五陵間。史記曰游閑公子飾冠劒連車騎西京都賦曰南望杜灞北眺五陵 秦地天下樞。八方湊才賢。戰國策范子見秦王曰今韓魏天下之樞也高誘曰樞要也河圖龍文曰鎮星光明八方歸德賈逵國語注曰湊聚也 荆魏多壯士。宛洛富少年。呂氏春秋客有語周昭文君曰魏氏人張儀壯士也王逸荔支賦曰宛洛少年邯鄲遊士 意氣深自負。肯事郡邑權。謝承後漢書曰楊喬曰侯生爲意氣刎頸漢書曰郭解姊子負解之勢應劭曰負恃也班固漢書游俠傳贊曰郡國豪傑處處各有又郭解曰奈何從他縣奪人邑賢大夫權也 籍籍關外來。車徒傾國鄽。籍籍關外來謂被徙關中也車徒傾國鄽從者之多

也漢書武帝曰事籍籍如此鄭玄礼記
注曰鄽市物邸舍也今云鄽以明市也
五侯競書幣羣

公亟爲言
漢書曰樓護字君卿爲京兆史王氏五侯兄
弟爭名護盡入其門咸得懽心五侯己見鮑

明遠數詩古人相遺幣必書之於刺故曰書幣戰國策
秦王謂趙使涼毅曰吾所使趙國者小大皆聽吾言則

受書幣漢書曰郭解河内軹人自喜爲俠及徙豪茂陵
衛將軍爲言解家貧不中徙上曰布衣權至使將軍此

其家不貧解徙諸
公送出者千餘
義分明於霜信行直如弦
義分則分
義也孫卿

子曰礼樂則脩分義則明仲長子昌言曰絜若清冰嚴
若秋霜應劭風俗通曰順帝之末京師謠曰直如弦死

道邊曲如
鈎反封侯
交歡池陽下留宴汾陰西
漢書曰郭解入關
中賢豪爭交歡又

曰左馮翊有池陽縣河東郡有汾陰縣
漢書曰酤留飲食也西音先協韻也
一朝許人諾何

能坐相捐
諾相然許之辭也老子曰輕
諾者必寡信廣雅曰諾應也
彯節去函谷投

佩出甘泉
公羊傳曰曹子摽劒而去之劉兆
曰摽辟也彯與摽字同孚堯切
嗟此務遠

圖心爲四海懸左氏傳榮成伯曰遠圖者忠也莊子曰心若懸於天地之間郭象曰所希企者高而闊也但營身意遂豈校耳目前列子楊朱曰愼耳目之觀聽惜身意之是非失當年之至樂不得自肆於一時聲類曰遂從意也嵇康養生論曰嗜好常在耳目之前也俠烈良有聞古來共知然漢書曰楚田仲以俠聞傳暢晉諸公贊曰劉希彭俠烈有才用也

效古一首五言 袁陽源

訊此倦遊士本家自遼東訊猶問也漢書曰司馬長卿故倦游又曰有遼東郡也

昔隸李將軍十載事西戎將軍李廣也西戎匈奴也毛詩序曰備其兵甲以討西戎也

結車高闕下極望見雲中莊子曰車軌結於千里之外高誘呂氏春秋注曰結交也漢書曰將軍衛青至高闕臣瓚注曰山名也七發曰極望成林漢書有雲中郡秦置也四面各

千里從横起嚴風陸機從軍行曰涼風嚴且苛寒燠豈如節霜雨多

遠〻即遠哉改以合韻耳

異同。毛詩傳曰燠煖也夕寐北河陰。夢還甘泉宮。史記曰秦惠王遊至北河徐廣曰戎地之河上穀梁傳曰水南曰陰勤役未云已。壯年徒爲空。迺知古時人。所以。悲。轉蓬。曹植雜詩曰轉蓬離本根飄飄隨長風類此客遊子捐軀遠從戎

擬古二首 五言 劉休玄 沈約宋書曰南平穆王鑠字休玄文帝第四子也少好學有文才元凶弑立以爲中軍將軍世祖入討歸世祖進侍中司空後以藥內食中毒殺之

擬行行重行行

眇眇陵長道。遙遙行遠之。楚詞曰路眇眇以默默廣雅曰眇眇遠也左氏傳童謠曰遠哉遙遙迴車背京里。揮手從此辭。古詩曰迴車駕言邁劉越石扶風歌曰揮手長相謝說文曰揮奮也蘇武詩曰去去從此辭堂上。流塵。生。庭中。綠草滋。曹植曹仲

雍誄曰流塵飄蕩魂安歸寒螿翔水曲秋兎依山基淮南子曰鬼走歸窟寒螿翔水
各哀其所生高誘曰寒螿水鳥哀猶愛也芳年有華月佳人無還期魏文秋胡行曰
朝與佳人期日夕殊不來日夕涼風起對酒長相思李陵贈蘇武詩曰遠望悲風至
對酒不能酬悲發江南調憂委子襟詩古樂府江南辭曰江南可採蓮毛詩曰青
青子襟悠悠我心臥覺明燈晦坐見輕紈緇陸機爲顧彥先贈婦詩曰京洛多風
塵素衣化爲緇淚容不可飾幽鏡難復治曹植七哀詩曰膏沐誰爲容明鏡闇不治
願垂薄暮景照妾桑榆時陸機塘上行曰願君廣末光照妾薄暮年日在桑榆
以喻人之將老東觀漢記光武曰失之東隅收之桑榆

擬明月何皎皎

落宿半遙城浮雲藹曾闕鄭玄詩箋曰曾重也玉宇來清風羅帳

誰爲猶爲誰也

延秋月。曹植芙蓉賦曰退潤玉宇進文帝庭羅帳羅帷也桓子新論雍門周說孟嘗君曰今君下羅帷帳來清風古詩曰明月何皎皎照我羅牀帷結思想伊人沈憂懷明發。毛詩曰所謂伊人宋玉笛賦曰武毅發沈憂結毛詩曰明發不寐誰爲客行久屢見流芳歇。潘岳悼亡詩曰流芳未及歇河廣川無梁山高路難越。楚辭曰江河廣而無梁秦嘉妻徐氏荅嘉書曰高山巖巖而君是越斯亦難矣

和琅邪王依古一首　五言

王僧達

少年好馳俠旅宦遊關源既踐終古跡聊訊興亡言。楚辭曰長無絕兮終古訊與信通易乾鑿度曰興亡殊方各有其祥隆周爲藪澤皇漢成山樊。漢書揚雄河東賦曰賑隆周之大寧難蜀父老曰羅者猶視乎藪澤西都賓曰皇漢之初經營也莊子曰彭陽曰公閱休夏則休乎山樊者也毛萇詩傳曰樊藩也久沒離宮地安識壽陵園。

甘泉賦曰往往離宮般以相燭張晏漢書注曰景帝作壽陵也又元帝詔曰從民以奉園陵

仲秋邊風起孤蓬卷霜根白日無精景黃沙千里昏顯軌莫殊轍幽塗豈異魂郭象注莊子曰待隱謂之死待顯謂之生廣雅曰軌道也陸機泰山吟曰幽塗延萬鬼神房集百靈聖賢良已矣抱命復何怨桓範世要論曰聖哲之人知有終之命必至之理不可以智力避列子曰怨年我逝不知命也

擬古三首 五言

鮑明遠

幽并重騎射少年好馳逐史記曰趙武靈王胡服以習騎射也七發曰馳騁角逐氈帶佩雙鞬象弧插彫服搜神記曰太康中以氈爲貊頭及帶身袴口魏志曰董卓有武力雙帶兩鞬左右馳射方言曰所以藏箭謂之服所以盛弓謂之鞬毛詩曰四牡翼翼象弭魚服鄭玄曰弭弓之末謷者以象骨爲之服矢服也鞬居言切獸肥春草短飛鞚越平陸魏文帝典

論曰弓燥手柔草淺獸肥埤蒼曰鞚馬勒鞚孫子曰平陸平處鞚口送切朝遊鴈門上暮還樓煩宿漢書曰鴈門郡有樓煩縣石梁有餘勁驚雀無全目闕子曰宋景公使工人爲弓九年乃成公曰何其遲也工人對曰臣不復見君矣臣之精盡於此弓矣獻弓而歸三日而死景公登虎圈之臺援弓東面而射之矢踰於西霜之山集于彭城之東其餘力逸勁猶飲羽于石梁帝王世紀曰帝羿有窮氏與吳賀北遊賀使羿射雀羿曰生之乎殺之乎賀曰射其左目羿引弓射之誤中右目羿抑首而媿終身不忘故羿之善射至今稱之漢虜方未和邊城屢翻覆留我一白羽將以分虎竹白羽矢名國語曰吳素甲白羽之矰望之如荼漢舊儀曰郡國銅虎符三竹使符五也魯客事楚王懷金襲丹素魯客假言揚子法言或曰使我紆朱懷金其樂可量也李軌曰金金印也司馬彪上林賦注曰襲服也毛詩曰素衣朱襮毛萇曰丹朱中衣也旣荷主人恩

原刊顧作顧

「得」注及別本

「靖」別本

又蒙令尹顧主人謂君也王仲宣公讌詩曰顧我賢主人臣瓚漢書注曰諸侯之卿惟楚稱令尹其餘國稱相也日晏罷朝歸鞍馬塞衢路宗黨生光華賓僕遠傾慕富貴人所欲道德亦何懼論語曰富與貴是人之所欲不以其道得之不處也南國有儒生迷方獨淪誤儒生自謂也漢書叔孫通曰弟子儒生隨臣久矣莊子曰小惑易方郭象曰東西易方於禮未虧孔安國尚書傳曰誤謬也沈淪謬誤也伐木青江湄設罝守毚兔毛詩曰坎坎伐檀兮寘之河之干兮河水之清且漣漪兮又曰肅肅兔罝椓之丁丁又曰趯趯毚兔遇犬獲之十五諷詩書篇翰靡不通論語曰吾十有五而志於學韋昭漢書注曰翰筆也弱冠棄多士飛步遊秦宮華嚴與薛瑩詩曰存者今惟三飛步有四特側覩君子論預見古人風魏志太祖謂毛玠曰君有古人之風兩說窮舌端五

此言兩説並以摧他人之舌端五車並以摧他人之筆鋒也

車摧筆鋒。兩説謂魯連説新垣衍及下聊城史記曰秦東圍邯鄲魏王使新垣衍入邯鄲説平原君尊秦昭王爲帝秦必罷兵去魯連聞之乃責垣衍新垣衍請出不敢言帝秦秦將聞之爲却五十里又曰田單攻聊城不下魯連乃爲書約之矢以射聊城中燕將得書自殺韓詩外傳曰避文士之筆端避武士之鋒端避辯士之舌端莊子曰惠施其書五車道蹐駮也羞當白璧貺。恥受聊城功。韓詩外傳曰楚襄王遣使者持金千斤白璧百雙聘莊子以爲相莊子不許史記田單屠聊城歸而言魯連欲爵之魯連逃隱於海上也晚節從世務。乘障遠和戎。鄒陽上書曰至其晚節末路漢書曰嚴安上書言世務又曰帝使博士狄山乘鄣李奇曰乘守也左氏傳晉侯謂魏絳曰子教寡人和諸戎狄解佩襲犀渠。卷袠奉盧弓。國語曰奉文犀之渠尚書曰平王錫晉文侯盧弓十始願。力不及。安知今所終。左氏傳周子曰孤始願不及此莊子曰苟爲不知其然也孰知其所終司馬彪曰誰知禍之所終者也

闕

學劉公幹體一首 五言　鮑明遠

胡風吹朔雪千里度龍山 范曄後漢書蔡琰詩曰處所多霜雪胡風春夏起楚辭曰增冰峨峨飛雪千里又曰北方寒山逴龍赩然王逸曰逴龍山名

集君瑤臺裏飛舞兩楹前 楚辭曰望瑤臺之偃蹇兮鄭玄禮記注曰兩楹之間人君聽治正坐之處

茲辰自爲美當避豔陽年 神農本草曰春夏爲陽

豔陽桃李節皎潔不成妍 呂氏春秋曰仲春之月桃李華

代君子有所思一首 五言　鮑明遠

西出登雀臺東下望雲闕 鄴中記曰鄴城西北立臺名銅雀臺劉歆甘泉賦曰雲闕蔚之巖巖衆星摻之皚皚

層閣肅天居馳道直如髮 王逸楚辭注曰層重也蔡雍述征賦曰皇家赫而天居漢書曰太子不敢絶馳道應劭曰天子之道毛詩曰彼君子女綢直如髮

繡甍

結飛霞璇題納行月西京賦曰雕楹玉舄繡栭雲楣甘泉賦曰珍臺閒館琁題玉英築山擬蓬壺穿池類溟渤蓬壺二山名溟渤二海名選色遍齊代徵聲而卬越齊代卬越四地名陳鍾陪夕讌笙歌待明發楚辭曰陳鍾按鼓造新歌魏文帝東門行曰朝遊高臺觀夕宴華池陰儀禮曰歌魚麗笙由庚明發已見上文年貌不可還身意會盈歇列子西門子謂東郭先生曰北宮子年貌言行與子並身意已見上文蟻壞漏山河絲淚毀金骨傅玄口銘曰勿謂不然變出無聞蟻孔潰河溜穴傾山絲淚淚之微者金骨骨之堅踰親之篤者言讒邪之人但下如絲之淚而金骨爲之傷毀也張叔孔及反論曰煩寃俯仰淚如絲兮鄒陽獄中上書曰衆口鑠金積毀消骨器惡含滿敧物忌厚生沒孔子家語曰孔子觀於魯桓公之廟有欹器焉孔子問於守廟者曰此爲何器對曰此蓋爲宥坐之器孔子曰吾聞宥坐之器虛則欹中則正滿則覆明君以爲至誠故常置於坐側顧謂弟子曰試注水實之中而正滿則覆夫子喟然而歎曰

嗚呼夫物惡有滿而不覆者哉老子曰人之生生之厚動皆之死地十有三夫何故以其生生之厚也智哉眾多士服理辯昭晰莊子冉求問於仲尼曰未有天地可知乎夫子曰古猶今也昔日吾昭然今日吾昧然敢問何謂也仲尼曰昔之昭然也神者先受之今昧然也且又爲不神者求耶郭象曰思求更致不了

效古一首五言

范彥龍

寒沙四面平飛雪千里驚雪千里已見上文風斷陰山樹霧失交河城漢書侯應上書曰臣聞陰山草木茂盛又曰車師前國王治交河城河水分流繞城下故號交河朝馳左賢陣夜薄休屠營漢書李將軍廣出右北平擊匈奴左賢王陣又曰驃騎將軍霍去病將萬騎出隴西得休屠祭天金人昔事前軍幕今逐嫖姚兵漢書曰大將軍大擊匈奴李廣數自請行上以爲老不許良久乃許之以爲前將軍又曰霍去病善騎射再從大將軍

六臣注載序之全文

受詔予壯士爲嫖姚校尉失道刑既重，遲留法未輕。漢書曰：李廣與右將軍食其合軍出東道，或失道。大將軍問廣失道狀，廣曰：校尉無罪，乃我者自失道。引刀自剄。又曰：宣帝命虎牙將軍田順出五原，虜去塞八百餘里，不進。上以虎牙不至期，逗留不進，下吏自殺。音義曰：律語也。謂軍行頓止稽留不進。遲或作逗，音豆。所賴今天子，漢道日休明。太史公自序曰：作今上本紀，其述事皆云今天子。班固漢書文紀述曰：登我漢道。左氏傳王孫蒲曰：德之休明也。

雜體詩三十首

五言雜躰詩序曰：關西鄴下，既已罕同；河外江南，頗爲異法。今作三十首詩，斆其文躰，雖不足品藻淵流，庶亦無乖商搉。

江文通

古離別

遠與君別者，乃至鴈門關。鴈門郡已見上。以其邊塞，故曰關。黃雲蔽千里，遊子何時還。黃雲已見謝靈運擬鄴中詩。古詩曰：浮雲蔽白日，遊子不顧反。注之此製非直學其躰而亦兼用其文故各自引文而爲之證其無文者乃他說送君如昨日簷前露已團張景陽雜詩曰下車如昨日望舒四五圓毛詩曰野有蔓草零露團兮不惜蕙草晚所悲道里寒古詩曰香風難久居空令蕙草殘君在天一涯妾身長別離古詩曰各在天一涯又曰與君生別離願一見顏色不異瓊樹枝李陵贈蘇武詩曰思得瓊樹枝以解長飢渴兎絲及水萍所寄終不移爾雅曰女蘿兎絲也毛詩曰蔦與女蘿施於松柏淮南子曰夫萍樹根於水木樹根於土天地性也曹植雜詩曰寄松爲女蘿依水如浮萍

李都尉從軍　陵

樽酒送征人踟蹰在親宴蘇武詩曰我有一樽酒欲以贈遠人日暮浮雲滋握手淚如霰悠悠清川水嘉魴得所薦言魚處水而得所我

原刊願作思

萬里而離鄉數魚之不若也毛詩曰河水悠悠釋名曰薦藉也而我在萬里結髮不相思古詩曰相去萬餘里蘇武詩曰結髮為夫妻恩愛兩不疑袖中有短書願寄雙飛燕桓子新論曰若其小說家合叢殘小語近取譬論以作短書治身理家有可觀之辭陳琳止欲賦曰欲語言於玄鳥玄鳥逝以差池古詩曰願為雙飛鷰鷰雙歲為南淮南子曰燕鴈代飛許慎曰鷰春南而鴈北虞義送別詩曰唯有一字書寄之南飛燕文與此同

羲

班婕妤　詠扇

紈扇如圓月出自機中素班婕妤怨詩曰新製齊紈素鮮潔如霜雪裁為合觀扇團團似明月畫作秦王女乘鸞向煙霧列仙傳曰簫史者秦繆公時人善吹簫也公有女字弄玉好之公遂以妻焉一旦皆隨鳳皇飛去楚辭曰駕鸞鳳而上游采色世所重雖新不代故竊愁涼風至吹我玉階樹班婕妤怨詩曰常恐秋節至涼風奪炎熱

原詩遠作陳

又自傷賦曰華殿塵兮玉階苔君子恩未畢零落在中路班婕妤怨詩曰棄捐篋笥中恩情中道絶

魏文帝 遊宴 曹丕

學謨引

置酒坐飛閣逍遥臨華池曹子建詩曰置酒高殿上西都賦曰脩途飛閣魏文帝東門行曰朝游高臺側夕宴華池陰神飈自遠至左右芙蓉披曹子建公讌詩曰神飈接丹轂魏文帝詩曰蘭芷生兮芙蓉披綠竹夾清水秋蘭被幽涯枚乘兔園賦曰脩竹檀欒夾池水旋兔園曹植公讌詩曰秋蘭被長坂朱華冒淥池月出照園中冠珮相追隨曹植公讌詩曰清夜遊西園飛蓋相追隨客從南楚來爲我吹參差古詩曰客從遠方來楚辭曰望夫君兮未來吹參差兮誰思淵魚猶伏浦聽者未云疲淵魚鱗魚也韓詩外傳曰昔伯牙鼓琴而淵魚出聽高文一何綺小儒安足爲陸譏

今日良宴會詩曰高談一何綺孫卿子曰小儒者謂大夫士蕭蕭廣殿陰。雀聲愁北林。莊子曰至陰蕭蕭衆賓還城邑何以慰吾心。曹子建名都篇曰雲散還城邑清晨復來還李陵詩曰何以慰我心

陳思王贈友　曹植

君王禮英賢不悋千金璧孔安國尚書傳曰悋惜也史記曰虞卿說起孝成王一見賜金百鎰白璧一雙莊子曰林回棄千金之璧負赤子而趨雙闕指馳道朱宮羅第宅古詩曰兩宮遥相望雙闕百餘尺馳道已見上文傅玄西都賦曰彤彤朱宮古詩曰長衢羅夾巷王侯多第宅從容冰井臺清池映華薄。鄴中記曰銅雀臺北則冰井臺陸機君子有所思曰曲池何湛湛清川帶華薄涼風盪芳氣碧樹先秋落。論衡曰物至秋而死先榮後落朝與佳人期日夕望青閣。魏文帝秋胡行曰朝與佳人期日夕殊不來曹子建美女

難 據漢字改

篇曰青樓臨大路褰裳摘明珠徙倚拾蕙若毛詩曰褰裳涉溱洛神賦曰或采明珠或拾翠羽謝靈運鄴中集曰攀條摘蕙草楚辭曰連蕙若以爲佩眷我二三子辭義麗金雘曹子建贈丁翼詩曰吾與二三子楊雄解嘲曰昔人之辭乃玉乃金王仲宣誄曰吾與夫子義貫丹青說文曰雘善丹也延陵輕寶劍季布重然諾延陵已見上漢書曰季布楚人也楚諺曰得黃金百不如得季布諾又曰貫高趙國立名義不侵爲然諾者也處富不忘貧有道在葵藿何敬祖贈張華詩曰既貴不忘儉處有能存無莊子東郭子問於莊子曰所謂道惡乎在莊子曰無所不在陸機君子有所思曰無以肉食資取笑葵與藿

劉文學感遇　楨

蒼蒼中山桂團團霜露色言桂霑霜露而色不渝身經夷險而操不易也劉楨贈徐幹詩曰亭亭山上松瑟瑟谷中風霜露一何緊桂枝生自直劉楨贈徐幹詩曰風

原姑作民以固結

聲一何盛松枝一何勁廣雅曰緊急也

何橘柚在南國因君為羽翼橘柚在南雖珍須君羽翼乃貴也楚辭曰后皇嘉樹橘來服受命不遷生南國古詩曰人儻欲我知因君為羽翼

謬蒙聖主私託身文墨職洞簫賦曰蒙聖主之渥恩鄭玄禮記注曰私之猶言恩也劉楨雜詩曰職事相填委文墨紛消散

丹采既已過敢不自彫飾古詩曰橘柚垂華實乃在深山側聞君好我甘竊獨自彫飾

華月照芳池列坐金殿側古歌辭曰上金殿酌玉樽

微臣固受賜鴻恩良未測曹植天地篇曰復為時所拘羈紲作微臣東京賦曰洪恩素畜人心罔結

王侍中懷德　粲

伊昔值世亂秣馬辭帝京王粲七哀詩曰西京亂無象又曰遠身適荊蠻

既傷蔓草別方知杕杜情毛詩序曰野有蔓草思遇時也君之澤未流民窮於兵革男女失時

○若或云杜若也別本作桔

「三」○別本

不期而會焉毛詩曰有杕之杜其葉萋萋王事靡盬我心傷悲崤函復丘墟冀闕緬縱橫崤函崤谷及函谷也呂氏春秋燭過曰吳爲丘墟西征賦曰冀闕緬其堙盡倚棹汎涇渭日暮山河清方言曰楫謂之櫂棹與櫂同蟋蟀依桑野嚴風吹若蒸毛詩曰七月在野八月在宇鄭玄曰謂蟋蟀毛詩曰蛸蛸者蜀蒸在桑野賈逵國語注曰若木晚矣鸛鵲在幽草客子淚已零鸛鵲在幽草謂鸛鳴于垤鵲亦水鳥故連言之王仲宣從軍詩曰哀彼東山人喟然感鸛鳴毛詩曰有芃者狐率彼幽草去鄉三十載幸遭天下平楚辭曰去鄉離家來遠客鮑昭結客少年場曰去鄉三十載禮記曰國治而天下平賢主降嘉賞金貂服玄纓賢主魏太祖也時粲爲侍中故云金貂漢書谷求對詔曰戴金貂之飾執常伯之職尉繚子曰天子玄冠玄纓也侍宴出河曲飛蓋遊鄴城魏文帝與吳質書曰時駕而遊北遵河曲曹子建公讌詩曰飛蓋相追隨朝露竟幾何忽如水上萍漢書李陵謂蘇武曰

人生如朝露楚辭曰竊哀兮浮萍兆氾濫兮無根王逸注曰自比蘋隨水浮汎乍東乍西君子篤惠義柯葉終不傾新語曰君子篤義於惠礼記曰其在人也如竹箭之有筠如松柏之有心二者雜貫四時而不改柯易葉福履既所綏千載垂令名王粲公宴詩曰古人有遺言君子福所綏左氏傳子産曰令名德之輿也

嵇中散言志　康

曰余不師訓潛志去世塵嵇康幽憤詩曰恃愛肆姐不訓不師楚辭屈原曰蒙世俗之塵埃遠想出宏域高步超常倫左太沖詠史詩曰高步追許由靈鳳振羽儀戢景西海濱朝食琅玕實夕飲玉池津莊子老子歎曰吾聞南方有鳥其名爲鳳居積石千里河海出下鳳皇居上天爲生樹名瓊枝高百二十仞大三十圍以琳琅爲實周易曰鴻漸于陸其羽可用爲儀阮籍詩曰朝食琅玕實夕宿丹山際衡山記曰空青崗有天津玉池傳玄擬

楚篇曰登崑崙漱玉池處順故無累養德乃入神莊子曰夫得者時也失者順也安時處順哀樂不能入也此古之所謂懸解也又曰欲勉為形者莫如棄世棄世則無累又曰堯觀乎華華封人請祝聖人使壽使富使多男子堯曰多男子則多懼富則多事壽則多辱是三者非所養德也故辭周易曰精義入神以致用也曠哉宇宙惠雲羅更四陳文子曰四方上下謂之宇說文曰宙舟輿所極覆也鸚鵡賦曰冠雲霓而張羅哲人貴識義大雅明庇身毛詩大雅曰既明且哲以保其身左氏傳曰子反曰信以守禮禮以庇身也莊生悟無為老氏守其真莊子曰夫虛靜恬淡寂寞無為者天地之平而道德之至也老子曰見素抱樸河上公曰見素者當抱素守真不文飾也天下皆得一名實久相賓老子曰昔之得一者天得一以清地得一以寧王侯得一以為天下正莊子曰堯讓許由以天下許由曰而我猶代子吾將為名乎名者實之賓也吾將為賓乎咸池饗爰居鍾鼓或愁辛樂動聲儀曰黃帝樂曰咸池莊子曰海鳥止於魯郊魯侯觴之

於廟奏九韶以爲樂具太牢以爲膳烏眩視憂悲不敢食一臠不飲一杯三日而死此以已養養鳥也司馬彪曰海鳥爰居也

柳惠善直道孫登庶知人柳下惠已見西征賦孫登已見嵇康幽憤詩

寫懷良未遠感贈以書紳論語曰子張問行子曰言忠信行篤敬子張書諸紳

阮步兵籍 詠懷

青鳥海上遊鸒斯蒿下飛阮籍詠懷詩曰雖（誰）云不可見青鳥明我心呂氏春秋曰海上有人好青者朝至海上而從青遊青至者前後數百其父曰聞汝從青遊盡取來吾欲觀之其子明旦至海上羣青翔而不下莊子曰北溟有魚化爲鳥其名曰鵬齊諧曰鵬之徙南溟摶扶搖而上者九萬里蜩與鸒鳩笑之我決起而飛搶榆枋而止不至控地而已奚以之九萬里而圖南爲北溟有鳥焉其名爲鵬摶扶搖羊角而上者行九萬里尺鷃笑之曰彼且奚適我騰躍而上不過數仞而下翱翔蓬蒿之間此亦飛之至也而彼且奚適也此小大之辯也司馬彪曰蜩蟬也鸒鳩小鳥毛萇詩傳曰鸒斯鵯居鵯居雅烏也音豫

沈浮不相

鷽鳩

原討燭作照

宜羽翼各有歸曹子建七哀詩曰沉浮各異世阮籍詠懷詩曰鸒斯飛桑榆海鳥運天池豈不識宏大羽翼不相宜飄飄可終年沆瀁安是非阮籍詠懷詩曰逍遙可終生又曰蕩漾焉可能列子曰信理考亡是非莊子曰彼一是非也此一是非也飄颻高下沆瀁海上逍遙一也朝雲乘變化光耀世所希阮籍詠懷詩曰三楚多秀士朝雲進荒淫高唐賦曰須臾之間變化無窮陸雲詩曰知音世所希精衛銜木石誰能測幽微阮籍清思賦曰女娃榮於東海之濱而翩飄於西山之傍山海經曰發鳩之山有鳥名精衛赤帝之女娃女娃遊於東海溺而死不反化爲精衛常取西山木石以填東海也

張司空離情 華

秋月照簾籠懸光入丹墀張華情詩曰清風動帷簾晨月燭幽房班婕妤自傷賦曰俯視兮丹墀佳人撫鳴琴清夜守空帷陸機擬古詩曰佳人撫鳴琴又曰閑

原詩亦作悼

述哀　刻本五後擬郭弘農詩注

夜撫鳴琴曹子建雜詩曰妾身守空閨蘭逕少行迹玉臺生網絲楚詞曰皐蘭被
徑斯路漸張景陽雜詩曰房櫳無行迹西京賦曰西有玉臺張景陽雜詩曰蜘蛛網四屋論衡曰蜘蛛經絲以
網虫飛庭樹發紅彩閨草含碧滋張景陽雜詩曰寒花發黃彩秋草含綠滋延
佇整綾綺萬里贈所思楚詞曰結幽蘭而延佇古詩曰客從遠方來遺我一端綺
相去萬餘里故人心尚尔又曰欲以遺所思願垂湛露惠信我皎日期毛詩曰湛
湛露斯匪陽不晞又曰謂予不信有如皦日

潘黃門悼亡岳

青春速天機素秋馳白日楚詞曰青春受謝潘岳悼亡詩曰曜靈運天機四節代遷
逝劉楨與臨淄侯書曰肅以素秋則落也美人歸重泉悽愴無終畢潘岳悼亡
詩曰之子歸窮泉重壤永幽隔殯宮已肅清松柏轉蕭瑟陸機挽歌曰殯宮何

嘈嘈寡婦賦曰虛坐兮肅清仰長子邑言曰古之葬者松柏梧桐以識其墳楚詞曰蕭瑟兮草木搖落而變衰

俯仰未能彌尋念非但一楚詞曰聊抑志而自彌賈逵國語注曰彌忘也魏文帝詩曰所憂非但一撫襟悼寂寞怳然若有失潘岳悼亡詩曰撫襟長歎息王逸楚詞注曰怳失意也後漢書曰戴良見黃憲及歸罔然若有失也明月入綺窗髣髴想蕙質潘岳悼亡詩曰歲寒無與同朗月何朧朧獨無李氏靈髣髴覩尔容古詩曰交疏結綺窗左九嬪武帝納皇后頌曰如蘭之茂蕙蘭類故變之耳消憂非萱草永懷寧夢寐毛詩曰焉得諼草言樹之背毛萇曰諼草令人忘憂毛詩曰終其永懷寡婦賦曰願假夢以通靈夢寐復冥冥何由覿爾形潘岳哀永逝賦曰既遇兮無兆曾寤寐兮不夢冥冥幽昧也文子曰慮患於冥冥之外我慙北海術爾無帝女靈列異傳曰北海營陵有道人能使人與死人相見同郡人婦死已數年聞而往見之曰願令我一見死人不恨遂教其見之於是與婦人相見言語悲喜恩情

松銘 松下之碑碣也

原詩自作目

如生良久乃聞鼓聲悵恨不能出戶掩門乃走其裾爲戶所閉掣絶而去後歲餘此人死家葬之開見婦棺蓋下有衣裾宋玉集云楚襄王與宋玉遊於雲夢之野望朝雲之館有氣焉須臾之間變化無窮王問此是何氣也玉對曰昔先王遊於高唐怠而晝寢夢見一婦人自云我帝之季女名曰瑶姬未行而亡封於巫山之臺聞王來遊願薦枕席王因幸之去乃言妾在巫山之陽高丘之阻旦爲朝雲暮爲行雨朝朝暮暮陽臺之下旦而視之果如其言爲之立館名曰朝雲

駕言出遠山徘徊泣松銘毛詩曰駕言出遊雨絶無還雲華落豈留英鸚鵡賦曰何今日之雨絶日月方代序寢興何時平潘岳悼亡詩曰四節代遷逝又曰寢興自存形

陸平原 羈宦 機

儲后降嘉命恩紀被微身漢書疏廣曰太子國儲副君琴操史魚曰思竭愚志以報塞恩紀潘岳河陽詩曰微身輕蟬翼明發眷桑梓永歎懷密親陸機贈顧彥先曰眷

「驅」注及別本

原詩川作澗

言懷桑梓又赴洛道中作詩曰嗚咽辭密親永歎見下注流念辭南澨銜怨別西津陸機赴洛道中詩曰永歎遵北渚遺思結南津杜預左氏傳曰澨水涯也馳馬遵淮泗旦夕見梁陳毛詩曰驅馬悠悠陸機從梁陳詩曰夙駕尋清軌遂遊越梁陳服義追上列矯迹厠宮臣楚辭曰身服義而未沫陸機從梁陳詩曰在昔蒙嘉運矯迹入崇賢朱黻咸髦士長纓皆俊人毛詩曰朱芾斯皇室家君王鄭玄曰芾者諸侯黃朱又曰芾太古蔽膝之象黻與芾古字通毛詩曰蒸我髦士又曰髦士攸宜陸機從梁陳詩曰長纓麗且鮮尚書曰俊民用章契闊承華內綢繆踰歲年陸機從梁陳詩曰契闊踰三年又赴洛詩曰誑身承華側李陵詩曰與子結綢繆日暮聊揔駕逍遙觀洛川陸機荅張士然詩曰余固水鄉士揔轡臨清川徂沒多拱木宿草淩寒煙公羊傳曰秦伯謂蹇叔曰尔之年冢上之木拱矣禮記曾子曰朋友之墓有宿草而不哭焉遊子易感慨躑躅還自憐劉公幹詩

贈徐幹

曰乖人易感慟陸機道中詩曰佇立望故鄉顧影悽自憐願言寄三鳥離思非徒然楚詞曰三鳥飛以自南覽其志而欲北願寄言於三鳥兮去飄疾而不得陸機赴洛詩曰感物戀堂室離思一何深

左記室思 詠史

韓公淪賣藥梅生隱市門范曄後漢書曰韓康字伯休一名恬休京兆人也常采名藥賣於長安市口不二價三十餘年梅生梅福也漢書曰梅福一朝棄妻子去其後人見於會稽者變名姓為吳市門卒百年信荏苒何用苦心魂張華勵志詩曰荏苒代謝漢書廣陵王胥歌曰人生要死何為苦心當學衛霍將建功在河源衛衛青霍霍去病陸賈新語曰以義建功河源匈奴之境山海經曰崑崙之東北隅實河海源也珪組賢君貺青紫明主恩漢書夏侯勝曰士病不明經術苟明其取青紫如俛拾地芥終軍才始達賈誼位方

尊漢書曰終軍至長安上書武帝異其文拜爲謁者給事中又曰賈誼爲博士文帝悅之超遷歲中至太中大夫也

金張服貂晃許史乘華軒左思詠史詩曰金張籍舊業七葉珥漢貂又曰朝集金張館暮宿許史廬漢書劉向曰王氏乘朱輪華轂

王侯貴片議公卿重一言太

平多歡娛飛蓋東都門張景陽詠史詩曰昔在西京時朝野多歡娛藹藹東都門羣公祖二疎

顧念張仲蔚蓬蒿滿中園曹子建贈徐幹詩曰顧念蓬室士趙岐三輔決錄注曰張仲蔚扶風人也少與同郡魏景卿隱身不仕明天官博學好爲詩賦所居蓬蒿沒人也

張黄門 苦雨

協

丹霞蔽陽景綠泉涌陰渚曹子建情詩曰微陰翳陽景張景陽雜詩曰丹霞啓陰期又詩曰階下伏泉涌

水鸛巢層甍山雲潤柱礎鄭玄毛詩箋曰鸛水鳥將陰雨而鳴巢層甍未詳淮南子曰山雲蒸而柱礎潤廣雅曰礎礩也音楚

有弇興春節愁霖貫

奪猶脫也

秋序張景陽雜詩曰有弇興南岑王仲宣有愁霖賦燮燮涼葉奪戾戾颸風
舉楚辭曰溢颸風余上征高談玩四時索居慕疇侶曹子建求通親表曰高談
無所與陳禮記子夏曰吾離羣索居亦已乆矣張華雜詩曰安知慕疇侶青苔日夜黄芳蕤
成宿楚張景陽雜詩曰青苔依空牆又詩曰窓葉日夜踈又詩曰芳蕤豈再馥又詩曰荒楚鬱蕭森說
文曰芳蕤草木華盛貌歲暮百慮交無以慰延佇仲長統詩曰百慮何爲至
安在我延佇

劉太尉傷亂　臧榮緒晉書曰琨卒後贈太尉　琨

皇晉遘陽九天下横雰霧劉琨荅盧諶詩曰厄運初遘陽爻在六哀我皇晉痛心在
目班固漢書曰陽九日初入百六陽九音義曰易傳所謂陽九日厄會也郭璞山海經注曰横塞也楚詞曰望
時風之清激愈雰霧其如塵秦趙值薄蝕幽并逢虎據薄蝕虎據喻羣盗也

此爲真知懸璧一篇之情者

帝王大志之說觀此益信其誣

京房易飛候占曰凡日蝕皆於晦朔不於晦朔蝕者名曰
薄戰國策曰蘇秦說楚威王曰王興師襲秦戰於藍田此
所謂兩虎相據也伊余荷寵靈感激徇馳騖劉琨勸進表曰荷寵三世左氏傳曰
蘧啓彊曰寵靈楚國劉琨詩曰鄧生何感激解嘲曰世亂則聖哲馳騖而不足雖無六奇術冀
與張韓遇漢書曰陳平自初從至天下定後常以護軍中尉從擊臧荼陳豨凡六出奇計輒益邑封
奇計或頗祕世莫得聞也張張良韓韓信也甯戚扣角歌桓公遭乃舉淮南子曰
甯戚擊牛角而歌桓公舉以爲大田高誘曰大田官也荀息冒險難貫以忠貞故
左氏傳曰初獻公使荀息傅奚齊公疾召之曰其若之何稽首而對曰臣竭其股肱之力加之以忠貞其濟君
之靈也不濟則以死繼之公曰何謂忠貞對曰公家之利知無不爲忠也送往事居耦俱無猜貞也空令
日月逝愧無古人度論語陽虎曰日月逝矣盧諶贈崔溫詩曰古人非所希飲馬
出城濠北望沙漠路古有飲馬長城窟行盧諶贈崔溫詩曰北眺沙漠垂南望舊京路

千里何蕭條白日隱寒樹投袂既憤懣撫枕懷百慮左氏傳曰楚子投袂而起白虎通曰天子崩哀痛憤懣劉琨重贈盧諶詩曰中夜撫枕歎想與數子遊百慮已見上文功名惜未立玄髮已改素劉琨重贈盧諶詩曰功業未及建夕陽忽西流陸機東宮詩曰柔顏收紅藻玄髮吐素華時或苟有會治亂惟冥數劉琨重贈盧諶詩曰時哉不我與陶淵明經曲阿詩曰時來苟冥會冥幽冥也數歷數也孫子兵法曰治亂數也范曄後漢書烏丸論曰天之冥數以至於是乎

盧中郎感交　諶

大厦須異材廊廟非庸器盧諶荅魏子悌詩曰崇臺非一幹珍裘非一腋潘岳在懷縣詩曰器非廊廟姿爾雅曰庸常也謂非凡常之器也英俊著世功多士濟斯位左氏傳衆仲曰官有世功則有官族盧諶荅魏子悌詩曰多士成大業羣賢濟弘績眷顧成綢

原刻愚作遇敢作聊

原刻厄作危

繆迺與時髦匹毛詩曰眷言顧之盧諶荅魏子悌詩曰愚蒙時來會敢齊朝彥跡姻媾又不虛契闊豈但一盧諶贈劉琨詩曰申以婚姻又荅魏子悌詩曰恩由契闊生但一已見上文逢厄既已同處危非所恤盧諶荅魏子悌詩曰也更飛狐厄又曰在厄每同險常慕先達槩觀古論得失槩志節也馮衍顯曰志賦序曰追觀往古得失之迹馬服爲趙將疆場得清謐史記曰趙奢大破秦軍秦軍解而走遂解閼與圍而歸趙惠文王賜奢號爲馬服君左氏傳魯公曰疆場之事慎守其一而備其不虞爾雅曰謐靜也信陵佩魏印秦兵不敢出史記曰魏公子毋忌爲信陵君秦昭王進兵圍邯鄲公子進兵擊秦軍秦軍解去遂救邯鄲存趙公子留趙十年不歸秦聞公子在趙日夜出軍東伐魏魏王患之使使請公子歸救魏魏王以上將軍印授公子　公子遂將破秦軍於河外乘勝逐秦至函谷　抑秦兵不敢出慨無幄中策徒慙素縑質范曄後漢書詔曰前將軍鄧禹與朕謀謨帷幄決勝千里淮南子曰墨子見練

原缺王作乎

絲而泣之爲其可以黄可以黑高誘曰閔其化也羇旅去舊鄉感遇喻琴瑟盧諶贈崔温詩曰羇旅及寬政委質與時遇毛詩曰妻子好合如鼓琴瑟自顧非杞梓勉力在無逸杞梓已見陸韓卿贈内兄希叔詩無逸已見景福殿賦更以畏友朋濫吹乖名實左氏傳陳敬仲曰詩曰翹翹車乘招我以弓豈不欲往畏我友朋韓子曰齊宣王使人吹竽南郭處士請爲王吹竽粟食與三百人等宣王死文王即位一一聽之處士乃逃一曰韓昭侯曰吹竽者衆吾無以知其善者田嚴對曰一一聽之乃知濫也名實已見上

郭弘農遊仙璞臧榮緒晉書曰璞卒後贈弘農太守

崦山多靈草海濱饒奇石郭璞遊仙詩曰圜丘有奇草鍾山出靈液楚詞曰吾令羲和弭節兮望崦嵫而勿迫王逸曰崦嵫山也海濱即海中三山也偃蹇尋青雲隱淪駐精魄江賦曰納隱淪之列眞挺異人之精魄抱朴子曰人無賢愚皆知身之有魂魄魂魄分去

「孫」别本

則人病盡去則人死道人讀丹經方士鍊玉液道人方術之士巳見擬潘黃門述哀詩神仙傳曰淮南王好道術之士於是入公乃往遂授以丹經漢書曰燕齊之方士傳玄求仙篇曰玉液涌出華泉楚詞曰吮玉液兮止渴朱霞入窗牖曜靈照空隙十洲記曰朱霞九光廣雅曰曜靈日也說文曰隙壁縫也傲睨摘木芝凌波采水碧江賦曰冰夷倚浪以傲睨本草經曰紫芝一名木芝洛神賦曰凌波微步江賦曰水碧潛瑻山海經曰耿山多水碧郭璞曰碧亦玉也眇然萬里遊矯掌望煙客神仙傳曰若士謂盧敖曰吾一舉千里說文曰矯舉也郭璞遊仙詩曰駕鴻乘紫煙永得安期術豈愁濛汜迫列仙傳曰安期先生自言千歲楚辭曰出於暘谷次于濛汜

張廷尉雜述　綽

太素既巳分吹萬著形兆列子曰太素者質之始也莊子南郭子綦曰夫吹萬不同

而使自已也司馬彪曰言天氣吹煦生養萬物形氣不同已止也使各得其性而止潛夫論曰太素之時元氣窈冥未有形兆也**寂動苟有源因謂殤子夭**言大道之要動寂無源今誡以有源即壽夭異轍故以殤子爲夭也呂氏春秋曰一也者至貴也莫知其源莫知其端莫知其始莫知其終而萬物以爲宗高誘曰道無匹敵故曰至貴莊子南郭子綦曰莫壽乎殤子而彭祖爲夭**道喪涉千載津梁誰能了**莊子曰世喪道矣道喪世矣世與道交相喪也司馬彪曰世皆異端喪道道不好世故曰喪耳**思乘扶搖翰卓然凌風矯**莊子齊諧之言曰鵬之徙於南溟也水擊三千里摶扶搖而上者九萬里司馬彪曰齊諧人姓名也摶圜也扶搖上行風也圖飛而上者若扶搖也毛詩曰如飛如翰鄭玄曰如鳥之飛也翰其中豪俊也廣雅曰矯飛也**靜觀尺棰義理足未常少**莊子曰一尺之棰日取其半萬世不竭辯者以此與惠施相應於身無窮司馬彪曰若其可折則常有兩若其不可折其一常存故曰萬世不竭**囧囧秋月明憑軒詠堯老**蒼頡篇曰囧大明也俱永切

登樓賦曰憑軒檻以遥望堯老堯
及老子玄宗之太師故莊生稱之浪迹無蚩妍然後君
子道浪猶放也妍蚩猶美惡也戴逵栖林賦曰浪
迹頽溜棲景箕岑文賦序曰妍蚩好惡也領略
歸一致南山有綺皓王文度贈許詢詩曰吾生挺奇幹
領略摠玄標鄭玄禮記注曰領理
也廣雅曰略要也周易子曰一致而百慮漢書曰園公
綺季夏黄公角里先生當秦之世避而入商雒深山茫
睢後漢書孔融曰南交臂久變化傳火迺薪草莊子仲
山四皓潜光隱曜尼謂顏
回曰吾終身與汝交一臂而失之可不哀與郭象曰夫
變化不可執而留也故雖交臂相守而不能令停若哀
死則此亦可哀者也今人未甞以此爲哀奚獨哀死邪
莊子秦失曰指窮於爲薪火傳也不知其盡郭象曰窮
盡也爲薪猶前薪也前薪以指撝盡前薪之理故火
傳而不滅心得納養之中故命續而不絶明盡生也亹
亹玄思清胷中去機巧許詢農里詩曰亹亹玄思得濯
濯情累除莊子曰子貢南遊於
楚反於晉過漢陰見一丈夫方將爲圃畦鑿隧而入井
抱甕而出灌搰搰然力用甚多而見功寡子貢曰有械

於此一日浸百畦用力甚寡而見功多夫子不欲乎爲圃者仰而視之曰柰何曰鑿木爲機後重前輕挈水若抽數如泆湯名曰桔槹爲圃者忿然作色而笑曰吾聞之吾師有機械者必有機事有機事者必有機心機心存於胸中則純白不備純白不備則神生不定神生不定者道之所不載子貢瞞而不對也

物我俱忘懷可以狎鷗鳥莊子曰吾喪我郭象曰吾喪我我自忘矣我自忘天下何物足識哉又曰海上有人好鷗鳥者每旦而之海上從鷗鳥游鷗鳥至者百數其父曰吾聞鷗從汝遊哉取來吾從玩之曰諾明旦之海上鷗鳥舞而不下

許徵君自序詢

晉中興書曰高陽許詢字玄度寓居會稽司徒蔡謨辟不起詢有才藻善屬文時人皆欽愛之

張子闇內機單生蔽外像張毅單豹並已見幽通賦一時排冥筌泠然空中賞筌捕魚之器言魚之在筌猶人之處塵俗今既排而去之超在埃塵之外故泠然涉空得

原注作敞閑

中而留也莊子曰列子御風而行泠然而善旬有五日而反司馬彪曰泠然涼貌也郭象莊子注曰天下莫不自是而相非故一是一非兩行無窮唯涉空得中曠然無懷乘之以遊也遣此弱喪情資神任獨往莊子曰予惡乎知悅生之非惑耶予惡乎知惡死之非惑耶非夫弱喪而不知歸者耶郭象曰少失其故居爲弱喪者遂於彼之所在而不知歸於故鄉淮南王莊子略要曰江海之士山谷之人輕天下細萬物而獨往者也司馬彪曰獨往任自然不復顧也採藥白雲隈聊以肆所養隈曲也賈逵國語注曰肆恣也丹葩耀芳蕤綠竹蔭閑敞廣雅曰葩華也洞簫賦曰又足樂乎其閑敞西征賦曰厭紫極之閑敞苕苕寄意勝不覺陵虛上曲櫺櫺窗間孔也陸機吳趨行曰泠泠鮮風過列仙傳曰赤松子常止西王母石室中也激鮮飈石室有幽響去矣從所欲得失非外獎陸機招隱詩曰從所欲李蕭遠運命論曰得與失孰賢謝靈運擬鄴中詩曰客心非外獎小雅曰獎勸也至哉操斤客重明固

巳朗。程子曰莊子送葬過惠子之墓顧謂從者曰郢人堊漫其鼻端若蠅翼使匠石運斤成風聽而斲之盡堊而鼻不傷郢人立不失容宋元君聞之召匠石曰嘗試爲寡人爲之匠石曰臣則嘗能斲之雖然臣質死久矣自夫子之死吾無以爲質矣吾無與言也五難既灑落。超迹絕塵網。向秀難嵇康養生論曰養生有五難名利不滅此一難喜怒不除此二難聲色不去此三難滋味不絕此四難神慮消散此五難

殷東陽 興矚　仲文

晨遊任所萃。悠悠蘊真趣。毛萇詩傳曰萃集也方言曰蘊積也莊子曰道之真以持身謝靈運登江中孤嶼詩曰蘊真誰爲傳雲天亦遼亮。時與賞心遇。莊子曰黃帝得之以登雲天謝靈運田南樹園詩曰賞心不可忘青松挺秀萼。惠色出喬樹。廣雅曰秀美也鄭玄詩箋曰承花者曰鄂鄂與萼同極眺清波深。緬映石壁素。韋昭

國語注曰緬邈也瑩情無餘滓拂衣釋塵務廣雅曰瑩磨也說文曰滓澱也謂鄙穢左氏傳曰叔向拂衣從之求仁既自我玄風豈外慕論語曰求仁而得仁又何怨乎漢書灌嬰曰侯自我得之玄風謂道也李充玄宗賦曰慕玄風之遐裔余皇祖曰伯陽謝靈運憶山中詩曰得性非外求自置忘所宰蕭散得遺慮淮南子曰成化象而弗宰高誘曰宰主也謝靈運越嶺溪行詩曰觀此遺物慮一悟得所遣

謝僕射 游覽

混

信矣勞物化憂襟未能整左氏傳商臣曰信矣莊子曰天不產而萬物化又曰既化而生又化而死也薄言遵郊衢總轡出臺省毛詩曰薄言旋歸家語子曰善御者正身總轡也淒淒節序高寥寥心悟永毛詩曰秋日淒淒楚詞曰天高而氣清莊子曰寥巳吾志郭象曰寥然空虛也聲類曰悟心解也時菊耀巖阿雲霞冠

秋嶺。潘安仁河陽詩曰時菊耀秋華眷然惜良辰。徘徊踐落景。孔叢子歌曰眷然顧之東征賦曰撰良辰而將行卷舒雖萬緒。動復歸有靜。淮南子曰至道無爲盈縮卷舒與時變化莊子曰虛則靜靜則動動者得矣老子曰夫物云云復歸其根歸根曰靜是謂復命王弼曰凡有起於虛動於靜故萬物雖並動作卒復歸於虛靜各反其始歸根則靜也曾是迫桑榆。歲暮從所秉。毛詩曰曾是在位桑榆日所沒以喻人年老已見上文韓詩曰歲聿其暮薛君曰言年歲已晚也所秉謂心所執也毛詩曰君子秉心鄭玄曰秉執也舟壑不可攀。忘懷寄匠郢。莊子曰夫藏舟於壑藏山於澤謂之固矣然而夜半有力者負之而走昧者不知司馬彪曰舟水物山陸居者也藏之壑澤非人意所求謂之固有力者或能取之郢人已見上文

陶徵君田居　潛

種苗在東皐。苗生滿阡陌。歸去來曰登東皐以舒嘯風俗通曰南北曰阡東西曰陌

陶詩素心正如此

雖有荷鋤倦濁酒聊自適陶潛詩曰晨興理荒穢帶月荷鋤歸又曰雖欲揮乎歸濁酒聊自持莊子曰智不知論極妙之言而自適一時之秋者非埳井之蛙與又郭象注曰自適其志者也日暮巾柴車路闇光已夕歸去來曰或巾柴車鄭玄周禮注曰巾猶衣也歸人望煙火稚子候簷隙歸未來曰稚子候門問君亦何為百年會有役莊子盜跖曰人上壽百歲陶潛夜行塗口詩曰懷役不遑寐但願桑麻成蠶月得紡績陶潛詩曰相見無雜言但道桑麻長毛詩曰蠶月條桑家語曰公父文伯之母紡績不懈素心正如此開逕望三益方言曰素本也謝靈運田南詩曰唯開蔣生逕永懷求羊蹤論語曰益者三友友直友諒友多聞益矣

謝臨川遊山　靈運

江海經邅迴山嶠備盈缺楚辭曰入溆浦兮途邅迴尒雅曰山銳而高曰嶠謝靈運

登廬山詩曰山行非前期弥遠不能輟但欲淹昏旦遂復經
盈缺春秋元命包曰月盈而缺者詘鄉尊宋均曰詘還也尊
君也靈境信淹留賞心非徒設賞心已見上文平明登雲峯杳與
廬霍絶楚詞曰平明發兮蒼梧謝靈運詶惠連詩曰滅迹入雲峯又初發石首城詩曰息必廬霍期
碧鄣長周流金潭恒澄澈碧鄣出碧之鄣即玉山也已見上文思玄賦曰歷衆山以
周流上林賦曰步櫚周流臨海記曰白石山下有金潭金光煥然也桐林帶晨霞石壁映
初晰說文曰昭晰明也之逝切今協韻以爲之舌切乳竇既滴瀝丹井復寥
泬血决謝靈運山居賦曰訪銅乳於洞穴訊丹砂於經泉鮑昭過銅山詩曰乳竇夜涓滴說文曰滴瀝水下滴瀝
也抱朴子曰武陵舞陽有丹砂井王逸楚詞注曰泬寥曠蕩空虛靜也岊崿轉奇秀岑
崟還相蔽說文曰岊山嶻也五咸切文字集略曰崿崖也郭璞方言注曰岑崟峻貌赤玉隱
瑤溪雲錦被沙汭子虛賦曰石則赤玉玫瑰思玄賦曰瞰瑤溪之赤岸海賦曰雲錦散文於沙

汭之際夜聞猩猩啼朝見鼺鼠逝蜀都賦曰猩猩夜啼郭璞爾雅注曰鼺鼠狀如小狐亦謂之飛生聲如人呼南中氣候暖朱華凌白雪謝靈運入華子崗詩曰南州實炎德桂樹凌寒山王逸楚詞注曰南方冬溫草木常華幸遊建德鄉觀奇經禹穴莊子市南宜僚謂魯侯曰南越有邑焉名爲建德之國其民愚朴少私寡欲其生可樂其死可葬吾願君去國捐俗與道相輔而行漢書曰司馬遷南遊江淮上會稽探禹穴也身名竟誰辯圖史無磨滅謝靈運入華子崗詩曰莫辯百世後又曰圖諜復磨滅且泯桂水潮映月遊海瀆楚詞曰桂水兮潺湲謝靈運入華子崗詩曰乘月弄潺湲攝生貴處順將爲智者說謝靈運還湖中詩曰寄言攝生客又登石門詩曰處順故安排又石門詩曰匪爲衆人說莫與智者論

新營所住

冀

顏特進侍宴 延之

原鈔作蒙　原鈔之作以　都 別本作氣 依集改　詩紀作王地

太微凝帝宇，瑤光正神縣。淮南子曰：太微者，天一之廷。孔安國尚書傳曰：凝，成也。魏都賦曰：耽耽帝宇。周禮曰：匠人建國，晝參諸日中之景，夜考之極星，以正朝夕。鄭玄曰：極星謂北斗也。廣雅曰：北斗第七星爲瑤光。地理書曰：崑崙東南地方五千里，名神州。史記鄒衍曰：中國名赤縣神州。赤縣神州內自有九州，禹之所叙九州是也，不得爲州數。中國外若赤縣神州者九，所謂九州也。

揆日粲書史，相都麗聞見。毛詩曰：揆之以日，作爲楚室。尚書序曰：成王在豐，欲宅洛邑，使召公先相宅。孔安國曰：欲以爲都也。

列漢構仙宮，開天制寶殿。毛萇詩傳曰：漢，天河。

桂棟留夏飈，蘭橑停冬霰。楚詞曰：桂棟兮蘭橑。

青林結冥濛，丹巘被葱蒨。吳都賦曰：迴眺冥濛。毛萇詩傳曰：巘，小山別於大山也。

山雲備卿藹，池卉具靈變。尚書大傳曰：百工相和而歌卿雲。鄭玄曰：卿當爲慶。魏文帝東閣詩曰：高山吐慶雲。西京賦曰：濯靈芝之朱柯。陳思王靈芝篇曰：靈芝生玉池。

重陽集清氣（都），下輦降玄宴。楚詞曰：集重陽入帝

西陸宴作燕

愉注及别本

承榮曹五臣
巡与循通讀循省之
循猶言循省榮華
之遇六朝造語多
未必合本訓當以意
求之文心雕龍云字
以訓正義以理宣而
晉末篇章依希

宮兮造甸始而觀清都西京賦曰恣意所
幸下輦成宴尚書曰玄德升聞玄猶聖也鶩望分寰隧
矖目盡都甸寰猶畿也穀梁傳曰寰內諸侯周禮有六鄉六隧倉頡篇曰矖矘視之貌也氣
生川岳陰煙滅淮海見中坐溢朱組步櫚簉瓊弁魯靈光殿
賦曰中坐垂景禮記曰侯伯佩玄玉而朱組綬上林賦曰
曰步櫚周流長途中宿說文曰簉雜字如此左氏傳曰
楚子玉爲瓊弁玉纓未之服也禮登訏睿情樂闋延皇眄爾雅曰登成也又曰
訏久也謂久留也禮記曰有司告以樂闋鄭玄曰闋終也延引也測恩躋踰逸沿牒懵
浮賤爾雅曰測深也愉逸耽樂縱逸也漢書長安令楊興說將軍史高曰匡衡無階朝廷隨牒在遠方說
文曰懵不明也浮賤浮名微賤也禮記曰恥名浮於行也榮璽饋兼金巡華過盈瑱
孟子曰齊王饋兼金一百而不受盈瑱盈尺之玉也說文曰田父得寶玉至尺魏都賦曰尺璧有盈淮南子曰
崑山之玉瑱天見切敢飾輿人詠方慚綠水薦左氏傳曰晉侯聽輿人之誦曰原田

其旨始有賞際奇至之言終無撫叩酬即之語懸領似非可辨謀文辭不成義案此巡暮亦其方物也

每每含其舊而新是謀淮南子曰予會淥水已見上文

謝法曹 贈別　惠連

昨發赤亭渚今宿浦陽汭謝靈運富春渚詩曰赤亭無淹薄謝惠連獻康樂詩曰昨發浦陽汭今宿浙江湄方作雲峯異豈伊千里別雲峯已見上文芳塵未歇席涔淚猶在袂庾闡楊都賦曰結芳塵於綺席楚詞曰泣沾襟而濡袂停艫望極浦弭棹阻風雪說文曰艫船頭也楚詞曰望涔陽兮極浦謝惠連獻康樂詩曰停楫阻風波毛萇詩傳曰弭止也風雪既經時夜永起懷思汎濫北湖遊岩亭南樓期謝靈運詩序曰於南山往北山經湖中又序曰南樓中望所遲客點翰詠新賞開袠瑩所疑謝靈運荅惠連詩曰陵潤尋我室散帙問所知摘芳愛氣馥拾蘂憐色滋色滋畏沃若人事亦銷鑠毛詩曰桑之未落其葉沃若楚辭曰質銷

互係吳郡烓法改

鑠以洵約賈逵國語注曰鑠銷也子襟怨勿往谷風誚輕薄毛詩曰青青子襟悠悠我心縱我不往子寧不嗣音又詩序曰谷風刺幽王也天下俗薄朋友道絕焉共秉延州信無慙仲路諾延州信謂挂劍也已見謝靈運廬陵墓下詩論語子曰子路無宿諾靈芝望三秀孤筠情所託楚詞曰采三秀於山間王逸云秀謂芝草也竹箭之有筠已見上注韋昭漢書注曰竹皮筠也于貧切所託已殷勤祇足攪懷人謝靈運詩曰猶復惠來章祇足攪余思毛詩曰嗟我懷人今行嶀嵊外衛思至海濱孔曄會稽記曰始寧縣西南有嶀山剡縣有嵊山陸機赴洛道中詩曰朝徂銜思往尚書曰海濱廣斥嶀他乎切嵊食證切覯子杳未僾款睇在何辰孔安國尚書曰僾見也士簡切字林曰款誠也意有所欲也廣雅曰睇見也雜珮雖可贈疏華竟無陳毛詩曰知子之來之雜珮以贈之疏華瑤華也已見謝靈運越嶺溪行及南樓望所遲客詩無陳心悄勞旅人豈遊遨毛詩曰中

原詩復作猶

練注

原詩汎作氾

心悁悁幸及風雪霽青春滿江皐說文曰霽雨止也楚詞曰青春受謝又曰馳鶩乎江皐解纜候前侶還望方鬱陶謝靈運相送方山詩曰解纜及流潮又謝惠連詩曰幽居復鬱陶煙景若離遠末響寄瓊瑤瓊瑤謂玉音也

王徵君養疾　微

窈藹瀟湘空翠潤潛無滋窈藹深遠之貌杜育荈賦曰懷豐懷之滋潤寂歷百草晦歘吸鵾鷄悲寂歷彫踈貌說文曰晦盡也謂彫盡也一曰毛萇詩傳曰晦昧也凡草木華實榮茂謂之明枝葉彫傷謂之晦歘吸疾貌楚詞曰鵾雞嘲哳而悲鳴清陰往來遠月華散前墀前墀已見上文鍊藥矚虛幌汎瑟卧遙帷說文曰鍊化金也鍊與練古字通又集略曰幌以帛萌窻也文賦曰同朱絃之清汎朱絃瑟絃也水碧驗未黷金膏靈詎緇水碧已見上文蒼頡篇曰黷垢黷也穆天子傳河伯曰示汝黃金之膏毛

萇詩傳曰緇黑色也北渚有帝子蕩瀁不可期楚詞曰帝子降兮北渚目眇眇兮愁予阮籍詠懷詩曰蕩瀁焉可能悵然山中暮懷痾屬此詩淮南子曰悵然若有所亡楚辭曰幽獨處乎山中又曰抒中情而屬詩

袁太尉從駕　淑

宮廟禮哀敬枌邑道嚴玄顏延年拜陵廟詩曰哀敬隆祖廟枌枌榆社也漢書曰高祖禱豐枌榆社說文曰玄幽遠也謂神道幽遠也恭絜由明祀肅駕在祈年毛詩曰敬恭明祀又曰祈年孔夙詔徒登季月戒鳳藻行川孔安國尚書傳曰登升也羽獵賦曰玄冬季月鳳皇車名甘泉賦曰乃登鳳皇兮翳華芝行川所行之川也行猶道也雲旆象漢徒宸網擬星懸高唐賦曰建雲旆宸網天罼也西京賦曰天罼前驅薛綜曰罼網也象罼星魯靈光殿賦曰浮柱岹嵽以星懸朱櫂麗寒渚金鍐映秋山朱櫂以朱漆飾櫂也

蔡邕獨斷曰金鍐者馬冠也高廣各五寸羽衛藹流景綵吹震沈淵羽衛負羽侍衛也綵發吹也淮南子曰浮吹以虞沈川鱗介也辯詩測京國履籍鑑都壥禮記曰天子五年一巡狩命太師陳詩以觀民風孫卿子曰履天子之籍聽天下之斷甿謠響玉律邑頌被丹絃沈約宋書曰調樂金石有一定之聲故造鍾磬者先律調之然後施之於箱懸司馬彪續漢書曰候氣之法殿中候用玉律十二唯二至乃候靈臺用竹律六十顏延年曲水詩序曰途歌邑頌尚書大傳曰大琴朱絃蔡邕琴賦曰丹絃既張八音既平文軫薄桂海聲教燭冰天禮記曰書同文車同軌尚書曰外薄四海孔安國曰薄迫也言至海也南海有桂故云桂海上林賦曰經平桂林之中過乎泱漭之野尚書曰朔南暨聲教蒼頡篇曰燭照也淮南子曰八紘北方曰積冰高誘曰北方寒冰所積因以爲名積冰也和惠頌上笏恩渥浹下筵禮記曰笏諸侯以象顏延年觀北湖田牧詩曰溫渥浹輿隷和惠屬後筵幸侍觀洛後豈慕巡河前尚書中候曰天

又別本作欒 注中字亦當改

乙在亳東觀乎雒黄魚雙躍出躋于壇化爲黑玉孝經鉤命决曰舜即位巡省中河録圖授文服義方無沫展歌殊未宣服義已見上文沫亡貝切廣雅曰沫已也楚詞曰展詩兮會舞王逸曰展舒也言舒展詩曲作爲雅樂者也

謝光禄郊遊　莊

肅舲出郊際徙樂逗江陰楚詞曰乘舲船余上沅兮齊吳榜以擊汰王逸曰舲船有窻牖也徙樂行樂也說文曰逗止也翠山方藹藹青浦正沈沈廣雅曰藹藹盛貌上林賦曰沈沈隱隱凉葉照沙嶼秋榮冒水潯劉淵林吳都賦注曰嶼海中洲上有山石也說文曰潯傍深也風散松架險雲鬱石道深松枝可以爲架故因謂之架焉靜默鏡緜野四睇亂曾岑莊子曰靜然可以補病穀梁傳曰緜地千里氣清知鴈引露華識猨音雲裝信解黻煙駕可辭金雲裝雲衣也蒼頡篇

曰紱綬也㪍與紱通煙駕煙車也金金印也始鑿丹泉術終覿紫芳心抱朴子曰黄帝南到貟隴采若乾之華飲丹巒之泉外國圖曰貟丘有赤泉飲之不老紫芳紫芝也鄒潤甫遊仙詩曰紫芝列紅敷丹泉激陽瀆行光自容裔無使弱思侵楚辭曰雲旗兮電驚儵忽兮容裔

鮑參軍 戎行 昭

豪士枉尺璧宵人重恩光呂氏春秋傳曰文王飾其辭令幣帛以禮豪士以璧禮賢已見上文淮南子曰聖人不貴尺璧春秋孔演圖曰宵人之世多飢寒宋均曰宵猶小也鄭玄毛詩箋曰爲龍爲光言天子恩澤光曜被及者也殉義非爲利執羈輕去鄉莊子曰彼所殉仁義則俗謂之君子又曰小人則以身殉利士則以身殉名禮記曰執羈靮而從靮音的去鄉已見上文孟冬郊祀月殺氣起嚴霜禮記曰孟冬之月天子迎冬於北郊又曰仲秋之月殺氣浸盛陽氣曰衰楚詞曰冬又申之以嚴霜戎馬粟不煖軍士冰爲漿陸機苦寒行曰渴飲堅冰

原注礫作歷

漿

晨上成皐坂，磧礫皆羊腸。薛綜東京賦注曰：旋門坂在成皐。上林賦曰：下磧礫之坻。高誘呂氏春秋注曰：羊腸，其山盤紆似羊腸。

寒陰籠白日，太谷晦蒼蒼。夏侯湛歎秋賦曰：陰籠景而下翳。曹植贈白馬王詩曰：太谷何寥廓，山樹鬱蒼蒼。爾雅曰：霧謂之晦。郭璞曰：蒼蒼，昏冥也。

息徒稅征駕，倚劍臨八荒。嵇康贈秀才詩曰：息徒蘭圃。法言曰：仲尼之駕稅矣。朱玉大言賦曰：方地爲輿，負天爲蓋，長劍耿介，倚天之外。甘泉賦曰：入荒協兮萬國諧。

鷦鵬不能飛，玄武伏川梁。樂緯曰：鷦鵬狀似鳳皇，身禮戴信，嬰仁膺智，負義。宋均曰：身禮，質赤色。思玄賦曰：玄武縮於殼中兮，騰蛇蜿而自糾。

鎩翮由時至，感物聊自傷。淮南子曰：飛鳥鎩羽。許慎曰：鎩，殘羽也。古詩曰：感物懷所思。

豎儒守一經，未足識行藏。漢書高祖曰：豎儒幾敗乃公事。韋昭曰：豎，猶小也。論衡曰：能說一經爲儒生。論語子謂顏淵曰：用之則行，捨之則藏，唯我與爾有是夫。

注

休上人別怨　沈約宋書曰沙門惠休善屬文徐湛之與之甚厚世祖命使還俗本姓湯位至揚州從事也

西北秋風至楚客心悠哉日暮碧雲合佳人殊未來魏文帝秋胡行曰朝與佳人期日夕殊不來露采方汎豔月華始徘徊曹子建七哀詩曰明月照高樓流光正徘徊寶書爲君掩瑤琴詎能開道學傳曰夏禹撰眞靈之玄要集天官之寶書書以南和丹繒封以金英之函檢以玄都之印瑤琴已見上文相思巫山渚悵望陽雲臺高唐賦曰妾在巫山之陽蔡邕詩序曰暮宿河南悵望子虛賦曰楚王乃登雲陽之臺膏鑪絶沈燎綺席生浮埃鑪熏鑪也取其芬香故加之膏煙而無燄故謂之沈西京雜記鄒陽酒賦曰綃綺爲席犀璩爲鎮桂水日千里因之平生懷言因桂水以通情也桂水已見上文李陵詩曰浮雲日千里洛神賦曰託微波而通辭鍾會懷士賦曰記遠念於輿波

文選卷第三十一

六月廿九晉　侃誦

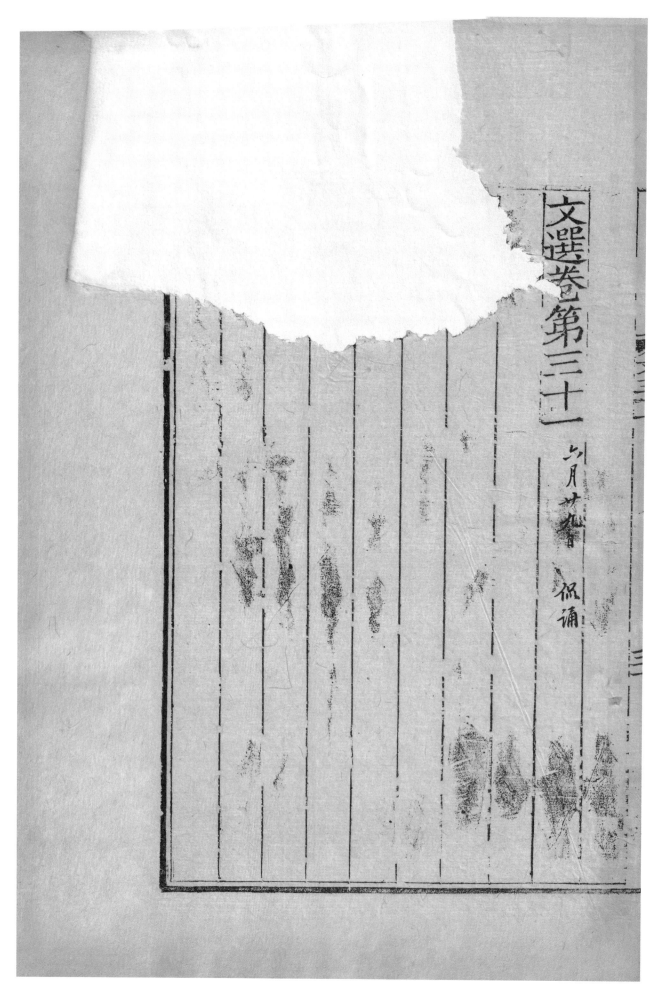

離騷本稱離騷賦以爲經者蓋淮南作傳時所題

騷即愁也

楚人語屈羋曰德義不行則通其騷離注騷愁也離畔也

揚子雲旁九章作畔牢愁仍即離騷之意

此篇注已斠正

楚詞唯宜守師師家法不宜從稽妄說李氏采章句無所詁益識知訓故之精者也

又離騷曰圖纍承被洪族

文選卷第三十二

梁昭明太子撰

文林郎守太子右內率府錄事參軍事崇賢館直學士臣李善注上

騷上

屈平離騷經一首　九歌四首

離騷經一首　屈平　王逸注

序曰離騷經者屈原之所作也屈與楚同姓仕於懷王爲三閭大夫同列大夫上官靳尚妬害其能共譖毀之王乃流屈原原乃作離騷經不忍以清白久居濁世遂赴汨淵自投而死也

帝高陽之苗裔兮苗胤也裔末也高陽顓頊有天下之號也帝繫曰顓頊娶于滕隍氏女而

揆度讀如忖度之度初度
法度之度也

于羨文楚詞無

反離騷曰四皇天之清則兮
度后土之方貞

已上卅条生日名字

生老僮是楚先其後熊繹事周成王封爲楚子居於丹陽其孫武王求尊爵於周周不與遂僭號稱王始都於郢是時生子瑕受屈爲客卿因胥末之子孫恩深而義厚也**朕皇考曰伯庸**朕我也皇美也父死稱考詩曰既右烈考伯庸字也屈原言我父伯庸體有美德以忠輔楚世有令名以及於己**攝提貞于孟陬兮**太歲在寅曰攝提孟始也貞正也于於也正月爲陬**惟庚寅吾以降**惟辭也庚寅日降下也寅爲陽正庚爲陰正言己以太歲在寅正月始春庚寅之日下母之躰**皇覽揆**

覽五臣作鑒

余于初度兮皇皇考也覽覩也揆度也**肇錫余以嘉名**肇始也錫賜也嘉善也言己美父伯庸觀我始生年時度其日月皆合天地正中故始錫我以美善之名**名余曰正則兮**正平也則法也**字余曰靈均**靈神也均調也言平正可法則者莫過於天養物均調者莫神於地高平曰原故伯庸名我爲平以法天字我曰原以法地夫人非名不榮非字不彰故子生父思善應而名字之以表其德觀其志也**紛吾既有此內美兮**紛盛貌**又重之以脩能**脩遠

又離騷素初貯厥麗服又
卷薜芷与若惠
扈即憮也
辟即僻也
楚辭披下皆當衍

搴即攓也
阰即陛之别字
已上素志

其言之固也自下多并不悉榻
檗

也言已之生內含天地之美氣又重有絕遠之能與衆異也扈江離與辟芷兮扈披也楚人名被為扈江離芷皆香草也辟爲幽也芷幽而香紉秋蘭以爲佩紉索也蘭香草也秋而芳佩飾也所以象德言已脩身清潔乃取江離辟芷以爲衣被紉索秋蘭以爲佩飾博采衆善以自約束汩余若將不及兮汩去貌疾若水流也恐年歲之不吾與言我念年命汩然流去誠欲輔君心汲汲常若不及又恐年忽過不與我相待而身老朝搴阰阰音毗之木蘭兮搴取也阰山名也夕攬洲之宿莽攬采也水中可居者曰洲草冬生不死者楚人名曰宿莽言已旦起升山采木蘭上事太陽承天度也夕入洲澤采取宿莽下奉太陰順地數也動以神祇自勑誨也木蘭去皮不死宿莽遇冬不枯屈原以喻讒人雖欲困己己受天性終不可變易日月忽其不淹兮淹久也春與秋其代序代更也序次也言日月晝夜常行忽然不久春往秋來以次相代言天時易過人年易老惟草木之零落兮零落皆墮也草曰零木曰落恐美人之遲

蘺　紉

棄注無不字六臣無撫有也

改下有其字

以而也自下易解者不復出之

純即醇也

在在官也

反離騷提申椒与菌桂

紉

暮遲晚也美人謂懷王也言天時運轉春生秋殺草木零落歲復盡矣而君不建立道德舉賢用士則年老暮晚而功不成不撫壯而棄穢兮年德盛曰壯棄去也穢行之惡也以喻讒佞百草爲稼穡之穢讒佞亦爲忠直之害也何不改此度也改更也言願君務及年德盛壯之時脩明政教棄遠讒佞無令害賢改此惑誤之度脩先王之法也乘騏驥以馳騁兮騏驥駿馬也以喻賢智言乘駿馬一日可致千里以言任賢智則可至於治也來吾道夫先路言己如得任用將驅先行願來隨我遂爲君導入聖王之道昔三后之純粹兮昔往也后君也謂湯禹文王也至美曰純齊同曰粹固衆芳之所在衆芳喻羣賢也言往古夏禹殷湯周王所以能純美其德而有聲明之稱者皆舉用衆賢使在顯職故道化興而萬國寧也雜申椒與菌桂兮申重也椒香木其芳小重之乃香菌薰也葉曰蕙根曰薰也豈維紉夫蕙茝紉索也蕙茝皆香草也以喻賢者言禹湯文王唯有聖德猶雜用衆賢以致於化非獨索蕙茝任一人也彼堯舜之耿

昌披猶衆薄也隨弛之貌故训衣不帯倍字作裮

已上格君

五臣本惟下有夫字

之言之闻也

介兮耿光也介大也既遵道而得路遵循也路正也言堯舜所以能有光明大德之稱者以循用天地之道舉賢任能使得萬事之正也何桀紂之昌披兮昌披衣不帶貌夫唯捷徑以窘步捷疾也徑邪道窘急也言桀紂愚惑違背天道施行惶遽衣不及帶欲涉邪徑急疾爲治故身觸陷阱至於滅亡惟黨人之偷樂兮黨朋也論語曰羣而不黨偷苟也路幽昧以險隘幽昧不明也險隘諭傾危也言已念彼讒人相與朋黨嫉妬忠直苟且偷樂不知君道不明國將傾危以及其身豈余身之憚殃兮憚難也殃咎也恐皇輿之敗績皇君也輿君之所乘也以諭國也績功也言我欲諫爭者非難身之被殃咎也但恐君國傾危以敗先王之功忽奔走以先後兮及前王之踵武踵繼也武迹也詩曰履帝武敏歆言已急欲奔走先後以輔翼君者冀及先王之德繼續其迹而廣其基也奔走先後四輔之職也詩曰予聿有奔走予聿有先後是之謂也荃不察余之忠情兮荃香草也以諭君也人君被服

齌即齎也
已上遇讒

正正其忠策也

成言平議也

已上言傷君悔遁非爲己私

芬香故以香爲喻惡數指斥尊者故變言荃也反信讒而齌怒齌疾也言懷王不徐察我忠信之情反信讒言而疾怒余固知謇謇之爲患兮謇謇忠言貌也易曰王臣謇謇匪躬之故忍而不能舍也舍止也言已忠言謇謇諫君之過必爲身患然中心不能自止而不言也指九天以爲正兮指語也九天謂中央八方也正平也夫唯靈脩之故也靈神也脩遠也能神明遠見者君德故以諭君言己將陳忠策內慮之心上指九天告語神明使平正之唯用懷王之故欲自盡也初既與余成言兮後悔遁而有他遁隱也言懷王始信任己與我平議國政後用讒言中道悔恨隱遁其情而有他志余既不難離別兮近曰離遠曰別傷靈脩之數化化變也言我竭忠見過非難與君離別也傷念君信用讒言志數變易無常操也余既滋蘭之九畹兮滋蒔也十二畝爲畹又樹蕙之百畝樹種也二百四十步爲畝言己雖見放流猶種蒔衆香脩行仁義勤身自勉朝暮不倦畦留夷與

難下五臣本有夫字

藠萬

乎言之閒也

已上言已身斥退衆賢亦沮

憑猶愊也
乎言之閒也

羌發語也史記高祖本紀集解引風俗通沛人語初發聲皆言其

揭車兮留夷香草也揭車亦香草一名芞輿五十畝爲畦雜杜衡與芳芷杜衡芳芷皆香草名也言已積累衆善以自絜飾復植留夷杜衡雜以芳芷芬香益暢德行彌盛也冀枝葉之峻茂兮冀幸也峻長也願竢時乎吾將刈刈穫也言已種植衆芳幸其枝葉盛長實核成熟願待天時吾將穫取收藏而成其功也以言君亦宜畜養衆賢以時進用而待仰其治也雖萎絕其亦何傷兮萎病也絕落也哀衆芳之蕪穢言已所種芳草當刈未刈蚤有霜雪枝葉雖蚤萎病絕落何能傷我乎哀惜衆芳摧折枝葉蕪穢而不成也以言已脩行忠信冀君任用而遂斥棄則使衆賢志士失其行也衆皆競進以貪婪兮競並也愛財曰貪愛食曰婪憑不猒乎求索憑滿也楚人名滿爲憑言在位之人無有清絜之志皆並進取貪婪於財利中心雖滿猶復求索不知猒飽羌內恕己以量人兮羌楚人語詞也以心揆心爲恕量度也各興心而嫉妒害賢爲嫉害色爲妒言在位之臣心皆貪婪內以其志恕度他人謂與已不同則各

蘅注同

穫

孫志祖云此言貪婪之人反嫉妒怨己者耳注似非

已上志與眾殊

菊即蘜也

反離騷精瓊靡與秋菊兮將以延夫天年

說文作顑頷

此下奪一葉

生嫉妬之心推棄清絜使不得用也忽馳騖以追逐兮非余心之所急言眾人所以馳騖惶遽者追逐權貴求財利也故非我心之所急務眾急於利我獨急於義者也老冉冉其將至兮冉冉行貌恐脩名之不立立成也言人年命冉冉而行我之衰老將以速至恐脩身建德而功不成名不立也朝飲木蘭之墜露兮墜墮也夕餐秋菊之落英言己旦飲香木之墜露吸正陽之津液暮食芳菊之落英吞陰陽之精蘂動以香淨自潤澤苟余情其信姱以練要兮苦瓜尚誠也練簡也長顑呼感頷感亦何傷顑頷不飽貌也言己飲食好美中心簡練而合道要雖長顑頷飢而不飽亦無所傷病也擥木根以結茝兮擥持也貫薜荔之落蘂貫累也薜荔香草也緣木而生蘂落墮也蘂實貌言已施行常擥木引堅據持根本又貫累香草之實執持忠信不為華飾之行也矯菌桂以紉蕙兮矯直也索胡繩之纚纚胡繩香草也纚纚索好貌言已行雖據根本猶復矯直菌桂芬芳之

貌下有也字

脩遠也　[illegible]詞

反离騷讀彭咸之所遺
已上引古自厲是時死志已定
而猶回車復路退修初服往
觀四荒詢占訊巫周流上下
至于僕悲馬懷而後卒從
彭咸班固以為忿懟不亦過
乎
艱替[illegible]為韻
案注無好字　脩遠也
鞿即靳也

九死支解之刑

性紉索胡繩令之澤好以善自約束終無懈已謇吾法夫前脩兮非時△俗之所
服言我忠信謇⺀者乃上法前代遠賢固非今時俗之人所可服行也雖不周於今之人
兮周合也願依彭咸之遺則彭咸殷賢大夫諫其君不聽自投水而死遺餘也則法也
言己所行忠信雖不合於今之人歎依古之賢者彭咸餘法以自率厲也願長太息以掩涕
兮哀人[民]生之多艱言己自傷施行不合於俗將效彭咸沈身於淵乃太息長悲哀念萬民受
命而生遭遇多艱以隨其身也余雖好△脩姱以鞿羈兮鞿羈以馬自喻也韁在口曰鞿
革絡頭曰羈言為人所係累也謇朝誶而夕替誶諫也詩云誶予不顧替廢也言己雖有絕遠
之智姱好之姿然以為讒人所鞿羈而係纍矣故朝諫謇⺀於君夕暮而身廢棄也既替余以蕙
纕兮纕佩帶也又申之以攬茝又復也言君所以廢棄己者以余帶佩眾香行以忠正之
故也然猶復重引芳茝以自結束執志彌篤也亦余心之所善兮雖九死其猶

无頹字

已上言守死不悔

蛾眉於蛾媚蛾媌也
反騷騷知衆嫭之嫉妬兮
何必颺纍之蛾眉

工即工師之工

未悔悔恨也言已履行忠信執守清白亦我心中之所美善也雖以見過支解九死終不悔恨也

怨靈脩之浩蕩兮靈脩謂懷王也浩猶浩々蕩猶蕩々無思慮貌也

終不察夫民

心言己所以怨恨於懷王者以其用心浩蕩驕敖放恣無有思慮終不見省察萬民善惡之心故朱紫相亂

國將傾危也

衆女嫉余之蛾眉兮衆女謂臣衆也蛾眉好貌

謠諑謂余以

善淫謠謂毀也諑音啄猶譖也淫邪也言衆女嫉妬蛾眉美好之人譖而毀之謂之善淫不可信也猶衆

臣妬嫉中正言己淫邪不可任也

固時俗之工巧兮偭（面）規矩而改錯偭背

也圓曰規方曰矩錯置也言今時之工才知彊巧背去規矩更造方圓必不堅固敗材木也以言佞臣巧於言

語背違先聖之法以意妄造必亂政化危君國也

背繩墨以追曲兮追隨也繩墨所以正

曲者

競周容以爲度周合也度法也言百工不隨繩墨之直道隨從曲木屋必傾危而不可居

也以言人臣不脩仁義之道背棄忠直隨從枉佞苟合於世以求容媚以爲常法身必傾危而被刑戮也

忳

學林

蛾法同
以五且作之

侘傺猶躊躇也

時時人也

已上言忠邪異路而邪終不可爲

孙云忍尤攘詬當一意忍攘敢也

鬱邑余侘傺兮忳徒昆切憂貌也侘傺失志貌也侘丑加切猶堂堂立貌也傺丑世切住也楚人名住曰傺吾獨窮困乎此時也言我所忳忳而憂中心鬱邑悵然住立而失志者以不能隨從時俗屈求容媚故獨爲時人所窮困也寧溘死以流亡兮溘猶奄也余不忍爲此態也言我寧奄然而死形體流亡不忍以忠正之性爲邪淫之態也鷙鳥之不羣兮鷙執也謂能執服衆鳥鷹鸇之類也以諭忠正自前代而固然言鷙鳥執志剛厲特處不羣以言忠正之士亦執分守節不隨俗人自前代固然非獨於今何方圜之能周兮夫孰異道而相安言何所有圜鑿受方枘而能合者誰有異道而相安邪言忠佞不相爲謀也屈心而抑志兮抑案也忍尤而攘詬尤過也攘除也詬恥也言己所以能屈案心志含忍罪過而不去者欲以除去恥辱誅讒佞之人如孔子誅少正卯也伏清白以死直兮固前聖之所厚言士有伏清白之志以死忠直之節者固乃前代聖王所厚哀也故武王

手言之閒也

已上思復歸正國

焉言之閒也

孫志祖引許慶宗云蘭皋椒丘以喻君子蘭子椒

反離騷衿芰茄之綠衣兮被夫容之朱裳

其言之閒也下二其同餘可以意求之

文三十二　六

伐紂封比干之墓表商容之閭也悔相道之不察兮悔恨也相視也察審也延佇乎

吾將反延長也佇立貌也詩云佇立以泣言己自恨視事君之道不明察當若比干伏節死義故長立而望將欲還反終已之志也迴朕車以復路兮迴旋也及行迷之未遠迷誤也言及旋我之車以反故道反迷已誤欲去之路尚未甚遠也同姓無相去之義故欲還也步余

馬於蘭皐兮步徐行也澤曲曰皐馳椒丘且焉止息土高曰丘四墮曰椒丘言己欲還則徐徐行步我之馬於芳澤之中以觀聽懷王遂馳高丘而止息以須君命進不入以離

尤兮退將復脩吾初服退去也言己誠欲遂進竭其忠誠君不肯納恐重遇禍將復去脩吾初始清絜之服製芰荷以為衣兮製裁也芰蔆也荷扶蕖也集芙蓉以為

裳芙蓉蓮華也上曰衣下曰裳言己進不見納猶復製裁芰荷集合芙蓉以為衣裳被服愈絜脩善益明

不吾知其亦已兮苟余情其信芳高余冠之岌岌兮岌岌

无兮字

陸離於楚儷

質體也

已上言復退保身
自下文明不煩憂也

反顧騷覽四荒以顧
懷

繽紛於闠闠也

常當作恒

高貌長余佩之陸離陸離參差衆貌也言己懷德不用復高我之冠長我之佩尊其威儀整其服飾以異於衆也芳與澤其雜糅兮芳德之臭也澤質之潤也玉堅而有澤糅雜也唯昭質其猶未虧唯獨也昭明也虧歇也言我外有芬芳之德外內有玉澤之質二美雜會兼在於己而不得施用故獨保明身無有虧失而已所謂道行則兼善天下不用則獨善其身忽反顧以遊目兮將往觀乎四荒荒遠也言己欲進忠信以輔事君而不見省故忽然反顧而去將遊目往觀四遠之外以求賢君也佩繽紛其繁飾兮繽紛盛貌芳菲菲其彌章菲菲猶勃勃也芳香貌也章明也言己雖欲之四荒猶整飾儀容佩玉繽紛而衆盛忠信勃勃而愈明不以遠故改其行人生各有所樂兮余獨好脩以爲常言萬人稟天命而生各有所樂或樂諂佞或樂貪淫我獨好脩正直以爲常行雖體解吾猶未變兮豈余心之可懲懲艾也言己好脩忠信以爲常行雖獲罪支解志猶不艾也女須之

說文嬃女字也引此文又云賈侍中說楚人謂姊曰嬃

嬋媛猶撣援也

然乃也

以言之間也

服用也

嬋媛兮女須屈原姊也嬋媛猶牽引也申申其詈予申重也言女須見己施行不與衆合以見放流故來牽引數怒重詈我也曰鮌婞直以亡身兮曰女須詞也鮌堯臣也帝繫曰顓頊後五葉而生鮌婞音脛很也終然夭乎羽之野蚤死曰夭言堯使鮌治洪水婞很自用不順堯命乃殛之於羽山死於中野女須比屈原於鮌不承君意亦將遇害汝何博謇而好脩兮紛獨有此姱節女須數諫屈原言汝何爲獨博采往古好脩謇謇姱異之節不與衆同而見憎惡於世薋菉葹以盈室兮薋蒺蔾也菉王芻也葹枲耳也詩曰楚楚者薋又曰終朝采菉三者皆惡草也以喻讒佞盈滿也判獨離而不服判別貌也女須言衆人皆佩薋菉枲耳爲讒佞之行滿於朝廷而獲富貴汝獨服蘭蕙守忠直判然離別不與衆同故斥弃也衆不可戶說兮孰云察余之中情屈原外困羣佞內被姊詈知時莫識言己心志所執不可戶說人告誰當察我中情之善否世並舉而好朋兮夫何煢獨而不予

鮌 法同

茲茲詞也
反離騷舒中情之煩惑
反離騷橫江湘以南遊
又將折衷乎重華

戴震云康娛連文篇中凡三見不應以爲夏太康
乎言之閒也紛之妄說皆緣不了此耳

聽煢孤也詩曰哀此煢獨予我也言時俗之人皆行佞偽相朋黨並相薦舉忠直之士孤煢特獨何肯聽用我言而納之也依前聖之節中兮節度也喟憑心而歷茲歷數也言己所言皆依前代聖王之法節其中和喟然舒憤懣之心歷前代成敗之道而作此詞者也濟沅湘以南征兮沅湘水名也就重華而陳詞重華舜名也帝繫曰瞽叟生重華是爲帝舜舜葬於九疑山在於沅湘之南言己依聖王法而行不容於俗故欲度沅湘之水南行就舜陳詞自說稽疑聖帝冀聞祕要以自開悟啓九辯與九歌兮啓禹子也九辯九歌禹樂也言禹平治水土以有天下啓能承志續敘其業育養品類故九州之物皆可辯數九功之德皆有次敘而可歌也左傳曰六府三事謂之九功九功之德皆可歌也謂之九歌水火金木土穀謂之六府正德利用厚生謂之三事夏康娛以自縱夏康啓子太康也娛樂也縱放也不顧難以圖後兮五子用失乎家巷圖謀也言夏太康不遵禹啓之樂而更作淫聲放縱情欲以自娛樂不顧患難不謀後葉

夫言之闕也下同

夫言之闕也

焉言之闕也

卒以失國兄弟五人家居閭巷失尊位也書序曰太康失國昆弟五人須于洛汭作五子之歌此逸篇也羿淫遊以佚田兮羿諸侯也田獵也又好射夫封狐封狐大狐也言羿爲諸侯荒淫遊戲以佚田獵又射殺大狐固亂流其鮮終兮鮮少也浞又貪夫厥家浞寒浞羿相也厥其也婦謂之家言羿因夏衰亂代之爲政娛樂田獵不恤人事信任寒浞使爲國相浞行媚於内施賂於外樹之詐慝而專其權勢羿田將歸使家臣衆逢蒙射而殺之貪取其家以爲妻也羿以亂得政身即滅亡故言鮮終也澆身被服強圉兮澆寒浞子也強圉多力也縱欲而不忍縱放也言浞取羿妻而生澆強梁多力縱放其情不忍其欲以殺夏后相也日康娛而自忘兮康安也厥首用夫顛隕首頭也自上下曰顛隕墮也言澆既殺夏后相安居無憂日作淫樂志其過惡卒爲相子少康所誅其首顛隕而墮也論語曰羿善射奡盪舟俱不得其死然自此以上羿澆寒浞事皆見於左傳夏桀之常違兮乃遂焉而逢殃殃咎也言夏桀

偱五臣作此注

焉猶因也招魂焉乃下招之焉義同于此

維猶也以懟

上背於天道下逆於人理乃遂以逢殃各爲殷湯所誅滅后辛之菹醢兮辛殷之亡王紂名也藏菜曰菹肉醬曰醢殷宗用而不長言紂爲無道殺比干醢梅伯武王把黄鉞行天罰殷宗遂絶不得久長也湯禹嚴而祗敬兮嚴畏也祗敬也周論道而莫差周周家也差過也言殷湯夏禹周之文王受命之君皆畏天敬賢論議道德無有過差故能獲神人之助子孫蒙福也舉賢而授能兮偱繩墨而不陂陂傾也言三王選士不遺幽陋舉賢用能不顧左右循用先聖法度無有傾失故能綏萬國安天下也易曰無平不陂皇天無私阿兮竊愛爲私所祐爲阿覽民德焉錯輔錯置也輔佐也言皇天明神無所私阿觀萬民之中有道德之者因置以爲君使賢輔佐成其志也故桀爲無道傳與湯紂爲淫虐傳與文王夫維聖哲以茂行兮哲智也茂盛也苟得用此下土苟誠也下土謂天下也言天下之所立者獨有聖明之知盛德之行故得用事天下而爲萬人之主瞻前而顧後兮顧視也相觀人之

初先古也

反離騷紛增欷以於邑

之言之閒也

反離騷恐重華之不纍與

計極相視也計謀也極窮也言前觀禹湯之所以興顧視桀紂之所以亡足以觀察萬民忠佞之謀窮其真僞夫孰非義而可用兮孰非善而可服服服事也言人臣誰有行仁義而不可任用誰有不行信義而可服事者乎言人非義則德不立非善則行不成阽余身而危死兮阽猶危也覽余初其猶未悔言己正言危行身將危亡上觀初代伏節之士我志所樂終不悔恨不量鑿而正枘兮量度也正方也固前脩以菹醢言工不度其鑿而方正其枘則物不固而木破矣臣不量君賢愚竭其忠信則被罪過而身殆也自前代脩名之人以獲菹醢龍逢梅伯是也曾歔欷余鬱邑兮曾累也歔欷懼貌也哀朕時之不當言我累息而懼鬱邑而憂者自哀生不當舉賢之時而值菹醢之日攬茹蕙以掩涕兮茹柔耎也霑余襟之浪浪霑濡也衣皆謂之襟浪浪流貌也言自傷放在山澤心悲泣下霑濡我衣浪浪而流猶引取柔耎香草以自掩拭不以悲故失仁義也跪敷衽以陳詞兮敷布也耿

吾既得此中正耿明也言己覩禹湯文王脩德以興天下見羿澆桀紂行惡以亡中知龍逢比干執履忠直身以葅醢乃長跪布衽俛首自省念仰訴於天中心曉明得此中正之道情合真人神與化游故得乘雲駕龍周歷天下以慰己情緩憂思也駟玉虬以乘鷖兮有角曰龍無角曰虬鷖鳳皇別名也山海經曰鷖身有五采溘埃風余上征溘猶奄也埃塵也言我設往行游將乘玉虬駕鳳車掩塵埃而上征去離時俗遠羣小也朝發軔於蒼梧兮軔支輪木也蒼梧舜所居夕余至乎縣圃縣圃神山淮南子曰縣圃在崑崙閶闔之中乃維上天言己朝發帝舜之居夕至縣圃之山受道聖王而登神明之山欲少留此靈瑣兮靈以喻君瑣門鏤也文如連瑣楚王之省閤也日忽忽其將暮言己誠欲少留於君之省閤以須政教日又忽去時將欲暮年歲且盡言己衰老也吾令羲和弭節兮羲和日御也弭按也望崦嵫而勿迫崦嵫日所入之山也迫附也言我恐日暮年老道德不施欲令日御按節徐行望日所入之山且勿附

反離騷解扶桑之總轡兮縱令之遂奔馳

聊卬僇也　須臾五臣作逍遙

反離騷鸞皇騰而不屬兮豈獨飛廉與雲師

近與及盛時遇賢君也路曼曼其脩遠兮脩長也吾將上下而求索言天地廣大其路曼曼遠而且長不可卒徧吾方上下左右以求索賢人與己合志者也飲余馬於咸池兮咸池日所浴也揔余轡乎扶桑揔結也扶桑日所拂木也淮南子言日出暘谷浴於咸池拂于扶桑爰始將行是謂朏明我乃往至東極之野飲馬於咸池與日俱浴以絜己身結我車轡於扶桑以留日行幸得不老延年壽折若木以拂日兮若木在崐崘西極其華照下地拂擊也聊須臾以相羊聊且也須臾相羊皆游也言己揔結日轡恐不能制年時卒過故復轉之西極折取若木以拂擊日使之還去且相羊而游以係君命也或謂拂蔽也以若木蔽日使不得過前望舒使先驅兮望舒月御也月體光明以喻臣清白後飛廉使奔屬飛廉風伯也風爲號令以諭君命言己使清白之臣如望舒先驅求賢使風伯奉君命於後以告百姓鸞皇爲余先戒兮鸞俊鳥也皇雌鳳以喻明知之士也雷師告余以未具雷爲諸侯以興君言己使

陸離其上下倒語也

時時世也

罷讀曰疲

仁知之士如鸞皇先戒百官將行適道而君怠墮告我嚴裝未具吾令鳳皇飛騰兮又繼之以日夜言我使鳳皇明知之士飛行天下以求同志續以日夜冀逢遇之飄風屯其相離兮回風曰飄飄風無常之風以興邪惡帥雲霓而來御雲霓惡氣以喻佞人御迎也言己使鳳皇往求同志之士欲與俱共事君反見邪惡之人相與屯聚謀欲離己又遇佞人相帥來迎欲使我變節以隨之紛總總其離合兮總總猶傳傳聚貌也斑陸離其上下班亂貌也陸離分散也言己游觀天下但見俗人競爲讒佞傳傳相聚乍離乍合上下之義班然散亂而不可知之也吾令帝閽開關兮帝謂天帝也閽主門者倚閶闔而望予閶闔天門也言己求賢不得嫉惡讒佞將上愬天帝使閽人開關又倚天門望而距我使我不得入也時曖曖其將罷兮曖曖昏貌罷極也結幽蘭而延佇言時世昏昧無有明君周行罷極不遇賢士故結芳草而長立有還意也世溷濁而不分兮溷亂也濁貪也好蔽美

反離騷：奚必云女彼高丘

而嫉妬言時世君亂臣貪不別善惡好蔽美德而嫉妬忠信朝吾將濟於白水兮濟度也淮南子曰白水出崐崘之源飲之不死登閬風而緤馬閬風山名在崑崙上緤繫也言我見中國溷濁則欲度白水登神山屯車繫馬而留止白水絜淨閬風清明言已脩絜白之行不懈怠也忽反顧以流涕兮哀高丘之無女楚有高丘之山女以喻臣言已雖去意不能已猶復顧念楚國無有賢臣心爲之悲而流涕溘吾遊此春宮兮溘奄也春宮東方青帝舍折瓊枝以繼佩繼續也言我遊奄然至于青帝宮觀萬物始生皆出仁義復折瓊枝以續佩守行仁義志彌固也及榮華之未落兮榮華喻顏色也落墮也相下女之可貽相視也貽遺也言已既脩行仁義思得同志願及年德盛時顏貌未老視天下賢人將持玉帛聘而遺之與俱事君也吾令豐隆乘雲兮豐隆雲師求宓妃之所在宓妃神女也以喻隱士言我令雲師豐隆乘雲周行求隱士清絜若宓妃者欲與并力也解佩纕以結言

相

虙 洁同

理猶行理之理

緯繣猶[illegible]也亦即乖違 廣韻云乖違也 字作徽繣

窮石 集注云窮石山名在張掖即后羿之國也

反離騷初纍棄彼宓妃兮更思瑤臺之逸女 抨雄鴆以作媒兮何百離而曾不壹耦

覽相觀猶詳也

兮纕佩帶也吾令蹇脩以爲理蹇脩伏羲氏之臣也理分理述禮意也言既見宓妃則解我佩帶之玉以結言語使古賢蹇脩而爲媒理也伏羲時湻朴故使其臣紛緫緫其離合兮忽緯繣其難遷緯繣乖戾也呼麥切遷徙也言蹇脩既持其佩帶通言而讒人復相聚毀敗令其意一合一離遂以乖戾而見距絶言所居深僻難遷徙也夕歸次於窮石兮次舍也再宿爲信過信爲次淮南曰弱水出于窮石入于流沙朝濯髮乎洧盤洧盤水名也禹大傳曰洧盤之水出崦嵫之山言宓妃體好清絜暮所歸舍窮石之室朝沐洧盤之水遁世隱居而不肯仕保厥美以驕傲兮倨簡曰驕侮慢曰傲日康娛以淫遊康安也言宓妃用志高遠保守美德驕傲侮慢日自娛樂以遊戲無事君之意也雖信美而無禮兮來違棄而改求違去也改更也言宓妃雖有美德驕傲無禮不可與共事君來去相棄而更求賢也覽相觀於四極兮周流乎天余乃下言我乃復往觀視四極周流求賢然後乃來下

槃

猶豫即兜豫淫豫由豫猶與容與一也

詒遺也

望瑶臺之偃蹇兮偃蹇高意見有娀之佚女有娀國名也佚美也謂帝嚳之妃契母簡狄也簡狄配聖帝生賢子以喻貞賢也詩曰有娀方將帝立子生商呂氏春秋曰有娀氏有美女爲之高臺而飲食之言己望瑶臺高峻睹有娀氏美女思得與共事君也吾令鴆爲媒兮鴆惡鳥也明有毒殺人以喻讒賊鴆告余以不好言我使鴆鳥爲媒以求簡狄其性讒賊不可信用還詐告我言不好雄鳩之鳴逝兮逝往也余猶惡其佻巧言又使雄鳩銜命而往其性輕佻巧利多語而無要實復不可信也心猶豫而狐疑兮欲自適而不可適往也言己令鴆爲媒其心讒賊以善爲惡又使雄鳩多言少實故中心狐疑猶豫意欲自往禮又不可也鳳皇既受詒兮恐高辛之先我高辛嚳有天下號也帝繫曰高辛氏爲帝嚳次妃有娀氏女生契言己既得賢智之人若鳳皇受禮遺將恐帝嚳以先我得簡狄也欲遠集而無所止兮聊浮遊以逍遙言己既求簡狄復後高辛欲遠集他

及遠也

哲王古明智之王

此瓊茅非所足菖蕒夏茅故注但云靈草蓋所菁茅也

终古文也

方又無所之故且遊戲觀望以忘憂也

及少康之未家兮留有虞之二姚

少康夏后相之子也有虞國名也姓姚氏舜後也昔寒浞使澆殺夏后相少康逃奔有虞虞因妻以二女而邑於綸有田一成有衆一旅能布其德以收夏衆遂誅滅澆復禹舊績屈原放至遠方之外博求衆賢索宓妃則不肯見求簡狄又後高辛少康留止有虞而得二妃以成顯功也是不欲遠去貌

理弱而媒拙兮

拙鈍

恐導言之不固

言己欲效少康留而不去又恐媒人弱鈍達言於君不能堅固復使回移

時溷濁而嫉賢兮好蔽美而稱惡

再言時溷濁者懷襄二世不明故羣下好蔽中正之士而舉邪惡之人

閨中既邃遠兮

小門謂之閨邃深也

哲王又不寤

哲知也寤覺也言君處宮殿之中其閨邃遠忠言難通指語不達自明智之王尚不覺善惡之情高宗殺孝己是也何況不智之君而以闇蔽固其宜也

懷朕情而不發兮余焉能忍與此終古

言我懷忠信之情不得發用安能久與此闇亂之君終古居乎意欲復去也

索瓊茅

既下有以字

以與也
篿敹々韜語也楚人謂卜問吉凶曰敹又即筳々
韜語
及離騷贊植稍以要神芳又勸宗被瓊茅
无明知之字

白更端詞也
此女亦爾也釋舍也

以筳篿兮索取也瓊茅靈草也筳小破竹也楚人名結草折竹卜曰篿筳音廷篿音專命靈氛為余占之靈氛古明占吉凶者也言已欲去則無所集欲止則又不見用憂懣不知所從乃取神草竹筳結而折之以卜去留使明知靈氛占其吉凶曰兩美其必合兮孰信脩而慕之靈氛言以忠臣而就明君兩美必合楚國誰能信明善惡脩行忠直欲相慕及者乎已宜以時去之也思九州之博大兮豈唯是其有女言我思念天下博大豈獨楚國有君臣可止乎曰勉遠逝而無疑兮孰求美而釋女何所獨無芳草兮爾何懷乎故宇爾女也懷思也宇居也言何所獨無賢芳之君何必思故居而不去也此皆靈氛之詞時幽昧以眩曜兮眩曜惑亂貌孰云察余之美惡屈原荅靈氛曰當時之君皆暗昧惑亂不知善惡誰當察我之善情而用已乎是難去之意人好惡其不同兮惟此黨人其獨異黨鄉黨謂楚國也言天下萬人之所好惡其性不同

疑上有狐字此女亦爾也

猶

珵珽之別字

蘇穌之借字

反離騷蓮靈氣而不𨻶

糈正作𥿻亦作稰皆通

翳蔽之日也

繽正作闠

迎故對轉為韻

此楚國尤獨異也戶服艾以盈要兮艾白蒿也盈滿也謂幽蘭其不可佩言楚人戶服白蒿滿其要帶以為芬芳反謂幽蘭臭惡為不可佩也以言君親愛讒佞憎遠忠直而不近也覽察草木其猶未得兮察視也豈珵美之能當珵美玉也相玉書言珵大六寸其曜自照言時人無能識臧否觀視衆草尚不能別其香臭豈當知玉之美惡乎以為草木易別於禽獸禽獸易別於珠玉珠玉易別於忠佞知人最難蘇糞壤以充幃兮蘇取也充滿也壤土也幃謂之幐幐香囊也謂申椒其不芳言取糞土以滿香囊佩而帶之反謂申椒臭而不香言近小人而遠君子也欲從靈氛之吉占兮心猶豫而狐疑言已欲從靈氛勸去之占則心狐疑念楚國也巫咸將夕降兮巫咸古神巫也當殷中宗之世降下也懷椒糈而要之椒香物所以降神糈精美所以享神言巫咸將夕從天上下來願懷椒糈要之使筮吉凶百神翳其備降兮九疑繽其並迎翳蔽也繽

朱子辯證皇即謂百神不必言天使也

就

同調對轉爲韻

咎注 下而乃也

脩善也

此下屈子之詞反離騷既於夫傅說

盛貌也九疑舜所葬也言巫咸得巳椒糈則將百神蔽日來下舜又使九疑之神紛然近我知巳之意皇

剡剡其揚靈兮皇皇天也剡剡光貌告余以吉故言皇天揚其光靈使百神

告我當去吉善也曰勉升降以上下兮勉强也上謂君下謂臣也求矩矱之

所同矩法也矱於縛切度也言當自勉上求明君下索賢臣與巳合法度者因與同志共爲化也湯

禹儼而求合兮儼敬也合匹也摯皋繇而能調摯伊尹名湯臣也咎繇禹

臣也調和言湯禹至聖猶敬承天道求其匹合得伊尹咎繇力能調和陰陽而安天下苟中情其

好脩兮何必用夫行媒行媒諭左右之臣也言臣能中心常好善則精感神明賢君自

舉用之不必須左右薦達之說操築於傅巖兮說傅說也傅巖地名武丁用

而不疑武丁殷之高宗也言傅說抱懷道德而遇刑罰操築作於傅巖武丁思想賢者夢得聖人以其

形像使求之因得說登以爲公道用大興爲殷高宗呂望之鼓刀兮呂太公之氏姓也鼓鳴也

誠

其言之聞也
鶗鴂乃子嶲並此鶗當亦作鵜古雉字也度又作鶗今謂之杜鵑
反鶗飛往恐鶗鴂之將鳴芳則先百草爲不芳
偃蹇猶蔚薈也
繽紛乃繽繁也

遭周文而得舉言大公避紂居東海之濵聞文王作典盍往歸之至於朝歌道窮困自鼓刀而屠遂西釣於渭濵文王夢得聖人於是出獵而遇之遂載以歸用爲師甯戚之謳歌兮甯戚衛人齊桓聞以該輔該備也甯戚脩德不用退而商賈宿齊東門外桓公夜出甯戚方飯牛叩角而歌桓公聞之知其賢舉用爲卿備輔佐也及年歲之未晏兮晏晚也時亦猶其未央央盡也言己所以汲汲欲輔佐君者異及年未晏晚以成德化然年時亦未盡若三賢之遭遇也恐鶗鴂之先鳴兮鶗鴂一名買鶬常以春分鳴也鶗弟鴂桂使百草爲之不芳言我恐鶗鴂以先春分鳴使百草華英摧落芬芳不成以喻讒言先使忠直之士被罪過也何瓊佩之偃蹇兮偃蹇衆盛貌衆薆然而蔽之言我佩瓊玉懷美德偃蹇而衆人薆然而蔽之傷不得施用也惟此黨人之不亮兮亮信也恐嫉妬而折之言楚國之人不尚忠信之行恐妬我正直欲必折挫而敗也時繽紛其變易

及獻騷甲晴畢以其繽紛

及獻騷雲脩既信櫯蘭之暧佞芳吾蘂懇焉而不蚤睹

「列」五臣作與

慢亦謟也
據注謟作謟非

文三十二　　十五

芳又何可以淹留言時俗溷濁善惡變易不可以久留宜速去也蘭芷變而不

芳兮荃蕙化而爲茅荃蕙皆香草也言蘭芷之草變其體而不復香荃蕙化而爲茅失

其本性也以言君子更爲小人忠信更爲佞僞何昔日之芳草兮今直爲此蕭

艾也言往昔芬芳之草今皆直爲蕭艾而已以言往日明智之士今皆佯愚豈其有他故

兮莫好脩之害也言士人所以變直爲曲者以上不好用忠正之人害其善士之故余

以蘭爲可恃兮蘭懷王少弟司馬子蘭也恃怙也羌無實而容長實誠也言

我以子蘭能進賢達能可怙而進不意內無誠信之實但有長大之貌浮華而已委厥美以從

俗兮委棄也苟得列乎衆芳言子蘭棄其美質正直之性隨從諂佞苟欲引於衆賢之

位而無進賢之心也椒專佞以慢慆兮椒楚大夫子椒也慆淫也榝又欲充其

佩幃榝茱萸也似椒而非以喻子椒似賢而非賢也幃盛香之囊也以喻親近言子椒爲楚大夫處蘭芷

之間而行淫慢諂諛之志又欲援引面從不賢之類皆使居親近無有憂國之心責之也既干進而務入兮干求也又何芳之能祗祗敬也言子蘭子椒苟欲求進自入於君身得爵祿而已復何能敬愛賢者而舉之乎固時俗之從流兮又孰能無變化言時世俗人隨從上化若水之流二子復以諂諛之行衆人誰有不變節而從俗者乎疾之甚也覽椒蘭其若茲兮又況揭車與江離言觀子椒子蘭變節若此豈況朝廷衆臣而不爲佞媚以容其身邪惟茲佩之可貴兮委厥美而歷茲歷逢也茲此也言已內行忠正外佩衆芳此誠可貴不遭明君棄其至美而逢此咎也芳菲菲而難虧兮虧歇也芬至今猶未沫沫已也言已所行芬芳誠難虧歇至今猶未已也和調度以自娛兮聊浮游而求女言我雖不見用猶和調己之行度執守忠貞以自娛樂且徐浮游以求同志及余飾之方壯兮周流觀乎上下上謂君下謂臣也言我願

歷擇也

乎言之閒也

舊音

邅卬展也

揚上有志字

左離騷乘雲霓（蜺字）之旖旎兮望昆侖以摎流又[illegible]之幽藹兮駕八龍之婉婉兮載雲旗之委蛇隱江瀕而掩涕兮何有九招与九歌[illegible]

及年德方成盛壯之時周流四方觀君臣之賢欲往就之靈氛既告余以吉占兮歷吉日乎吾將行言靈氛既告我以吉占歷善日吾將去君而遠行折瓊枝以爲羞兮羞脯也精瓊靡音糜以爲粻音張精鑿也靡屑也粻粮也言我將行乃折瓊枝以爲脯腊精鑿玉屑以爲儲粻飲食香絜冀以延年也爲余駕飛龍兮雜瑤象以爲車象象牙也言我駕飛龍乘明知之獸載象玉之車文章雜錯以言德似龍玉而世俗莫識也何離心之可同兮吾將遠逝以自疏言賢愚異心何可合同知君與己殊志故將遠去自疏而流遁也邅吾道夫崑崙兮邅轉也楚人名轉爲邅路脩遠以周流言己設去楚國遠行乃轉至崑崙神明之山其路長遠周流天下以求同志揚雲霓之晻藹兮揚披也晻藹蓊鬱蔭貌鳴玉鸞之啾啾鸞鸞鳥也以玉作之著於衡和著於軾啾啾鳴聲言從崑崙將遂升天披雲霓之蓊鬱排群佞之黨羣鳴玉鸞之啾啾而有節度也朝發軔

周礼交龍爲旂
之言之間也

於天津兮 天津東極箕斗之間漢津也 夕余至乎西極 言已朝發天之東津萬物所生夕至地之西極萬物所成動順陰陽之道且亟疾也 鳳皇翼其承旂兮 翼敬也旂旗也畫龍蛇爲旂 高翱翔之翼翼 翼翼和貌也言已動順天道則鳳皇來隨我車敬承旂旗高飛翱翔翼翼而和嘉忠正懷有德也 忽吾行此流沙兮 流沙沙流如水也尚書曰餘波入於流沙 遵赤水而容與 遵循也赤水出崑崙容與遊戲貌也言吾行忽然過此流沙遂循赤水而游戲雖行遠方動以清絜自洒飾也 麾蛟龍使梁津兮 舉手曰麾小曰蛟大曰龍 詔西皇使涉予 詔告也西皇帝少皞也涉渡也言我乃麾蛟龍以橋西海使少皞渡我動與神獸聖王相接言能渡萬人之厄 路脩遠以多艱兮 艱難也 騰衆車使徑待 騰過也言崑崙之路險阻多難非人所能由故令衆車先使從邪徑以相待也以言已所行車遠莫能及 路不周以左轉兮 不周山名在崑崙山西北轉行也 指西海以爲期 指語也期會也

之言之閒也

反辭繚繞回復於舊都
若似西湘淵淵之濤瀨

言已使語衆車我所行之道當過不周山而左行俱會西海之上也過不周者言道不合於俗也左轉者言君行左乖不與己同志也屯余車其千乘兮（屯陳也）齊玉軑（軑音大）而並馳（軑轄也言乃屯陳我車前後千乘齊以玉爲車轄並馳左右從己者衆皆有玉德宜輔千乘之君）駕八龍之婉婉兮（婉婉龍貌）載雲旗之委移（言已駕八龍神智之獸其狀婉婉又載雲旗委移而長也駕八龍者言已德如龍可制御入方也載雲旗者言已德如雲雨能潤施）抑志而弭節兮神高馳之邈邈（邈邈遠貌也言已雖乘雲龍猶自抑案弭節徐行高抗志行邈邈而遠莫能逮及）奏九歌而舞韶兮（九歌九德之歌禹樂也九韶舜樂也尚書曰簫韶九成是也）聊假日以媮樂（言已德高智明宜輔舜禹以致太平奏九德之歌九韶之舞而不遇其時故假日游戲媮樂而已）陟升皇之赫戲（平聲）兮（皇皇天也赫戲光明之貌）忽臨睨（五計）夫舊鄉（睨視也舊鄉楚國也言已雖陟崑崙過不周度西海舞九韶升天庭據光曜不足以解憂猶復顧楚國愁

軑

九歌猶舊名也
九歌九章九辯皆取舊名章大章也所以取九者九成之義也

且思也

僕夫悲余馬懷兮僕御也懷思也蜷奇負局顧而不行蜷局詰屈不行貌也屈原設去時離俗周天匝地意不忘舊鄉望見楚國僕御悲感我馬思歸蜷局詰屈而不肯行此終志不失以辭自見以義自明也

亂曰亂理也所以發理詞指總撮行要也屈原舒肆憤懣極意陳詞或去或留文采紛華然後結括一言以明所趣

已矣哉國無人莫我知兮已矣絕望之詞也無人謂無賢人也屈原言已矣者我懷德不見用以楚國無有賢人知我忠信之故也自傷之詞也

又何懷乎故都言衆人無有知己已復何爲思故鄉念楚國也

既莫足與爲美政兮吾將從彭咸之所居言時世人君無道不足與共行美德善政我將自沈汨淵從彭咸而居處也

九歌四首

屈平

王逸注

序曰九歌者屈原之所作也昔楚南郢之邑其俗信鬼而好祠其祠必作樂鼓舞因

漢書郊祀志云謬忌曰天神貴者太一太一佐曰五帝然則東君太一即蒼帝配天楚既稱王亦僭郊矣

集韻云璆鏘皆玉聲

瑱猶鎮也

為作九歌之曲託之以諷諫也

東皇太一

吉日兮辰良日謂甲乙辰謂寅卯也穆將愉兮上皇穆敬也愉樂也上皇謂東皇太一也言已將脩祭祀必擇吉日辰之日齋戒恭敬以宴樂天神撫長劒兮玉珥撫持也珥謂劒鐔也劒者所以威不服衛有德故撫持之也璆鏘鳴兮琳琅璆琳琅皆美玉名也鏘佩聲也詩曰佩玉鏘鏘言已供神有道乃使靈巫佩持好劒以辟邪惡垂衆佩周旋而舞動鳴五玉鏘五音而和且有節度瑤席兮玉瑱盍將把兮瓊芳盍何不也把持也瓊玉枝也言已脩飾清潔以瑤玉為席美玉為瑱靈巫何不持乎乃把玉枝以為香蕙肴蒸兮蘭藉蕙肴以蕙草蒸肉也藉所以藉飯食也易曰藉用白茅奠桂酒兮椒漿桂酒切桂以置酒中也椒漿以椒置漿中也言已供待彌敬及以蕙蒸肴芳蘭為藉進桂酒椒漿以備五味也揚枹兮拊鼓

漢志晉巫祠雲中君注雲神也
辯證云若移名也

拊擊也䟽緩節兮安歌䟽希也言膳既具不敢寧處親舉枹擊鼓使靈巫緩節而舞徐歌相和以樂神也陳竽瑟兮浩倡浩大也言已陳列竽瑟大倡作樂以自竭盡也靈偃蹇兮姣服靈謂巫也偃蹇舞貌也姣好也服服飾也芳菲菲兮滿堂菲菲芳貌也言乃使姣好之巫被服盛飾舉足奮袂偃蹇而舞芬芳菲菲盈滿堂室也五音紛兮繁會五音宫商角徵羽也紛盛貌也繁衆也君欣欣兮樂康欣欣喜貌康樂也言已重作衆樂合會五音紛然盛美神以歡欣猒飽喜樂則身蒙慶祐家受多福也屈原以爲神無形聲難事易失然人竭心盡禮則歆其祀而惠降以祉自傷履行忠誠以事於君不見信任而身放逐以危殆也

雲中君

浴蘭湯兮沐芳華采衣兮若英華采五色也若杜若也言已將脩饗祭以事靈神乃先使靈巫先浴蘭湯沐香芷衣五采華衣飾以杜若之英以自絜飾靈連蜷巨員反兮既留

蹇猶羌也

御覽引許慎云吕字知接蕭

蒙求袂而絕之壽宮注

壽宮寢堂也

靈巫也楚人名巫爲靈子連蜷巫迎神道引貌也既巳也留止也爛昭昭兮未央爛光貌也昭昭明貌也未央未巳也巫執事肅敬奉迎導引神顏貌矜莊形體連蜷神則歡喜安留見止見其光容爛然昭明長無極巳蹇將憺兮壽宮蹇詞也憺安也壽宮供神之處也祠祀皆欲得壽故名爲壽宮也言雲神既至在於壽宮歆饗酒食憺然安樂無有去意也與日月兮齊光齊同也光明也言雲神豐隆爵位尊高乃與日月同光明也夫雲興而日月晦雲藏而日月明故言齊光也龍駕兮帝服龍駕言雲神駕龍帝謂五方之帝也服飾也言天尊雲神使之乘龍兼衣言青黃五采之色與五方帝同服也聊翺游兮周章聊且也周章猶周流也言雲神居無常處動則翺翔周流往來且游且翺也靈皇皇兮既降靈謂雲神也皇皇美貌也降下也言神來下其皇皇而美有光文也猋遠舉兮雲中猋去疾貌雲中其所居也言雲神往來急疾飲食既飽猋然遠舉復還其處覽冀州兮有餘覽望也兩河間曰冀州餘猶他方也言雲神所在高邈乃望於

極疲也

史記始皇本紀浮江至湘山祠逢大風幾不得渡上問博士曰湘君何神博士對曰聞之堯女舜之妻而葬此

索隱以湘君是舜詳叔師之意亦以此此與南征陟詞同旨

冀州尚復見他方也横四海兮焉窮窮極也言雲神出入奄忽須臾之間横行四海安有窮極者思夫君兮太息君謂雲神也極勞心兮𢥞𢥞𢥞𢥞憂心貌也屈原見雲一動千里周徧四海想得隨從觀望四方以忘己憂思而念之終不可得故太息而歎中心煩勞而𢥞𢥞

湘君

君不行兮夷猶君謂湘君也夷猶猶豫也言湘君所在土地肥饒又有嶮峨故其神常安不肯游蕩既設祭祀使巫請呼之尚復猶豫蹇誰留兮中洲蹇詞也留待也中洲洲中也水中可居者爲洲言湘君蹇然難行誰留待於水中之洲乎以爲堯二女妻舜有苗不服舜往征之二女從而不反道死於沅湘之中因爲湘夫人也所留盖謂此二女美要眇兮宜脩要眇好貌也脩飾也言二女之貌要眇而好又宜脩飾也沛普賴吾乘兮桂舟沛行貌也舟船也吾屈原自謂也言己雖在湖澤之中猶乘桂木之船沛然而行令沅湘兮無波沅湘水名使江水兮安流

未 注及別本

太當作大

注

當子以女指旁觀之人

言已乘船常恐危殆願君令沅湘無波涌使江順徑徐流則得安也望夫君兮歸來君謂湘君吹參差兮誰思參差洞簫也言已瞻望於君而未肯來則吹簫作樂君當復誰思念駕飛龍兮北征屈原思神略垂意念楚國駕飛龍北行還亟歸故居也邅吾道兮洞庭邅轉也洞庭太湖也言已欲乘龍而歸不敢隨從大道願轉江湖之側安委曲之徑欲急至也薜荔拍兮蕙綢薜荔香草也拍搏壁也綢縛束也詩曰綢繆束楚承荃橈兮蘭旌荃香草也橈小楫也屈原言已居家則以薜荔搏飾四壁蕙草縛屋乘舟船則以荃爲楫櫂蘭爲旌旗動以香絜自脩飾望涔陽兮極浦涔陽者江碕名也近附郢極遠也浦涯水也橫大江兮揚靈靈精誠也屈原思念楚國願乘輕舟上望江海之遠浦附郢之碕以泄憂念橫度大江揚已精誠冀能感寤懷王使還已也揚靈兮未極極已也女嬋媛兮爲余太息女謂女須也屈原姊也嬋媛猶牽引也言已遠揚精神雖欲自竭盡終無從達故女須牽引責之數爲已太息悲毒欲使

畢 王注 從王注乙

從王注乙

從王注乙

朱子以君指湘君

屈原攺性易行隨風俗也。横流涕兮潺湲。潺湲流貌也屈原感女須之言亦欲變節而意不能攺内自悲傷涕泣横流。隱思君兮陫側。陫符沸君謂懷王也陫陋也言己雖見放弃隱伏山野猶從側陋之中思念君也。桂櫂兮蘭枻櫂楫也枻船傍板斵冰兮積雪斵斫也言己乗船遭天盛寒舉其楫斵斫冰凍紛然如積雪言己勤苦。采薜荔兮水中搴芙蓉兮木末。搴手取也芙蓉荷華也生水中屈原言己執忠信之行以事於君其志不合猶入池涉水而求薜荔登山緣木而采芙蓉固不可得。心不同兮媒勞。言婚姻所好心意不同則媒人疲勞而無功也屈原自喻行與君異終不可合亦疲勞而已。恩不甚兮輕絶。言人交接初淺恩不甚篤則輕相與離絶也言己與君同姓共祖無離絶之義。石瀨兮淺淺。音牋瀨湍也淺淺流疾貌。飛龍兮翩翩。屈原憂愁俯視川水見石瀨淺淺疾流而下將有所至仰見飛龍翩翩而上將有所登自傷弃在草野終無所登至也。交不忠兮怨長。交友也忠厚也朋友相與不厚則長相怨恨也言己

執履忠貞雖獲罪過不敢怨恨於衆人期不信兮告余以不閒閒暇也言

君常與己期欲共爲治後以讒言之故更告我以不閒暇遂以疏遠朝騁騖兮江皐

朝以喻己盛也澤曲曰皐言己願及朝明己年盛時任重馳騁以行道德夕弭節兮北渚

弭安也渚水涯也夕以喻衰言日夕將暮己已衰老弭情安意終於草野鳥次兮屋上

次舍也過信爲次水周兮堂下周旋也言己所居在湖澤之中衆鳥舍止我之屋上流水

周旋已之堂下自傷與鳥獸魚鼈爲伍捐余玦兮江中玦玉佩也先王所以命臣之瑞

也故與環即還與玦即去也遺余佩兮澧浦遺離也佩瓊琚之屬也言己雖見放逐常

思念君設欲遠去猶捐玦佩置於水涯冀君求己示有還意采芳洲兮杜若芳洲香草

叢生水中之處將以遺兮下女遺與也女陰也以喻臣謂己之儔匹也言己願於芳芬絶

異之洲采取杜若以與貞正之人思與同志終不更變時不可兮再得言日不再中年

不再盛也聊逍遙兮容與逍遙游戲也言天時不再至人年不再盛己既老矣不遇於時聊且逍遙而游容與而戲以待天命之至也

湘夫人

帝子降兮北渚帝子謂堯女也降下也言堯二女娥皇女英隨帝不反墮於湘水之渚因爲湘夫人目眇眇兮愁予眇眇好貌也予屈原自謂也堯二女儀德美好眇然絶異又配帝舜而乃沒命水中屈原自傷不遭值堯而遇暗君亦將沈身湘流故曰愁我也嫋嫋兮秋風嫋嫋秋風搖木貌洞庭波兮木葉下言秋風疾則草木搖湘水波而樹葉落矣以言君政急則衆人愁而賢者傷矣登白薠兮騁望薠草秋生騁平也與佳期兮夕張佳期謂湘夫人也不敢指斥尊者故言佳也張施也言己願以始秋薠草初生望平之時脩設祭具夕早洒掃張施帷帳與夫人期歆饗之也鳥萃兮蘋中萃集也罾何爲兮木上罾魚網也夫鳥

荒注

當集木顛而言草中罾當在水中而言木上以喻所願不得失其所也沅有茝兮澧有蘭言沅水之中有盛茂之茝澧水之外有芬芳之蘭異於衆草以興湘夫人美好亦異於衆人思公子兮未敢言公子謂湘夫人也重以卑說尊故變言公子也言己想若舜之遇二女二女雖死猶思其神所以不敢達言者當須介女當須媒也慌忽兮遠望觀流水兮潺湲言神鬼荒忽往來無形近而視之彷彿若存遠而望之但見水流潺湲也麋何為兮庭中麋獸名蛟何為兮水裔蛟龍類也言麋當在山林而在庭中蛟當在深淵而在水涯以言小人當處野而升朝廷賢者當居尊官而為僕隷朝馳余馬兮江皐夕濟兮西澨濟渡也澨水涯自傷驅馳不出湖澤之域聞佳人兮召予予屈原自謂也將騰駕兮偕逝偕俱也逝往也屈原幽居草澤思神念鬼冀湘夫人有命呼已則願騰駕而往不待侶偶也築室兮水中葺之兮以荷蓋屈原困於世上願築室水中託附神明而居處也蓀壁兮

孫引一金天與云自此以下六句爲湘君
散捐袂遺佩一律以是古詩意
疊乘[illegible]前用玦佩注以爲[illegible]
君還已之意固無所不可此　褋
云湘夫人者而屈原遠欲褋

紫壇以荃草飾室壁累紫貝爲壇播芳椒兮成堂布香椒於堂上桂棟兮以桂木爲屋棟蘭橑以木蘭爲榱辛夷楣兮以辛夷香草作户楣葯房葯白芷也房室也罔薜荔兮爲帷罔結也結薜荔爲帷帳擗蕙櫋兮既張擗折也以折蕙覆櫋屋白玉兮爲鎮以玉鎮坐席疏石蘭以爲芳石蘭香草疏布陳也芷葺兮荷屋葺蓋屋也繚之兮杜衡繚縛束也杜衡香草也合百草兮實庭合百草之華以實庭也建芳馨兮廡門馨香之遠聞者也以爲門廡也屈原生遭濁世憂愁困極意欲隨從鬼神築室水中與湘夫人比鄰而處然猶積衆芳以爲殿堂脩飾彌盛行善彌高也九嶷繽兮並迎九嶷山名舜所葬也靈之來兮如雲言舜使九嶷之山神繽然來迎二女則百神侍送衆多如雲捐余袂兮江中袂衣袖也遺余褋兮澧浦褋襜襦也屈原設託與湘夫人共鄰處舜復迎之而去窮困無所依故欲捐棄衣物裸身而行將適九夷

析

身雖遠竄又雖明且九夷之 說與國與宋四角亦石合

也搴汀洲兮杜若汀平也將以遺兮遠者遠者謂高賢隱士也言已雖欲之九夷絕域之外猶求高賢之士采平洲香草以遺之共與修道德也時不可兮驟得驟數也聊逍遙兮容與言富貴有命天時難值不可數得聊且游戲以盡年壽也

文選卷第三十二

卅日夕將半

侃誦此卷往復審諟目眵精疲

漢志荆巫祠堂下巫先司命疑此少司命則志之堂下也
三台上台二星西近文昌曰司命文昌六星四爲司命不知孰爲長幼也

文選卷第三十三

梁昭明太子撰

文林郎守太子右内率府録事參軍事崇賢館直學士臣李善注上

騷下

屈平九歌二首　九章一首

卜居一首　漁父一首

宋玉九辯五首　招魂一首

劉安招隱士一首

九歌二首　屈平

少司命　王逸注

夫人人人也

此美人万民也

倏

秋蘭兮蘪蕪羅生兮堂下言己供神之室閑而清靜衆香之草又環其堂下羅列而生誠司命君所宜幸集也綠葉兮素華芳菲菲兮襲予襲及也予我也言芳草茂盛吐葉垂華芳香菲菲上及我也夫人自有兮美子夫人謂萬民也蓀何以兮愁苦蓀謂司命也言天下萬民人人自有子孫司命何爲主握其年命而用思愁苦秋蘭兮青青綠葉兮紫莖言己事神崇敬重種芳草莖葉五色香益暢也滿堂兮美人忽獨與余兮目成言萬民衆多美人並會盛滿於堂而司命獨與我睨而相視成爲親親也入不言兮出不辭言神往來奄忽入不語言出不訣辭其志難知也乘回風兮載雲旗言司命之去乘風載雲其形貌不可得見悲莫悲兮生別離屈原思神略畢憂愁復出乃長歎曰人居世悲哀莫痛與妻子生別離傷已當之也樂莫樂兮新相知言天下之樂莫大於男女始相知之時也屈原言己無新相知之樂而有生離之憂荷衣兮蕙帶儵而來兮忽而逝言司命被服香

淨

以五臣本作為

與汝而下無注蓋後河伯章中語也

此美人司命也

始皇本紀始皇曰山鬼固不過知一歲事詳其所目乃江神也然則鬼亦神耳諸侯祭其疆內名山大川此其類

淨往來奄忽難當值也夕宿兮帝郊帝謂天帝君誰須兮雲之際言司命之去暮由於天帝之郊誰待於雲之際乎卒其有意而顧已與汝遊兮九河衝飇起兮水揚波與汝沐兮咸池咸池星名也蓋天池晞汝髮兮陽之阿晞乾也詩云匪陽不晞阿曲阿曰所行也言已願託司命俱沐咸池乾髮陽阿齋戒絜已冀蒙天祐也望美人兮未來美人謂司命也臨風怳兮浩歌怳失意貌也言已思望司命而未肯來臨疾風而大歌冀神聞之而來至也孔蓋兮翠旍言司命以孔雀之翅為車蓋翡翠之羽為旍旗言殊飾也登九天兮撫彗星九天八方中央也言司命乃昇九天之上撫持彗星欲掃除邪惡輔仁賢也竦長劍兮擁幼艾竦執也幼少也艾長也言司命持長劍以誅絕惡擁護萬人長少使各得其命荃獨宜兮為民正言司命執心公方無所阿私善者佑之惡者誅之故宜為萬民之正

山鬼

孫云下處幽篁爲山鬼自謂則此云慕予指人爲鬼自謂

余山鬼自余也

若有人兮山之阿有人謂山鬼也阿曲隅也被薜荔兮帶女蘿女蘿菟絲也言山鬼彷彿若人見山之阿被薜荔之衣以菟絲爲帶也薜荔菟絲皆無根緣物而生山鬼亦奄忽無形故衣之以爲飾也既含睇兮又宜笑睇微眄也言山鬼之狀體含妙容美目盼然又好口齒而宜笑子慕予兮善窈窕子謂山鬼也窈窕好皃詩云窈窕淑女言山鬼之皃既以姱麗亦復慕我有善行好姿是故來見其容也乘赤豹兮從文貍辛夷車兮結桂旗辛夷香草也言山鬼出入乘赤豹從神貍結桂與辛夷以爲車旗言有香絜也被石蘭兮帶杜衡石蘭杜衡皆香草也折芳馨兮遺所思所思謂清絜之士若屈原者也言山鬼脩飾衆香以崇其神屈原履行清絜以厲其身神人同好故折香馨相遺以同其志也余處幽篁兮終不見天言山鬼所處乃在幽昧之內終不見天地所以來出歸有德也或曰幽篁竹林路險難兮獨後來言所處既深其路阻險又難故來晚暮後諸神表獨立兮山之

留待也

朱子以公子非謂公子椒孫
封圖洪本云題曰揭出山
鬼以後俱代山鬼言耳
王注支離

朱子以山中人山鬼自謂
也

並詞也

上表特也言山鬼後到特立於山之上而自異也雲容容兮而在下杳冥冥兮羌晝

晦言山鬼所在至高雲出其下雖白晝猶冥晦東風飄兮神靈雨飄風皃也詩云匪風飄兮言東風飄

然而起則靈應之而雨以言陰陽相感風雨相和屈原自傷獨無和也留靈脩兮憺忘歸靈脩謂懷王也

歲既晏兮孰華予晏晚也孰誰也言己宿留懷王冀其還己心中憺然安而忘歸年歲晚暮將欲疲老誰當

復使我榮華也采三秀兮於山間三秀謂芝草也石磊磊兮葛蔓蔓蔓莫盤反言己欲服

芝草以延年命周旋山間采而求之終不能得但見山石磊磊葛草蔓蔓或曰三秀秀才之士隱處者也言石葛者喻所在深也

怨公子兮悵忘歸公子謂公子椒也言所以怨公子椒者以其知己忠信而不肯達故我悵然失志而忘歸

也君思我兮不得閒言懷王時思念我顧不肯以閒暇之日召己謀議山中人兮

芳杜若山中人屈原自謂也飲石泉兮蔭松柏言己雖在山中無人之處猶取杜若以為芬芳

飲石泉之水蔭松柏之木飲食居處動以香潔自脩飾君思我兮然疑作言懷王有思我時然讒言

離憂即離騷也

劒鋏一聲之轉耳

妄作故令狐疑者也雷填填兮雨冥冥猨啾啾兮狖夜鳴風颯颯兮木蕭蕭言己在深山之中遭雷電暴雨猨號狖鳴風木揺動以言恐懼失其所也或曰雷爲諸侯以興於君雲雨冥昧以興佞臣猨猴善鳴以興讒言風以喻政木以喻人雷填填者君妄怒也雨冥冥者羣佞聚也猨猴啾啾者讒夫弄口也風颯颯者政煩擾也木蕭蕭者民驚駭也思公子兮徒離憂言己怨子椒不見達故遂憂愁

九章一首

序曰九章者屈原之所作也屈原放江南之野故復作九章章著也明也言己所陳忠信之道甚明著也

屈平　王逸注

涉江

余幼好此奇服兮奇異也或曰奇服好服也年既老而不衰衰懈也已少好奇偉之服履忠直之行至老不懈帶長鋏之陸離兮長鋏劒名也其所握長劒楚人名曰

長鋏也

冠切雲之崔嵬。崔嵬高貌也言己內修忠信之志外帶長利之劍戴崔嵬之冠其高切青雲也

被明月兮佩寶璐。在背曰被寶璐美玉也言己背被明月之珠胷佩美玉德寶兼備行度清白

世溷濁而莫余知兮。溷亂也濁貪也

吾方高馳而不顧。言時世貪亂遭君蔽闇無有知我之賢然猶高行抗志終不回曲也

駕青虬兮驂白螭。言虬螭神獸宜於駕乘以喻賢人清白宜可信任也

吾與重華遊兮瑤之圃。重華舜名也瑤石次玉也圃園也言己想侍虞舜遊玉圃猶言遇聖帝升清朝也

登崑崙兮食玉英。猶言坐明堂受爵位

與天地兮比壽與日月兮齊光。言己年與天地相敝名與日月同曜也

哀南夷之莫吾知兮。屈原怨毒楚俗嫉害忠貞乃曰可哀哉南夷之人無知我賢者也

旦余濟乎江湘。旦明也濟度也言己遭放棄以明旦時始去遂渡江湘之水言明旦之者紀時明刺君不明也

乘鄂渚而反顧兮。乘登也鄂渚地名也

欸秋冬之緒

低

吳猶茉也鍭即鏵之別字

擬玉疑与凝同

之言之閒也

溆玉篇又作漵則說文
漵字之別體然說文但
言水名未詳何地此溆
元和志引作敘水經注

風欸歎也緒餘也言已登鄂渚高岸還望楚國嚮秋冬、北風愁而長歎之中憂思也步余馬兮
山皋邸余車兮方林邸舍也方林地名言我馬壯強行山皋無所驅馳我車堅牢於方
林無所載任也以言已才德方壯誠可任用棄在山野亦無所施也乘舲船余上沅兮舲船
船有窗牖者也齊吳榜以擊汰吳榜船櫂也汰水波言已始去乘窗船西上沅湘之水士卒齊
舉大櫂而擊水波自傷去朝堂之上而入湖澤之中也或曰齊悲歌言愁思也船容與而不進
兮淹回水而疑滯疑惑也滯留也言士衆雖同力引櫂船猶不進隨水流使已疑惑有意還
之者也朝發枉渚兮枉渚地名夕宿辰陽辰陽亦地名言已乃從枉渚宿辰陽自傷
去日遠也或曰枉曲也渚沚也辰時也陽明也言已將去枉曲之俗而處時明之鄉苟余心其端直
兮苟誠也雖僻遠之何傷僻左也言我惟行正直之心雖在遠僻之域猶有善稱無害疾
也故論語曰子欲居九夷也入溆浦余儃佪兮溆水名也迷不知吾之所

四

一三一文

謂之序溪
溆浦以下更無所指
則溆浦山中屋子所
遷之地後此沈汨乃
後下行也

如。迷惑也如之也言己思念楚國雖循水涯意猶迷惑不知所之深林杳以冥冥兮草木
茂盛乃猨狖之所居非賢士之道徑山峻高以蔽日兮言嶮峨危傾也下
幽晦以多雨言耆濕沮洳也霰雪紛其無垠兮涉冰凍之盛寒雲霏霏
而承宇室屋沈没與天連也或曰日以諭君山以諭臣霰雪以諭殘賊雲以象佞人山峻高以蔽日者
謂臣掩君明也下幽晦以多雨者羣下專擅施恩惠也霰雪紛其無垠者殘賊之政害仁賢也雲霏霏而承宇
者佞人並進滿朝廷也哀吾生之無樂兮遭遇讒佞失官祿也幽獨處乎山
中。遠離親戚而斥逐也吾不能變心而從俗兮終不易志隨枉曲也固將愁
苦而終窮愁思無聊身困極也接輿髡首兮桑扈臝行接輿楚狂接輿
也髡剔也首頭也自刑體避世不仕也桑扈隱士也去衣臝袒效夷也言屈原不容於世引比隱者以自慰
忠不必用兮賢不必以以亦用也伍子逢殃兮伍子伍子胥也為吳王夫

〇與舉也

差臣諫令伐越夫差不聽遂賜劒而自殺後越竟滅吳故逢殃也比干菹醢比干紂之諸父也紂淫惑妲己作糟丘酒池長夜之飲斮朝涉剖孕婦比干正諫紂怒妲己曰聖人之心有七孔於是乃殺比干剖其心而觀之故言菹醢也與前世而皆然兮謂行忠直而遇患害若比干子胥也吾又何怨乎今之人言自古有迷亂之君若紂夫差不用忠信滅國忘身當何爲復怨今之君乎余將董道而不豫兮董正也豫猶豫也言己雖見先賢執忠被害猶正身直行志不猶豫而有狐疑也固將重昏而終身昏亂也言己不逢明君思慮交錯心將重亂以終年命

〇卜居一首序曰卜居者屈原之所作也原放棄乃往太卜之家卜己居俗何所宜行

屈平　王逸注

屈原既放三年（違去郢都處山林也）不得復見（道路僻遠所在深也）竭智盡
忠（建造策謀披胷心也）蔽鄣於讒（遇諂佞也）心煩意亂（意憒悶也）不知所從（
迷瞀眩也）乃往見太卜鄭詹尹（稽神明也鄭詹尹工師姓名也）曰余有所疑（意惑
遑也）願因先生決之（斷吉凶也）詹尹乃端策拂龜（整儀容也）曰君將
何以教之（願聞其要）屈原曰（吐詞情也）吾寧悃悃款款（志純一也）朴以
忠乎（竭誠信也）將送往勞來（追俗人也）斯無窮乎（不困貧也）寧誅鋤草
茅（刈蔦營也）以力耕乎（耕稼穡也）將遊大人（事貴戚也）以成名乎（榮譽立也）
寧正言不諱（諫君惡也）以危身乎（被刑戮也）將從俗富貴（食重祿也）以
媮生乎（身安樂也）寧超然高舉（讓官爵也）以保真乎（守玄默也）將哫（卽）
訾慄斯（承顏色也）喔（握）咿（伊）嚅（儒）兒（卯）（強笑噱也）以事婦人乎（詘蜷局也）寧廉絜

突梯即鶻義之鶻也滑稽亦即義也義墨翟書作蕭讀如錡
潔楹未詳當為啟之緩音
乎字當有或去之非也此以句太長加乎以緩音節也

正直（志如玉也）以自清乎（脩絜白也）將突梯滑稽（轉隨俗也）如脂如韋（柔弱曲也）以潔楹乎（順滑澤也）寧昂昂若千里之駒乎（志行高也才絕殊也）將氾氾若水中之鳧乎（普愛衆也羣戲遊也）與波上下（隨衆高卑）偷以全吾軀乎（身無憂患）寧與騏驥亢軛乎（沖天驅也）將隨駑馬之迹乎（安步徐也）寧與黃鵠比翼乎（飛雲隅也）將與雞鶩爭食乎（啄糠糟也）此孰吉孰凶（誰喜憂也）何去何從（安所由也）世溷濁而不清（貨賂行也）蟬翼為重（近讒佞也）千鈞為輕（遠忠良也）黃鐘毀棄（賢隱藏也）瓦釜雷鳴（愚讙訟也）讒人高張（居朝堂也）賢士無名（身窮困也）吁嗟默默兮（世莫論也）誰知吾之廉貞（不別賢也）詹尹乃釋策而謝（愚不能明）曰夫尺有所短（騏驥不驟中庭）寸有所長（雞鶴知時而鳴）物有所不足（虵鶴）

故曰易不可以占險

此後論之初祖排果有此漁父也

漁父之所知自屈子意中語也

然卒於汶汩者亦曰所欲有甚於生者耳卜居云用君之心行君之意屈子之自計亦已素矣

東南角也智有所不明孔子厄陳蔡也數有所不逮天不可計量也神有所不通日不能夜照也用君之心所念慮也行君之意遂本操也龜策誠不能知此事不能決君之志

漁父一首

序曰漁父者屈原之所作漁父避俗時遇屈原怪而問之遂相應荅

屈平　王逸注

屈原既放身斥逐也遊於江潭戲水側也行吟澤畔履荆棘也顔色憔悴皯黴黒也皯古旱切黴力遲切形容枯槁癯瘦瘠也漁父見而問之怪屈原也曰子非三閭大夫歟謂其故官何故至於斯曷為遭此患也屈原曰世人皆濁衆貪鄙也我獨清忠絜己也衆人皆醉惑財賄也我獨醒自廉守也是以見放棄草野也漁父曰隱士言也聖人不凝滯於物不困

此二乎字爲韻

不復与言道不同不相为謀也

厚其身也而能與世推移隨俗方圓世皆濁人貪婪也何不淈其泥同其風也而揚其波與沈浮也衆人皆醉巧佞曲也何不餔其糟從其俗也而歠其醨食其禄也何故深思高舉獨行忠直自令放爲遠在他域屈原曰吾聞之受聖制也新沐者必彈冠拂土芥也新浴者必振衣去塵穢也安能以身之察察已清絜也受物之汶汶者乎蒙垢塵也寧赴湘流自沈淵也葬於江魚腹中身消爛也安能以皓皓之白皓皓猶皎皎也蒙世俗之塵埃乎被汙點也漁父莞尒而笑笑難斷也鼓枻而去叩船舷也乃歌曰滄浪之水清兮喻世昭明可以濯我纓沐浴陞朝滄浪之水濁兮喻世昏闇可以濯我足宜隱遁也遂去不復與言合道真也

賦由至宋玉而極其變後之賈生枚馬皆由此而得度采

九辯五首

序曰九辯者楚大夫宋玉之所作也辯者變也九者陽之數也道之綱紀也謂陳說道德以變說君也宋玉屈原弟子閔惜其師忠而放逐故作九辯以述其志也

宋玉　　王逸注

悲哉秋之爲氣也寒氣聊戾歲將暮也蕭瑟兮陰令促急風疾暴也草木搖落華葉隕零肥潤去也而變衰形體易色枝枯槁也自傷不遇將與草木俱衰老也憭慄兮思念暴戾心自傷也憭音了若在遠行遠客出去之他方也登山臨水兮升高遠望視江河也送將歸族親別逝還故鄉泬寥兮泬寥曠蕩而虛靜也或曰泬寥猶蕭條無雲貌也泬音血天高而氣清秋天高朗體清明也言天高朗照見無形傷君昏亂不聰明也寂漻兮源瀆順流漠無聲也收潦而水清溝無溢潦百川靜也言川水夏濁而秋清傷君無有清明之時也憯悽增欷兮愴痛感動歎息也薄寒之中人傷我肌膚愴變顏色也

坎壈卬顑頷也

貧士失職趙曦明云疏離

羊若喪常業也

怳懭悢兮朗中情愴悯意不得也去故而就新初會鉏鋙志未合也坎廩兮數遭患禍身困窮也貧士失職亡失財物逢冦賊也而志不平心常憤懣意未明也廓落兮喪志失耦塊獨立也羈旅而無友生遠客寄居孤單特也惆悵兮後黨失輩悯愁毒也而私自憐竊內念己自閔傷也燕翩翩其辭歸兮將入大海飛徊翔也蟬寂寞而無聲蟪蛁斂翅而伏藏也鴈廱廱而南游兮雄雌和樂群戲行也鵾雞啁哳而悲鳴奮翼呼而低昂也夫燕蟬遇秋寒將穴處而懷懼候鴈鵾鷄喜樂而逸豫言無有候鴈鵾鷄之喜而有蟬燕之憂也獨申旦而不寐兮夜坐視瞻而終明也哀蟋蟀之宵征見蜻蛚之夜行自傷放棄與昆蟲爲雙也或曰宵征謂七月在野八月在宇九月在戶十月蟋蟀入我牀下是其宵征行也時亹亹而過中兮年已過半日進往也亹亹進貌詩曰亹亹文王蹇淹留而無成雖久壽考無成功也

悲憂窮慼兮脩德見過愁懼惶也獨處廓孤立特止居一方也有美一人兮位尊服好謂懷王也心不繹常念弗解內結藏也去鄉離家兮背違邑里之他鄉也來遠客去郢南征濟沅湘也超逍遙兮遠出游逝離州域也今焉薄欲止無賢皆讒賊也專思君兮執心壹意在匈臆也不可化同姓親聯恩義篤也君不知兮聰明淺短志迷惑也可柰何頑嚚難啟長歎息也蓄怨兮積思結恨在心慮憒鬱也心煩憺兮忘食事思君念主忽不食也願一見兮道余意舒寫忠誠自陳列也君之心兮與余異方圓殊性猶白黑也車駕兮朅而歸迴逝言還欲反國也不得見兮心悲自傷流離路隔塞也倚結軨兮太息伏車重軨而涕泣也涕潺湲兮霑軾泣下交流濡茵席也慷慨絕兮不得中心恚恨心剝切也中瞀亂兮迷惑思念煩惑忘南北也私自憐兮何極哀祿命薄常含慼也心怦怦兮

說文楚〻蘚有菩蕭卬此梧楸並与王說異

台

諒直。志行忠正無所告也

皇天平分四時兮何直春生而秋殺也爾雅曰四時和爲通正竊獨悲此凜秋霜微凄愴寒慄烈也白露既下降百草兮萬物羣生將被害也奄離披此梧楸痛傷茂木又芟刈也去白日之昭昭兮違離天明而湮沒也襲長夜之悠悠永處冥冥而覆蔽也離芳藹之方壯兮去已盛美之光容也余萎約而悲愁身體疲病而憂窮也秋既先戒以白露兮君不弘德而嚴令也冬又申之以嚴霜刑罰刻峻而重深也收恢台之孟夏兮上無仁恩以養民夫天制四時春生夏長人君則之以養萬物秋殺冬藏亦順其宜而行刑罰故君賢臣忠政合大中則品庶安寧萬物豐茂上闇下僞用法殘虐則貞良被害草木枯落故宋玉援引天時託譬草木以茂美樹興於仁賢早遇霜露懷德君子忠而被害也然坎傺而沈藏民無住足竄伏巖藪也楚人謂住曰傺葉菸邑而無色兮顏容變易

而蒼黑也枝煩挐而交橫柯條糺錯而崩嶷也顏淫溢而將罷兮形貌羸瘦無潤澤也柯彷彿而萎黃腹內空虛皮乾腊也萷櫹槮之可哀兮華葉已落莖獨立也形銷鑠而瘀傷身體燋枯被病久也惟其紛糅而將落兮蓬茸顛仆根蠹朽也恨其失時而無當不值聖主而年老也覽騑轡而下節兮安步徐馬而勿驅也聊逍遙以相佯且徐低佪以遊戲也歲忽忽而遒盡兮年歲逝往之若流也恐余壽之弗將懼我性命不長也悼余生之不時兮傷已幼少後三王也逢此世之俇攘卒遇譖諛而遽惶也澹容與而獨倚兮煢煢獨立無朋黨也蟋蟀鳴此西堂自閔傷己與蟲並也心怵惕而震盪兮思慮惕動沸若湯也何所憂之多方內念君父及兄弟也仰明月而太息兮上告旻天愬神靈也步列星而極明周覽九天仰觀星宿不能卧寐乃至明也

竊悲夫蕙華之曾敷兮（蕙草芬芳以興在位之賢臣也）紛旖旎乎都房（被服盛飾於宮殿也旖旎盛皃也詩云旖旎其華）何曾華之無實兮（外貌若忠而心佞也）從風雨而飛颺（隨君嗜欲而回傾也夫風爲號令雨爲德惠故風動而草木搖雨降而萬物植故以風雨諭君政言德惠所由出之也）以爲君獨服此蕙兮（體受正氣而高明也）羌無以異於衆芳（乃與佞臣之同情也）閔奇思之不通兮（傷已忠策無由入也）將去君而高翔（適彼樂土之他域也）心閔憐之慘悽兮（內自哀念心惻隱也）願一見而有明（分別忠心與僞惑也）重無怨而生離兮（身無罪過而逐放也）中結軫而增傷（肝膽破裂心剖腷也普逼切）豈不鬱陶而思君兮（憤念蓄積盈胷臆也）君之門以九重（門閽扃閉道路塞也）猛犬狺（銀）狺而迎吠兮（讒佞讙呼而在側也）關梁閉而不通（閽人承指呵問急也）皇天淫溢而秋霖

駶猶躍也楚詞作跼

兮久雨連日澤深厚也后土何時而得乾山皐濡澤草木茂也塊獨守此無澤兮不蒙恩施獨枯槁也仰浮雲而永歎愬天語神我何咎也何時俗之工巧兮世人辯慧造詐僞也背繩墨而改錯違廢聖典背仁義也夫繩墨者工之法度也仁義者民之正路也繩墨用則曲木截仁義進則讒佞滅二者殊義不可不察也卻騏驥而不乘兮斥逐子胥與比干也策駑駘而取路言任豎刁與椒蘭也當世豈無騏驥兮家有稷契與管晏也誠莫之能善御世無堯舜及桓文也見執轡者非其人兮遭值桀紂之亂昏也故駶跳而遠去被髮爲奴走橫奔也鳧鴈皆唼夫梁藻兮羣小在位食重祿也鳳愈飄翔而高舉賢者伏匿竄山谷也圜鑿而方枘兮正直邪枉行殊則也吾固知其鉏鋙而難入所務不同若粉墨也衆鳥皆有所登棲兮羣佞並進處官爵也鳳獨遑遑而無所集孔子棲棲

而困厄也願銜枚而無言兮意欲括囊而靜默也常被君之渥洽前蒙寵遇
錫祉福也太公九十乃顯榮兮呂尚耆老然後貴也誠未遇其匹合遭值
文王功冠丗也謂騏驥兮安歸躊躇吳坂遇伯樂也謂鳳皇兮安棲集棲梧桐
食竹實也變古易俗兮世衰以賢爲愚時闇惑也今之相者兮舉肥不量
才能視顏色也騏驥伏匿而不見兮仁賢幽處而隱藏也鳳皇高飛而不
下智者遠逝之四方也鳥獸猶知懷德兮慕歸堯舜之明德也何云賢士之
不處二老太公歸文王也驥不驟進而求服兮干木闔門而辭相也鳳亦不
貪餧而妄食顏闔鑿培而逃士也君棄遠而不察兮介推割股而自放也
雖願忠其焉得申生至孝而被謗也欲寂寞而絕端兮甯武佯愚而不言也
竊不敢忘初之厚德常受祿惠識舊恩也獨悲愁其傷人兮思念

此述屈原之詞

帝欲輔之与上無所考盛德相應招魂四極內崇楚之美与離殃愁苦相應巫陽見海內西經古之神巫也聰明齋肅故帝輔屈原必謀於彼而不欲委招於占夢也

纆結摧肺肝也馮鬱鬱其何極憤懣盈胷終年歲也

招魂一首

序曰招魂者宋玉之所作也宋玉憐哀屈原厥命將落作招魂欲以復其精神延其年壽也

宋玉　王逸注

朕幼清以廉絜兮朕我也不求曰清不受曰廉不汙曰絜身服義而未沬沬已也言我少小脩清絜之行身服仁義未曾有懈已之時也沬音昧主此盛德兮牽於俗而蕪穢牽引也不治曰蕪多草曰穢言已施行常以道德爲主以忠事君以信結交爲俗人所推引德能蕪穢無所用也上無所考此盛德兮考校也長離殃而愁苦殃禍也言已履行忠信而遇闇主上則無所考校已盛德長遭殃禍愁苦而已帝告巫陽帝謂天也女曰巫陽其名也曰有人在下我欲輔之人謂賢人也則屈原也宋玉上設天意祐助貞良故曰帝告巫陽有賢人屈原在於下方我欲輔成其志以厲黎民也魂魄離散汝筮

掌夢即周官之占夢也

若必以下又巫陽之辭

甚猶之也

據補注引一本

不能復用者不能用卜筮

非不能用巫陽細審注文

巫陽焉三字當下屬為

句焉猶因也　遠游焉乃

逝以徘徊亦焉乃連用

不筮而招所以招之天地

四方也筮而招恐有非

龜筮能知者則卜筮

之職廢矣

不筮而招亦有不敢要

君之意其言招魂於此

旨深

此之即些之變形而嗟歎

之聲變也

予之魂者身之精魄者性之決也所以經緯五藏保守形體也著曰筮尚書曰決之著龜言天帝哀閔屈原魂魄離散身將顛沛使巫陽筮問求索得而與之使反其身巫陽對曰掌夢巫陽對天帝言招魂者本掌夢之官所主職也上帝其命難從言天帝難從掌夢之官欲使巫陽招之也若必筮予之恐後之謝不能復用巫陽焉謝去也巫陽言如必欲先筮問求魂魄所在然後與之恐後世怠懈必卜筮之法不能復脩用但招之可也乃下招曰巫陽受天帝之命因下招屈原之魂也魂兮來歸還歸屈原之身去君之恒幹恒常也幹體也易曰貞者事之幹也何為兮四方些言魂靈當扶人養命何為去君之常體而遠之四方乎夫人須魂而生魂待人而榮二者別離命則霣零也或曰去君之恒閈閈里也楚人名里曰閈也舍君之樂處而離彼不祥些舍置也祥善也言何為舍君楚國饒樂之處陸離走不善之鄉以觸衆惡也魂兮歸來東方不可以託些託寄也論語曰可以託六尺之孤言東方之俗

其人無義不可以託寄身也長人千仞唯魂是索些七尺曰仞索求也言東方有長人國其高千仞主求人魂而食之也十日代出代更也流金鑠石些鑠銷也言東方有扶桑之木十日並在其上以次更行其勢酷烈金石堅剛皆爲銷釋彼皆習之魂往必釋些釋解也言彼十日之處自習其熱魂行到身必解爛也歸來歸來不可以託些言魂宜急來歸此誠不可託附而居魂兮歸來南方不可以止些言南方之俗其人無信不可久留也雕題黑齒雕畫也題額也得人肉而祀以其骨爲醢些醢醬也言南極之人雕畫其額齒牙盡黑常食蠃蚌得人之肉用祭先祖復以其骨爲醢醬蝮蛇蓁蓁蝮大蛇蓁蓁積聚之皃封狐千里些封狐大狐也言炎土之氣多蝮虵積聚蓁蓁爭欲齧人又有大狐健走千里求食不可逢遇也雄虺九首往來倏忽吞人以益其心些倏忽疾急皃也言復有雄虺一身九頭往來奄忽常喜吞人魂魄以益其賊害之心也

歸來歸來不可久淫些淫遊也言其惡如此不可久遊必被害也魂兮歸來西方之害流沙千里些流沙沙流而行也言西方之地厥土不毛流沙滑滑晝夜流行從橫千里又無舟航者也旋入雷淵旋轉也淵室也靡散而不可止些靡碎也言欲涉流沙則回入雷公之室運轉而行身雖靡碎尚不可得休止也幸而得脫其外曠宇些曠大也宇野也言從雷淵雖得免脫其外復有曠遠之野無人之士也赤蟻若象蟻蚍蜉也玄蠭若壺些壺乾瓠也言曠野之中有赤蟻其大如象又有大飛蜂腹大如壺皆有蠚毒能殺人五穀不生藂菅是食些柴棘為叢菅茅也言西極之地不生五穀其人但食柴草若羣牛也其土爛人求水無所得些言西方之土溫暑而熱燋爛人身肉渴欲求水無有源泉不可得也彷徉無所倚廣大無所極些倚依也言欲彷徉東西無人可依其野廣大行不可極也彷蒲忙切歸來歸來恐自遺賊些賊害也魂魄欲往者

孫引錢氏校云山海經崑崙之上都西有九門門有開明獸守之虎身人面

從音縱

（自予賊害）魂兮歸來北方不可以止些增冰峨峨飛雪千里些（言北方常寒其冰重累峩峩如山凉風急疾雪隨之飛行千里乃至地也）歸來歸來不可以久些（言其寒殺人不可久留也）魂兮歸來君無上天些（天不可得上也）虎豹九關啄害下人些（啄齧也天門九重使神虎豹執其開閉言啄天下欲上之人而殺之）一夫九首拔木九千些（言有丈夫一身九頭強梁多力從朝至暮拔大木九千枚也）豺狼從目往來侁侁些（侁侁行聲也詩曰侁侁征夫有豺狼之獸其目皆從奔走往來其聲侁侁爭欲啗人）懸人以嬉投之深淵些（投擿也言豺狼得人不即啗食先懸其頭用之嬉戲疲倦已後乃擿於深淵之底而棄之）致命於帝然後得瞑些（瞑臥也言投人已訖上致命於天帝然後乃得瞑臥也）歸來歸來往恐危身些（往則逢害身危殆也）魂兮歸來君無下此幽都些（幽都地下后土所治也地下幽冥故曰幽都）土伯

說文繫傳云土伯九約謂身有九節也

紐引金氏甡云背行謂側身向所指其由前視之則為背行也按御行為導之義背字只須直解不必作倍讀也

九約其角觺觺些土伯后土之侯伯也約屈也觺觺角利皃言地有土伯執衛門户其身九屈有角觺觺觸害人也敦脄血拇敦厚也脄背也拇手拇指也逐人駓駓些駓駓走皃也言土伯之狀廣肩厚背逐人駓駓其走捷疾以手中血澷汚人參目虎首其身若牛些言土伯之頭其皃如虎而有三目身又肥大狀如牛矣此皆甘人歸來歸來恐自遺災些甘美也災害也此物食人以為甘美往必自害不旋踵魂兮歸來入脩門些脩門郢城門也宋玉設呼屈原之魂歸楚都入郢門欲以感激懷王使還之也工祝招君背行先些工巧也男巫曰祝背倍也言選擇名工巧辯之巫使招呼君倍道先行在前宜隨也秦篝齊縷篝落也縷線也鄭緜絡些緜纏也絡縛也言為君魂作衣乃使秦人織其篝落齊人作綵縷鄭國之工纏而縛之堅而且好也招具該備永嘯呼些該亦備也言撰設甘美招魂之具靡不畢備故長嘯大呼以招君也夫嘯者陰也呼者陽也陰主魂陽主魄故必嘯呼以

感之也魂兮歸來反故居些反遠也故古也言宜意來歸還古昔之處天地四
方多賊姦些賊害姦惡也言天有虎豹地有土伯東有長人西有赤蟻南有雄虺北有增冰皆爲
姦惡以賊害也像設君室像法也靜閒安些無聲曰靜空寬曰閒言乃爲君造設第室
法像舊廬所在之處清靜寬閒可安樂之高堂邃宇邃深也宇屋也檻層軒些檻楯也從
曰檻橫曰楯軒樓板也言所造之室其堂高顯屋宇深邃下有檻楯上有樓板形容異制且鮮明也層臺
累榭層累皆重也有木謂之臺無木謂之榭臨高山些言復作層重之臺累石之榭其顛眇
眇上乃臨於高山也或曰臨高山而作臺榭也網戶朱綴網戶綺文鏤也朱丹也綴緣也刻方
連些刻鏤也橫木關柱爲連言門戶之楣皆刻鏤綺文朱丹其椽雕鏤綺木使方好也冬有突
夏突複室也夏大屋也詩云於我乎夏屋渠渠也突烏弔切夏室寒些言隆冬凍寒則有大屋複
突溫室盛夏暑熱則有洞達陰堂其內寒凉也川谷徑復流源爲川注谿爲谷徑過也復反也流

奇

潺湲些。言所居之舍激導川水經過園庭回邅反覆其流急疾又絜淨也光風轉蕙。光風謂雨已日出而風草木有光色轉搖也氾崇蘭些。氾猶氾氾搖動皃也崇充也言天霽日明微風奮發動搖草木皆令有光充實蘭蕙使之芬芳而益暢經堂入奥西南隅謂之奥朱塵筵些。朱丹也塵承塵也筵席也詩云肆筵設机言升殿過堂入房至奥處上則有朱畫承塵下則有筵簟好席可以休息也或曰朱塵筵謂承塵薄壁曼延相連接也砥室翠翹砥石名也翠鳥名也翹羽也絓曲瓊些。絓懸也曲瓊玉鉤也言內卧之室以砥石爲壁平而滑澤以翠鳥之羽雕飾玉鉤以懸衣物也或曰僓室謂僓佪曲房也翡翠珠被雄曰翡雌曰翠被衾也爛齊光些。齊同也言牀上之被則飾以翡翠之羽及與珠璣刻畫衆華其文爛然而同光明蒻阿拂壁蒻蒻席也阿曲隅也拂薄也羅幬儔張些。羅綺屬也張施也言房內則以蒻席薄牀四壁及與曲隅施羅幬輕且涼也纂組綺縞纂組綬類也結琦璜些。璜玉名也言幬帳之細皆用綺縞又以纂組結束玉璜爲幃帳之飾室中之觀多珍怪些金玉爲珍詭異爲怪言從觀房室之中四方珍琦玩好怪物無不畢具蘭膏明燭以蘭香鍊膏也華容備些容貌也言日暮游宴然香蘭之膏張施明燭以觀其鐙錠雕鏤百獸華奇好備也錠都定切二八侍宿二八二列也言大夫有二列之樂左傳曰晉悼公賜魏絳女樂二八歌鍾二肆也射遞代些射猒也詩云服之無射遞更也言使好女十六侍君宴宿意有猒倦則使更相代也或曰遞代夕暮也九侯淑女淑善也多迅衆些迅疾也言復有九國諸侯好善之女多才長意用心齊疾勝於衆人也盛鬋不同制鬋鬢也制法也實滿宮些宮猶室也爾雅曰宮謂之室言九侯之女工巧妍雅裝飾兩結垂鬢下髮形皃詭異不與衆同皆來實滿充後宮也容態好比態姿也比親也順彌代些彌久也言美女衆多其貌齊同姿態好美自相親比承順上意久則相代弱顏固植固堅植志也謇其有意些謇正言貌也言美女內多廉恥弱顏易愧心志堅固不可侵犯則謇然發言中禮意者也姱

容脩態姱好皃也脩長也絙洞房些絙竟也房室也言復有美好之女其皃姱好多
意長智羣聚羅列竟於洞達蒲房室也娥眉曼睩曼澤也睩視皃也目騰光些騰馳
也言美女之貌娥眉玉貌好目曼澤時睩睩然視精光騰馳驚感人心也靡顏膩理靡緻也膩滑也
遺視矊些遺竊視矊脉也言美女顏容脂緻身體夷滑中心矊脉時竊視安詳諦志不可動也離
榭脩幕離別也脩長也幕大帳也侍君之閒些閒静也言顏令美女於離宮別觀帳
幕之中侍君閒静而宴游翡帷翠幬飾高堂些言復以翡翠之羽雕飾幬帳之高堂
以樂君也紅壁沙版紅赤貌也沙丹沙也玄玉之梁些玄黑也言堂上四壁皆堊色令
之紅白又以丹沙畫飾軒版承以黑玉之梁五采分別也仰觀刻桷畫龍蛇些言仰視屋
之榱橑皆刻畫龍蛇而有文章也坐堂伏檻檻楯也臨曲池些言坐於堂上前伏楯
下臨曲水清池可漁釣也芙蓉始發芙蓉蓮華也雜芰荷些芰蔆也秦人謂之薢茩言

楊慎云後說最是

池中有芙蓉始發其芰蔆雜錯羅列而生俱盛茂也或曰倚荷立生特倚也薢古買切茩古后切 紫莖

屏風 屏風水葵也 文緣波些 言復有水葵生於池中其莖紫色風起水動波緣其葉而生文

也或曰紫莖言荷葉紫色也屏風謂葉鄣風也 文異豹飾 豹循虎豹也 侍陂陁些 陂陁

長陛也言侍從之人皆衣虎豹之文異采之飾侍君堂隅衛階陛也或曰侍陂池侍從於君遊陂池之中也 軒

輬既低 軒輬皆輕車名也低屯也 步騎羅些 徒行爲步乘馬爲騎羅列也言官屬之車既已

屯止步騎士衆羅列之陳竢須君命 蘭薄戶樹 薄附也樹種也 瓊木籬些 柴落爲籬言所

造舍種樹蘭蕙附於門戶外以玉木爲其籬落守禦堅重又芬香也 魂兮歸來何遠爲些

遠爲四方而不歸也 室家遂宗 宗衆也 食多方些 方道也言君九族室家以衆盛人人

曉味故飲食之和多方道也 稻粢穱麥 稻稌也粢稷也穱擇也擇麥中先熟者粢子夷切穱側角

切 挐黃粱些 挐糅也言飯則以稻糅穱擇新麥糅以黃粱和而柔濡且香滑 大苦鹹酸

也當作兒

大苦豉也辛甘行些辛謂椒薑也甘謂飴蜜也言取豉汁調和以椒薑鹹酢和以飴蜜則辛甘之味
皆發而行也肥牛之腱腱筋頭也臑若芳些臑若熟爛也言取肥牛之腱爛熟之則膞美
也膞蘇本切臑仁珠切和酸若苦陳吳羹些言吳人工作羹和調甘酸其味若苦而後
甘者也濡鼈炮羔羔羊子也有柘漿些柘藷蔗也言復以飴蜜濡鼈炮羔令之爛熟取
諸蔗之汁以爲漿飲也鵠酸臇鳧臇小臛也臇子兖切煎鴻鶬些鴻鴻鴈也鶬鶬鶴也
言復以酢醬亨鵠爲羹小臇臛鳧煎熬鴻鶬令之肥美也露雞臛蠵露雞露栖雞也有菜
曰羹無菜曰臛蠵大龜也蠵以規切厲而不爽些厲烈也爽敗也楚人名羹敗曰爽言乃復亨露棲
之肥雞臛蠵龜之肉其味清烈不敗也粔籹女蜜餌有餦餭些餦餭餳也以蜜和米麪熬
煎作粔籹擣黍作餌又有美餳衆味甘具也瑤漿蜜勺瑤玉也勺沾也實羽觴些實滿
也羽翠羽也觴觚也言食巳復有玉漿以蜜沾之滿羽觴以漱口挫糟凍飲挫捉也凍冰也酎

淮南有發陽阿之文注陽阿古名倡此又一說

黎云謂華靡而不奇哀與上文靡麗而不奇意同注非

清涼些 酎醇酒也言盛夏則爲覆蹙乾釀捉去其糟但聎清醇居之冰上然後飲之酒寒清涼又長味好飲 華酌既陳 酌酒升也 有瓊漿些 言酒尊在前華酌陳列復有玉漿恣意所用者也 歸來歸來反故室敬而無妨些 妨害也言若魂急來歸還反所居故室子孫承事恭敬長無禍害也 肴羞未通 魚肉爲肴羞進也 女樂羅些 言肴膳巳具進舉在前賓主之禮慇懃未通則女樂列堂下 陳鍾桉鼓 桉徐也 造新歌些 言乃奏樂作音而撞鍾徐鼓造爲新曲之歌與衆絕異 涉江采菱發揚荷些 楚人歌曲也言巳涉彼大江南入湖池采取菱芰發揚荷葉喻屈原背去朝堂隱伏草澤失其所也 美人既醉朱顏酡些 朱赤也酡著也言美女飲啗醉飽則面著赤色而鮮好也 娭光眇視 娭戲也眇眺也 目曾波些 波華也言美人醉樂顧望娭戲身有光文眺視曲眄目采眇然白黑分明精若水波而重華也 被文服纖 文謂綺繡也纖謂羅縠也 麗而不奇些 麗美貌也不奇奇也猶詩云不顯顯也言美女

被服綺繡曳羅縠其容美麗誠足恠奇也長髮曼鬋也曼澤豔陸離些豔好貌也左氏傳曰宋華督見孔父之妻目逆而送之曰美而豔言美人長髮工結鬟鬢鬋滑澤其狀豔美儀皃陸離而難形也二八齊容齊同也起鄭舞些鄭舞鄭國舞也言二八美女其儀容齊一被服同飾奮袂俱起而舞也或曰鄭重折屈而舞也衽若交竿撫案下些撫抵也言舞者便旋衣衽掉搖回轉相拘狀如交竹竿以抵案而徐行者也竽瑟狂會狂猶並也搷田鳴鼓些搷擊也言衆樂並會吹竽彈瑟又搷擊鼓以進入音爲之節也宮庭震驚發激楚些激清聲也言衆樂並會宮庭之內莫不震動驚駭復作激楚之聲以發其音也吳歈俞蔡謳吳蔡國名也歈謳皆歌也奏大呂些大呂律名也周官曰舞雲門奏大呂言乃復使吳人歌謠蔡人謳吟進雅樂奏大呂五音六律聲和調也士女雜坐亂而不分些言醉飽酣樂合尊促席男女雜坐比肩齊膝恣意調戲亂而不分別也放陳組纓組綬也班其相紛些紛亂

全氏注云結字解當就上林賦激楚之結風枚叔之七發亦云揚激楚之結風

菎借為箘

後説是説文箘一曰博棊也

費字亦作曊

也言男女共坐除其威嚴放其冠纓舒陳印綬班然相亂不可整理也鄭衛妖玩來雜陳些。鄭衛國名也妖玩好女也雜廁也陳列也言鄭衛二國復遣妖玩好女來雜廁俱坐而陳列之激楚之。結激感也結頭髻也結吉詰切獨秀先些。秀異也言鄭衛妖女工於服飾其結殊形能感楚人故秀異獨前而先進也菎昆蔽象棊菎玉蔽簙箸以玉飾之也或言菎蕗今之箭囊也有六簙些投六箸行六棊故爲六簙也言宴樂既畢分曹乃設六簙菎蕗作箸象牙爲棊妙且好也曹並進曹偶也遒相迫些遒亦迫也言分曹列耦並進伎巧投箸行棊轉相遒迫使不得擇行也或曰分曹並進者謂並用射禮進之成梟而牟倍勝爲牟呼五白些五白簙齒也言已棊已梟當成牟勝射張食棊下逃於窟故呼五白以助投者也晉制犀比晉國名也制作也比集者也費白日些費光皃也言晉國工作簙棊箸比集犀角以爲雕飾投之皜然如日光鏗鐘搖簴鏗撞也搖動也揳梓瑟些揳鼓也言衆賓既集簙以相樂堂下復鳴太鐘左右

最後一說是也

衍別本無

招魂首舉亂以南征則屈子竟終于不反矣

此與篇首相應似述屈子之辭

南征懷舊終以傷心

此宋玉所用諷懷王者也

歌吟鼓琴瑟揳古入切也娛酒不廢娛樂沈日夜些言雖以酒相娛樂不廢政事書夜沈湎以忘憂也或曰娛酒不發發旦也詩曰明發不寐言歡娛日夜湛樂也又曰和樂且耽言書夜以酒相樂也蘭膏明燭華鐙錯些言鐙錠盡雕琢錯鏤飾設以禽獸有英華結撰至思撰猶博也蘭芳假些假至也書曰假于上下言蘭芳以喻賢人君能結撰博思至心以思賢人賢人即至也人有所極同心賦些賦誦也言衆座之人各欲盡情與己同心者獨誦忠與道德酎飲既盡歡樂先故些故舊也言飲酒作樂盡己歡欣者誠欲樂我先祖及與故舊人魂兮歸來反故居些言魂神宜急來歸還楚國居舊故之處安樂無憂亂曰獻歲發春兮獻進也汨吾南征些征行也言歲始來進春氣奮揚萬物皆感氣而生自傷放逐獨南行也菉蘋齊葉兮爾雅曰菉王芻也白芷生些言屈原放時菉蘋之草其葉適齊白芷萌牙方始欲生懷所見自傷哀也猶詩云昔我往矣楊柳依依也路貫廬江

畦即瀛也詳蜀都賦
劉注引王逸曰瀛澤
中也班固以為畦呈王本
本無畦字並作畦者
古字段借以畦為洼瀛
又洼〻後出字耳
沼畦瀛三字聯文雖
古不避複語而此訛義
殊有以徵不得用彼之
例矣

此甚見信任時之事也
先兕對射為韻

兮左長薄貫出也盧江長薄地名也言屈原行先出盧江過歷長薄在江北時東行故言左者也倚沼畦瀛兮沼池也畦猶區也瀛池中也楚人名澤中曰瀛遥望博遥遠也博平也言循江而行遂入池澤其中區瀛遠望平博無人也青驪結駟兮純黑爲驪結連也四馬爲駟也齊千乘齊同也言屈原嘗與君俱獵於此官屬駕駟馬或清或黑連車千乘皆同服也懸火延起兮玄顏蒸懸火懸鐙也玄天也言已時從君夜獵懸鐙林木之中其火延起燒於野澤煙上蒸于天使黑色也步及驟處兮驟走也處止也誘騁先誘導也騁馳也言獵時有步行者有乘馬走驟者有處止者分以圍獸已獨馳騁爲君先導也抑騖若通兮抑止也騖馳也若順也引車右還還轉也言抑止馳騖者順通共護引車右轉以遮獸也與王趨夢兮課後先夢澤中也楚名澤中爲夢中左氏傳曰楚大夫鬬伯比與鄖公之女淫而生子弃諸夢中言已與懷王俱獵趨於夢澤之中課第羣臣先至後至也君王親發兮發射也憚青兕憚驚也言懷王是時

時不見淹猶言歲不我與感舊游遙遠也

斯路往与君王共行之路也

見睠懷舊所以傷心也

宋生愍屈懷王反其身謬言招魂耳

文三十三

親自射獸驚青兕牛而不能制也言嘗侍從君田獵今乃放逐歎而自傷閔也朱明承夜兮朱明謂日也承續也時不見淹淹淹久也言歲月逝往晝夜相續年命將老不可久處當急來歸也皋蘭被徑兮皋澤也被覆也徑路也斯路漸漸沒也言澤中香草茂盛覆被徑路人無采取者水卒增溢漸沒其道將棄捐也以言賢人久處山野君不事用亦將隕顛也湛湛江水兮湛湛水貌上有楓楓木名也言湛湛江水浸潤楓木使之茂盛傷己不蒙君惠而身放棄曾不如樹木得其所也或曰水旁林木中鳥獸所聚不可居也目極千里兮傷春心言湖澤博平春時草短望見千里令人愁思而傷心也或曰蕩春心蕩滌也言春時平望遠可以滌蕩愁思之心魂兮歸來哀江南言魂魄當急來以歸江南土地僻遠山林嶮岨誠可哀傷不足處也

。招隱士一首序曰招隱士者淮南小山之所作也小山之徒閔傷屈原身雖沈沒名德顯聞與隱處山澤無異故作招隱士之賦以彰其志也

劉安漢書

曰惟南王安爲人好書招致賓客數千人後伍被自詣吏具告與淮南謀反上使宗正以符節劾王未至自刑殺也

王逸注

桂樹叢生兮（桂樹芬香以興屈原之忠良也）山之幽（遠去朝廷而隱藏也）偃蹇連卷兮（容皃美好德茂盛也）枝相繚（信義枝結條理成也以言才德高明宜輔賢君楨幹也）山氣巃嵸兮（岑崟嵾嵯雲蓊鬱也蓊鳥孔切）石嵯峨（嵯峨巀嶭峻蔽日也）谿谷嶄巖兮（崎嶇閜窩險阻偃也閜呼雅切窩于軌切偃苦滑切）水曾波（涌躍灃沛流迅疾也）猨狖羣嘯兮（禽獸所居志樂佚也狖余救切）虎豹嘷（猛獸爭食欲相齗也以言山谷之中幽深險阻非君子之所處猨狖虎豹非賢者之偶也齗下沒切）攀援桂枝兮（登引山木遠望愁也）聊淹留（便旋中野立踟躕也）王孫遊兮（隱士避世在山隅也）不歸（違背舊土棄室家也）春草生兮（万物蠢動抽萌芽也）萋萋（垂條吐葉紛榮華也）歲暮兮（年齒已老壽命衰也）不自聊

岤即穴之別字

碅磈猶魁隗磳硊猶嶄巖也

茇骫猶駊騀亦盤紆也

靃靡猶隨靡也

五臣作麚麚音加

中心煩亂常含憂也蟪蛄鳴兮蜩蟬得夏喜呼號也啾啾秋節將至悲嘹噍也以言物盛則衰

樂極則憂不宜久隱失盛時也坱兮軋霧氣昧也山曲岪盤詰屈也心淹留兮志望

絕也洞荒忽亡妃匹也罔兮沕精氣失也憭兮慄心剝切也虎豹穴嵺穿山岤也

嵺音料岤音血叢薄深林兮攢刺棘也人上慄恐變色也嶔崟碕礒兮山皐

嶇嵎也碅磈磳硊崔巍嵯嵯樹輪相糾兮交錯扶疎林木茷骫枝葉盤紆

茇音跋青莎雜樹兮草木列居薠草靃靡隨風披敷白鹿麏麚兮

衆禽並遊或騰或倚走往殊異狀貌崟崟兮峨峨頭角甚殊淒淒兮漇

漇淒淒漇漇毛衣若濡獼猴兮熊羆百獸皆俱也慕類兮以悲哀已不遇也從

此巳上皆陳山林傾危草木茂盛麏鹿所居虎兕所聚不宜育道德養情性欲屈原還歸郢也攀援桂

枝兮配託香木誓同志也聊淹留踟躕徘徊待明時也虎豹鬭兮殘賊之獸忽急怒也

熊羆咆貪殺之獸跳梁吼也禽獸駭兮雉莬之羣驚奔走也亡其曹違離鄉黨失羣偶也

王孫兮歸來旋反舊邑入故宇也山中兮不可以久留誠多患害難隱處也

文選卷第三十三

壬戌七月朔旦　係誦

劉舍人以為七竅所發

文選卷第三十四

梁昭明太子撰

文林郎守太子右內率府録事參軍事崇賢館直學士臣李善注上

七上

枚叔七發八首

曹子建七啓八首

七發八首

七發者說七事以起發太子也猶楚詞七諫之流

枚叔　漢書曰枚乘字叔淮陰人也為吳王濞郎中善屬辭武帝以安車徵乘道死也

楚太子有疾而吳客往問之曰伏聞太子玉體不安亦少閒乎　言玉美之也史記新垣衍謂魯連曰觀先生之玉貌論語曰子疾病閒孔安國曰少差曰閒也

太子曰僃謹謝客說文曰謝辭也客因稱曰今時天下安寧四宇和平太子方富於年凡人之幼者將來之歲尚多故曰富也意者久耽安樂日夜無極邪氣襲逆中若結轖言邪氣入內而爲逆其堅若結也管子曰邪氣襲內王色乃衰素問岐伯曰邪氣內著絶人長命說文曰轖車籍交革也轖音色也紛屯澹淡噓唏煩酲紛屯澹淡憒耄煩悶之貌也王逸楚辭注曰歔欷唏皃方言曰哀而不泣曰唏噓虛與歔古字通唏許冀切列子曰季梁病矯氏曰病由精慮煩散也毛萇詩傳曰病酒曰酲惕惕怵怵臥不得瞑尚書曰怵惕惟厲中夜以興素問岐伯曰不得臥者是陽明之逆虛中重聽惡聞人聲素問曰何謂虛荅曰精氣奪則虛黃帝八十一問曰陰病惡聞人聲精神越渫百病咸生呂氏春秋曰精神勞則越高誘曰越散也鄭玄毛詩箋曰渫發也聰明眩曜悅怒不平王逸楚辭注曰眩曜惑亂皃也久執不廢大命乃傾太子豈

○言未至於是乃教君之力也

有是乎（鄭玄禮記注曰廢止也毛長詩傳曰廢猶去也毛詩曰曾是莫聽大命以傾）太子曰謹謝客賴君之力時時有之然未至於是也（言賴君之力天下太平故久耽安樂時有此疾也）客曰今夫貴人之子必宮居而閨處內有保母外有傳父欲交無所（禮記曰孔子曰古者男子外有傳父內有慈母又曰其次為保母鄭玄曰保母安其居處者也）飲食則溫淳甘脆腥醲肥厚（溫淳謂凡味之厚也韓子曰夫香美脆味甘口病形厚酒肥肉曼理皓齒而損精說文曰脆小耎易破也脆昌芮切腥肥肉也池貞切說文曰醲厚酒也女龍切）衣裳則雜遝曼煖燂爍熱暑者（曼輕細也說文曰燂火熱也詳廉切爍亦熱也舒灼切）雖有金石之堅猶將銷鑠而挺解也（韓子曰雖與金石相弊兼天下未有日也高誘呂氏春秋注曰挺猶動也賈逵國語注曰鑠銷也）況其在筋骨之間乎哉故曰縱耳目之欲恣支體之安者傷

孫志祖引作下文洞房清宮命曰寒熱之媒注曰呂氏春秋曰室大多陰臺高多陽多陰則蹷多陽則痿此陰陽不適之患也高誘注曰蹷逆寒疾也痿躄不能行也補按呂氏春秋作佁蹷之機高依性同佁蹷一聲知蹷是痿之意 一本姻腸之藥誤意正意義以蹷機為門内之位 利本 則不息蹷機之字當同一之字疑高誘注

血脉之和且夫出輿入輦命曰蹷痿之機呂氏春秋曰出則以車入則以輦務以自佚命曰佁蹷之機高誘曰佁至也蹷機門內之位也乘輦于宮中游翔至於蹷機故曰務以佚也校乘引佁蹷而爲蹷痿未詳乘之謬爲好奇而改之聲類曰佁嗣理切蹷渠月切洞房清宮命曰寒熱之媒呂氏春秋曰室大多陰臺高多陽多陰則蹷多陽則痿此陰陽不適之患也高誘曰蹷逆寒疾也痿蹷不能行也皓齒娥眉命曰伐性之斧呂氏春秋曰靡曼皓齒鄭衛之音務以自樂命曰伐性之斧高誘曰靡曼細理弱肌美色也皓齒謂齒如瓠犀也鄭國淫僻以其淫僻滅亡故曰伐性之斧也甘脆肥膿命曰腐腸之藥呂氏春秋曰肥肉厚酒務以相強命曰爛腸之食高誘注老子云五味實口爽傷故謂之爛腸之食廣雅曰脆弱也清歲切膿厚之味也今太子膚色靡曼四支委隨筋骨挺解王逸楚詞注曰靡細也曼澤也隨不能屈伸也血脉淫濯手足墮窳淫濯謂過度而且大也爾雅曰淫過也又曰濯大也郭璞

方言注曰噎𡐝懈噎𡐝也應劭漢書注曰窳弱也餘乳切越女侍前齊姬奉後越絕書曰越王飾美女西施鄭巴使太夫種獻之於吳王曰越王句踐竊有天人之遺西施鄭巴越不敢當使獻之大王吳王大悅齊姬齊女也毛詩曰豈其取妻必齊之姜如淳漢書注曰姬衆妾之揔稱也往來游醼縱恣于曲房隱間之中此甘餐毒藥戲猛獸之爪牙也所從來者至深遠淹滯永久而不廢王逸楚辭注曰淹久也雖令扁鵲治內巫咸治外尚何及哉史記曰扁鵲勃海鄚人也姓秦氏名越人得長桑君禁方視病盡見五藏韓子曰扁鵲謂晉桓侯曰君有疾在腠理猶可湯熨若在骨髓司命不能醫也桓侯初不信後病遣召扁鵲鵲逃之桓侯遂死又曰巫咸雖善祝不能自祓也賈逵國語注曰尚且也今如太子之病者獨宜世之君子博見強識禮記曰博聞強識而讓謂之君子也承間語事變度易意楚詞曰願承間而自察也常無離側以為羽

翼高誘注呂氏春秋曰羽翼佐也淹沈之樂浩唐之心遁佚之志其奚由至哉唐猶蕩也太子曰諾病已請事此言客曰今太子之病可無藥石針刺灸療而已可以要言妙道說而去也言可無用藥石唯可用要言也莊子瞿鵲子問長梧子曰夫子以爲孟浪之言也而我以爲妙道之行也不欲聞之乎太子曰僕願聞之客曰龍門之桐高百尺而無枝周禮曰龍門之琴瑟孔安國尚書傳曰龍門山在河東之西界魯連子曰東方有松樅高千仞而無枝也中鬱結之輪菌根扶疏以分離鬱結隆高之皃也說文曰扶疏四在也張晏漢書注曰輪菌委曲也上有千仞之峯下臨百丈之谿包咸論語注曰七尺曰仞湍流遡波又澹淡之遡波逆流之波也澹淡搖蕩之皃也其根半死半生冬則烈風漂霰飛雪之所激也夏

則雷霆霹靂之所感也。感觸也莊子曰異鵲感周之顙也朝則鸝黄鳱鴠鳴焉。爾雅曰鶬鶊黎黄髙唐賦曰王雎鸝黄禮記曰仲冬曷旦不鳴鄭玄曰曷旦求旦鳥也郭璞方言注曰鳥似雞冬無毛晝夜鳴鳱鴠與曷旦並音渇鳴音旦也暮則羈雌迷鳥宿焉。獨鵠晨號乎其上。鵾鷄哀鳴翔乎其下。楚辭曰鵾鷄啁哳而悲鳴於是背秋涉冬使琴摯斫斬以爲琴野繭之絲以爲絃。論語曰師摯之始關雎之亂洋洋乎盈耳哉鄭玄曰師摯魯太師也以其工琴謂之琴摯猶京房善易謂之易京。野繭野蠶之繭也東觀漢記曰光武二年野蠶成繭被山民收爲絮孤子之鉤以爲隱九寡之珥以爲約。古樂府有孤子生行。賈逵國語注曰鉤帶鉤也桓子新論曰琴隱長四十五分隱以前長八分列女傳曰魯之母師九子之寡母也不幸早失夫獨與九子居䕫頡篇曰珥珠在耳也珥人志切字書曰約亦的字也都狄切的琴徽也使師堂操暢伯子牙爲之歌。師堂樂師也韓

此以麥秀託諷也

劉本

詩外傳曰孔子學鼓琴於師堂子京而不進師堂子京曰夫子可以進孔子曰丘已得其曲未得其數也琴道曰堯暢達則兼善天下無不通暢故謂之暢列子曰伯牙善鼓琴也歌曰麥秀蔪兮雉朝飛宋玉笛賦曰麥秀蔪兮鳥華翼埤蒼曰蔪麥芒也慈斂切向虛壑兮背槁槐說文曰槀與槁古字通依絕區兮臨迴溪飛鳥聞之翕翼而不能去野獸聞之垂耳而不能行蚑蟜螻蟻聞之拄喙而不能前周書曰蚑行喙息說文曰蚑行也凡生類之行皆謂之蚑又曰蟜蟲也居兆切方言曰南楚或謂蛄為螻爾雅曰蟻蚍蜉也拄陟羽切此亦天下之至悲也太子能強起聽之乎

太子曰僕病未能也

客曰犓牛之腴菜以筍蒲說文曰犓以芻莖養國牛也國語曰犓豢幾何犓或為犓未詳說文曰腴腹下肥者毛詩曰其蔌維何維筍及蒲也肥狗之和冒以山膚楚苗

耆當作鰭〻耆或當為鬐〻耆吾以字之

之食安胡之飰禮記曰士無故不殺犬豕和謂和羹也鄭玄禮記注曰芼菜也謂以菜調和之
也冒與芼古字通山膚未詳楚苗山出禾可以爲食淮南子曰苗山之鋌高誘曰苗山楚山也安胡未詳一曰
安胡彫胡也宋玉諷賦曰爲臣炊彫胡之飯摶之不解。一啜而散。禮記曰無摶飯徒完
切說文曰啜嘗也穿劣切於是使伊尹煎熬易牙調和呂氏春秋曰伊尹說湯以
至味又白公曰若以水投水奚若孔子曰淄澠之合者易牙嘗而知之熊蹯之臑勺藥之
醬左氏傳曰宰夫胹熊蹯不熟方言曰臑熟也音而韋昭上林賦注曰勺藥和齊鹹酸美味也薄耆
之炙鮮鯉之鱠薄耆未詳一曰薄切獸耆之肉而以爲炙也耆今人謂之耆頭毛詩曰炰鱉鱠
鯉秋黃之蘇白露之茹茹菜之揔名也蘭英之酒酌以滌口漢書
曰百味旨酒布蘭生晉灼曰布列芬芳若蘭之生山梁之餐豢豹之胎論語子曰山梁
雌雉時哉時哉鄭玄曰孔子山行見一雌雉食其梁粟杜預左氏傳注曰豢養也音宦六韜曰武王伐紂得二

大夫而問之曰殷國將有妖乎對曰有殷君陳玉杯象箸玉杯象箸不盛菽藿之羹必將熊蹯豹紵小飯大歠如湯沃雪說文曰歠飲也昌悅切沃雪言易也家語孔子曰人之棄惡如湯之灌雪焉此亦天下之至美也太子能彊起嘗之乎太子曰僕病未能也

客曰鍾代之牡齒至之車漢書曰趙地鍾代石北迫近胡寇如淳曰鍾所在未聞石山險之限在上黨曲陽呂氏春秋曰代故馬郡宜馬齒至之車未詳或說曰公羊傳曰先軫謂晉侯曰君馬齒至也言以齒至馬駕車也戰國策曰驥之齒至矣服鹽車而上太行也前似飛鳥後類距虛黃子曰駿馬有晨風黃鵠皆取鳥名馬言走疾若飛也范子曰千里馬必有距虛呂氏春秋曰距虛鼠後而兔前穱麥服處躁中煩外以穱麥分劑而食馬馬肥故中躁而外煩也王逸楚詞注曰稻粢穱麥挐黃粱左氏傳慶鄭謂晉侯曰今乘異產將與人易張脈憤興外强中乾羈堅轡附

趙[illegible]
造父[illegible]
上又[illegible]而[illegible]
善[illegible]御之上[illegible]

易路易平易也於是伯樂相其前後王良造父爲之御秦缺樓
季爲之右呂氏春秋曰古之善相馬者若趙之王良秦之伯樂尤盡其妙文子曰伯樂相之王良御
之史[illegible]曰周繆王使造父爲御西巡狩秦缺未詳韓子曰夫獵[illegible]託車輿之安用六駕之足使王良佐轡則身不
勞而易及輕獸今捨車輿則雖樓李之走無時及獸矣許慎淮南子注曰樓季魏文侯之弟也此兩人
者馬佚能止之車覆能起之兩人秦缺樓季也家語顏回曰東野之御善則善矣
其馬將必佚也於是使射千鎰之重爭千里之逐史記曰田忌數與齊公子
馳逐重射孫子見其馬足不甚相遠有上中下輩於是謂田忌曰君弟重射臣能令君勝忌然之與射千金及
臨質孫子曰今以君之下駟與彼上駟取君上駟與彼中駟取君中駟與彼下駟既馳三輩而忌一不勝而
再勝卒得千金賈逵國語注曰一鎰二十四兩韓子曰王子期爲趙簡子取道爭千里之發也此亦天
下之至駿也太子能彊起乘之乎太子曰僕病未能也

溷章疑沼澤之轉

客曰既登景夷之臺南望荊山北望汝海左江右湖其樂無有景夷臺名也孔安國尚書傳曰荊山在荊州郭璞山海經注曰汝水出魯陽山東北入淮海汝稱海大言之也戰國策魯君曰楚王登京臺南望獵山左江右湖其樂忘死無有天下無有於是使傳辯之士原本山川極命草木趙岐孟子注曰命名也比物屬事離辭連類禮記孔子曰屬辭比事春秋教也韓子曰多言繁稱連類比物也浮游覽觀乃下置酒於虞懷之宮虞懷宮名也連廊四注鄭玄周禮注曰四阿若今四注也臺城層構紛紜玄綠輦道邪交黃池紆曲黃當爲湟湟城池也溷章白鷺孔鳥鶤鵠溷章鳥名未詳鵷鶵鵁鶄翠鬣紫纓鬣首毛也纓頸毛也螭龍德牧邕邕羣鳴螭龍德牧並鳥形未詳爾雅曰邕邕鳴聲和也陽魚騰躍奮翼振鱗曾子曰鳥魚皆生於陰而屬於陽故鳥魚皆卵生魚

蕣蓼即淑漻之複語淑从尗得声与蕣从舜聲最近

遊於水鳥飛於雲淑漻蕣蔓草芳苓言水清淨之處生蕣蓼二草也上林賦曰悠遠長懷寂漻無聲淑與寂音義同也字書曰蕣藸草也丈尤切藸音豬毛萇詩傳曰蓼水草也力鳥切苓古蓮字也女桑河柳素葉紫莖毛詩曰猗彼女桑毛長曰女桑荑桑也爾雅曰檉河柳郭璞曰今河旁赤莖小楊也苗松豫章條上造天苗松未詳一曰苗山之松豫章木名也孔安國尚書傳曰造至也梧桐并閭極望成林張揖上林賦注曰并閭椶也衆芳芬鬱亂於五風逌甲開山圖曰女媧沒大庭氏之王有天下五風異色也從容猗靡消息陽陰消滅也息生也林木茂盛隨風披靡故或陽或陰也文子曰與陰俱閉與陽佚開消息或爲須史也列坐縱酒蕩樂娛心景春佐酒杜連理音孟子景春曰公孫衍張儀豈不誠大丈夫哉孟子曰是焉得爲大丈夫劉熙曰景春孟子時人爲縱橫之術者史記曰上召子弟佐酒如淳漢書注曰今樂家五日一習樂爲理樂杜連未詳也滋味雜陳肴糅錯

該王逸楚詞注曰該備也練色娛目流聲悅耳埤蒼曰練擇也爾雅曰流擇也於
是乃發激楚之結風揚鄭衛之皓樂文穎上林賦注曰激衝激急風也結
風回風亦急風也楚地風氣既漂疾然歌樂者猶復依激結之急風爲節其樂促迅哀切也淮南子曰揚鄭衛
之皓樂此齊民所以淫泆流湎也許慎曰鄭衛新聲所出國也皓樂善倡也皓下或有齒字誤使先施
徵舒陽文段干吳娃閭娵傅予之徒皆美女也先施即西施也戰國策魯仲
連謂孟嘗君曰君後宮十妃皆衣縞紵食粱肉豈毛廧先施哉徵舒段干傅予皆未詳一曰左氏傳曰楚莊王
欲納夏姬申公巫臣曰不可今納夏姬貪其色也史記曰夏姬徵舒母也淮南子曰不待脂粉西施陽文也許
慎曰陽文楚之好人也吳娃已見上文孫卿子曰閭娵子奢莫之媒韋昭漢書注曰閭娵梁王魏嬰之美人
雜裾垂髾目窕心與司馬彪子虛賦注曰髾燕尾也窕當爲挑史記曰目挑心招張晏漢
書注曰挑嬈也髾所交切揄流波雜杜若言引流波以自絜雜杜若以爲芳杜若見下注說文曰

揄引也蒙清塵被蘭澤列子曰穆王爲中天之臺鄭衛之處子施芳澤雜芷若以滿之神女賦曰沐蘭澤含若芳嬿服而御尚書大傳曰古者后夫人至于君房中釋朝服襲燕服入御于君也此亦天下之靡麗皓侈廣博之樂也太子能彊起游乎太子曰僕病未能也

客曰將爲太子馴騏驥之馬駕飛軨之輿乘牡駿之乘廣雅曰馴擾也說文曰騏馬驪文如綦也尚書大傳曰未命爲士車不得有飛軨鄭玄曰如今窻車也力廷切右夏服之勁箭左烏號之彫弓夏服已見子虛賦服即今步义也烏號已見子虛賦又古考史曰柘樹枝長而勁烏集之將飛柘起彈烏烏乃號呼此枝爲弓快而有力因名也游涉乎雲林周馳乎蘭澤弭節乎江潯雲林雲夢之林楚詞曰羲和弭節兮字林曰潯水涯也掩青蘋游清風方言曰奄息也呂氏春秋曰崑崙之蘋也張揖子虛賦注曰青

杜預左傳注曰魚獸名

後漢書馮衍顯志賦注大宅謂天地

蘋以莎而大陶陽氣蕩春心薛君韓詩章句曰陶暢也陽氣春也神農本草曰春夏爲陽楚詞曰目極千里傷春心王逸曰蕩春心蕩滌也逐狡獸集輕禽言射而矢集於輕禽也左氏傳曰楚君親集矢於其目闕子曰矢集于彭城之東並以所止爲集也於是極犬馬之才困野獸之足窮相御之智巧文子曰無相御之勞而致千里也恐虎豹慴鷙鳥爾雅曰慴恐也逐馬鳴鑣魚跨麋角逐馬馳逐之馬鳴鑣鑾鳴於鑣也魚跨跨度魚也麋角執麋之角也履游麕兔蹈踐麖鹿汗流沫墜冤伏陵窘陵猶促也說文曰窘迫也無創而死者固足充後乘矣此校獵之至壯也太子能彊起游乎李五漢書注曰以而校兵出獵太子曰僕病未能也然陽氣見於眉宇之間侵淫而上幾滿大宅周書曰民有五氣喜氣內蓄雖欲隱之陽喜必見大宅未詳

當連上

覲字衍

作壥字也借爲墠　覲字當衍

當連上

客見太子有悅色遂推而進之曰冥火薄天兵車雷運鄭玄詩箋曰冥夜也廣雅曰薄至也王逸楚詞注曰運轉也音旋旍旗偃蹇羽毛肅紛馳騁角逐慕味爭先徼墨廣博觀望之有圻墨燒田也言逐獸於燒田廣博之所而觀望之有圻堮也墨或爲壥也說文曰圻地圻堮也魚斤切純粹全犧獻之公門尚書父師曰乃攘竊神祇之犧全牲孔安國曰色純曰牲體完曰全應劭漢書注曰粹湻也毛詩曰獻豜于公太子曰善願復聞之

客曰未既孔安國曰尚書傳曰既盡也於是榛林深澤煙雲闇莫兕虎並作莫闇貌也說文曰莫日且冥也毅武孔猛袒裼身薄左氏傳曰致果爲毅毛萇詩傳曰孔甚也毛詩曰禮裼暴虎毛萇曰袒裼肉袒也孔安國尚書傳曰薄迫也白刃磑磑矛戟交錯莊子孔子曰白刃交前視死若生者烈士之勇也六韜書刀銘曰刀刺磑磑牛哀切收

篇中地名自廣陵而外無一不以實指如曲江南山朱汜或圓伍子之山胥母

獲掌功賞賜金帛鄭玄周禮注曰掌主也掩薠肆若爲牧人席張揖上林賦注曰掩覆也毛萇詩傳曰肆陳也百酒嘉肴羞炰膾炙以御賓客毛詩曰百酒思柔又曰嘉肴脾臄又曰炰鱉鮮魚鄭玄曰炰火熟之漢書東方朔曰生肉爲膾毛詩曰以御賓客也涌觸並起動心驚耳誠必不悔決絕以諾言游獵歡宴忠誠爲之必不有悔事之決絕但以一諾不俟再三貞信之色形乎金石毛詩序曰貞信之教與家語孔子曰夫鍾鼓之音憂而擊之則悲喜而擊之則樂故志誠感之通于金石而況人乎哉高歌陳唱萬歲無斁孔安國尚書傳曰斁厭也此真太子之所喜也能强起而游乎太子曰僕甚願從直恐爲諸大夫累耳然而有起色矣

客曰將以八月之望孔安國尚書傳曰十五日日月相望與諸侯遠方交

之塲赤岸籍之之口要一可以實指而吳越爭此故實類於廣陵之訟田視同甌脫寧不善歟

慌據下文當作此

超　別本

已下皆就觀者言之

游兄弟並往觀濤乎廣陵之曲江漢書曰廣陵國屬吳也至則未見濤之形也徒觀水力之所到則卹然足以駭矣卹然驚恐貌觀其所駕軼者所擢拔者所揚汩者所溫汾者所滌汔者小雅曰駕陵也杜預左氏傳注曰軼突也蒼頡篇曰擢抽也孔安國尚書傳曰汩亂也古沒切溫汾轉之貌也爾雅曰譏汔也郭璞曰謂摩近汔許乞切雖有心略辭給固未能縷形其所由然也略智也縷辭縷也怳兮忽兮聊兮慄兮混汩汩兮老子曰怳兮忽兮其中有物聊慄恐懼之貌忽兮慌兮俶兮儻兮廣雅曰俶儻卓異也浩瀇瀁兮慌曠曠兮秉意乎南山通望乎東海爾雅曰秉執也虹洞兮蒼天極慮乎崖涘虹洞相連貌也莊子曰出於厓涘毛萇詩傳曰涘涯也虹胡洞切流攬無窮歸神日母言周流觀覽而窮然後歸神至日所出也春秋內事云日者陽

已下皆就觀者言之

繆往不來謂舟也

莫日莫也

此狀濤時之景況

依法乙

德之母

汩乘流而下降兮或不知其所止方言曰汩疾貌也爲畢切或

紛紜其流折兮忽繆往而不來言衆浪紛紜其流曲折或錯繆俱往而不迴流

臨朱汜而遠逝兮中虛煩而益怠朱汜蓋地名未詳莫離散而

發曙兮內存心而自持莫離散謂精神不離散也發曙發夕至曙也說文曰曙旦明也

於是澡槩胷中灑練五藏毛萇詩傳曰溉滌也槩與溉同練猶汰也莊子曰愁

其五藏也澹澉手足顡濯髮齒澉澹猶洗滌也澉湖敢切說文顡洗面也顡呼潰切輸

棄恬怠輸寫淟濁方言曰輸脫也王逸楚詞注曰淟垢濁也勑顯切分決狐疑

發皇耳目楚詞曰心猶豫以狐疑謚法曰明者曰皇也風賦曰發明耳目當是之時

雖有淹病滯疾猶將伸傴起躄發瞽披聾而觀望

之也廣雅曰傴曲也郁禹切淮南子曰遺躄者屨然躄跛不能行也必亦切況直眇小煩

揄

當連上

謝玄暉京路夜發注引此作若

懣酲醲病酒之徒哉故曰發蒙解惑不足以言也素問黃帝曰發蒙解惑未足以論也太子曰善然則濤何氣哉客曰不記也然聞於師曰似神而非者三疾雷聞百里言聲似疾雷而聞百里一也江水逆流海水上潮言能令二水逆流上潮二也山出內雲日夜不止山出內雲而日夜不止三也衍溢漂疾波涌而濤起小雅曰衍散也說文曰漂浮也其始起也洪淋淋焉若白鷺之下翔說文曰淋山下水也淋或為㳡聲類曰㳡漂也口怜切其少進也浩浩溰溰如素車白馬帷蓋之張浩浩深廣之貌也溰溰高白之貌也帷或為幃音韋幃帳也其波涌而雲亂擾擾焉如三軍之騰裝高唐賦曰奔揚踴而相擊雲興聲之霈霈雲亂也許慎淮南子注曰裝束也其旁作而奔起也飄飄焉如輕車之勒

兵六駕蛟龍附從太白以蛟龍若馬而駕之其數六也淮南子曰昔馮遲太白之御六雲霓游微霧鶩忽荒許慎曰馮遲太白河伯也純馳浩蜺前後駱驛賈逵國語注曰純專也浩蜺即素蜺也波濤之勢若素蜺而馳言其長也顒顒卬卬据据彊彊莘莘將將顒顒卬卬波高貌也据据彊彊相隨之貌据據於切彊渠章切莘莘多貌也將將高貌也莘所巾切莘或爲莘壁壘重堅沓雜似軍行太公陰符曰并我勇力重堅壁壘應劭漢書注曰沓合也行户剛切協韻也訇隱匈礚軋盤涌裔原不可當軋坱無垠貌也盤謂盤礴廣大貌涌裔行貌也觀其兩傍則滂渤怫鬱闇漠感突上擊下律有似勇壯之卒律當爲硉硉虜骨切突怒而無畏蹈壁衝津窮曲隨隈踰岸出追說文曰隈水曲也上林賦曰觸穹石激堆碕郭璞曰沙堆也都迴切追亦堆字今爲追古字假借之也遇者死當者壞初發乎或圍之津涯荄軫谷

一本是也

注中說郭璞江賦鼓洪濤於赤岸淪餘波於柴桑正承用此文然則扶桑乃柴桑之誤案注所舉張澄不足以改此文

分或圍蓋地名也言涯如轉而谷似裂也一曰涯如草轉也方言曰荄根也謂草之根也一本無荄字許慎淮南子注曰軫轉也迴翔青篾銜枚檀桓青篾檀桓蓋並地名也迴翔水復流也銜枚水無聲也周禮曰銜枚氏鄭玄曰止言語讙譁也枚大如箸橫銜之也弭節伍子之山通厲骨母之場弭節巳見上文史記曰吳王殺子胥投之于江吳人立祠於江上因名胥母山王逸楚辭注曰高厲遠行也越絕書曰闔閭旦食鮒山晝游於胥母疑骨母字之誤也淩赤岸篲扶桑橫奔似雷行赤岸蓋地名也曹子建（求自試）表曰南至赤岸山謙之南徐州記曰京江禹貢北江春秋分朔輙有大濤至江乘北激赤岸尤更迅猛然並以赤岸在廣陵而此文勢似在遠方非廣陵也說文曰篲掃竹也山海經曰湯谷上有扶木扶木者扶桑也十日所浴之地誠奮厥武如振如怒毛詩曰王奮厥武如震如怒毛萇曰震猶威也沌沌渾渾狀如奔馬沌沌渾渾波相隨之貌也孫子兵法曰渾渾沌沌形圓而不可敗也越絕書曰王捐子胥於大江口勇士之執乃有遺鄙發憤馳騰

原表至作極

氣若奔馬沌徒本切渾胡本切混混庉庉聲如雷鼓混混沌沌波浪之聲也越絶書越王
勾踐曰浩浩之水聲音若雷霆庉徒本切發怒庢沓清升踰跇言初發怒礙止而涌沸少
選之頃清者上升遞相踰跇也說文曰庢礙止也庢竹栗切庢或爲底古字也杜預左氏傳曰底平也埤蒼曰
沓釜沸出也徒荅切如淳漢書注曰跇超踰也侯波奮振合戰於藉藉之口楚辭
曰陵陽侯之氾濫兮王逸曰陽侯大波也藉藉蓋地名也鳥不及飛魚不及迴獸不
及走高唐賦曰飛鳥未及起走獸未及發紛紛翼翼波涌雲亂廣雅曰紛紛衆
也毛萇詩傳曰翼翼莊健貌也蕩取南山背擊北岸覆虧丘陵平夷西
畔言水之勢既蕩南山又擊北岸丘陵爲之顛覆然後平夷西畔險險戲戲崩壞陂池
決勝乃罷合戰決勝而後乃罷瀄汩潺湲披揚流灑瀄泌瀄波相捩也汩蜜汩
水流疾也字書曰潺湲流貌也橫暴之極魚鼈失勢顛倒偃側沈沈

湲湲蒲伏連延沈沈湲湲魚鱉顛倒之貌也蒲伏即匍匐也連延相續貌沈禹牛切神物恠疑不可勝言直使人踣焉洄闇悽愴焉郭璞爾雅曰踣覆也薄北切洄與回同也此天下恠異詭觀也太子能强起觀之乎太子曰僕病未能也

客曰將爲太子奏方術之士有資略者孔安國論語注曰方道也晉灼漢書注曰資材量也若莊周魏牟楊朱墨翟便蜎詹何之倫呂氏春秋中山公子牟謂詹何身在江海之上心居魏闕之下高誘曰子牟魏公子也詹子古得道者也淮南子曰雖有鉤鍼芳餌加以詹何蜎蠉之數猶不能與罔罟爭得也高誘曰蜎蠉白公時人宋玉集曰宋玉與登徒子偕受釣於玄淵七略曰蜎子名淵楚人也然三文雖殊其一人也使之論天下之釋微理萬物之是非家語曰卜商好論精微時人無以尚也孫卿子曰是是非非謂之智也孔老

別本無此三字

覽觀孟子持籌而筭之萬不失一漢書張良曰臣借前箸以籌之音義曰以籌度之也直流切史記蒯通曰以此祭之萬不失一老或爲左也此亦天下要言妙道也太子豈欲聞之乎於是太子據几而起曰渙乎若一聽聖人辯士之言涊然汗出霍然病已涊汗貌也莊子曰泚然汗出涊乃顯切霍疾貌也

七啓八首 并序　曹子建

昔枚乘作七發傅毅作七激張衡作七辯崔駰作七依辭各美麗余有慕之焉遂作七啓并命王粲作焉

玄微子隱居大荒之庭玄微幽玄精微也山海經曰大荒之中有山名曰大荒之山日月所入是謂大荒之野中也飛遯離俗澄神定靈飛遯九師道訓曰遯而能飛吉孰大焉淮南子

曰單豹背世離俗巖居谷飲也輕祿傲貴與物無營莊子曰夫輕爵祿人者之所託材司馬彪曰材身也蔡邕釋誨曰安貧樂賤與世無營也耽虛好靜羡此永生列子曰莫如靜莫如虛靜也虛也得其居獨馳思於天雲之際無物象而能傾舞賦曰獨馳思乎杳冥左氏傳韓簡曰物生而後有象於是鏡機子聞而將往說焉鏡機鏡照機微也駕超野之駟乘追風之輿超野追風言疾也經迴漠出幽墟入乎泱漭之野遂屆玄微子之所居子虛賦曰過乎泱漭之野其居也左激水右高岑子虛賦曰其西則激水推移上林曰山小而高曰岑也背洞溪對芳林冠皮弁被文裘儀禮曰皮弁服素積鄭玄曰皮弁者白鹿皮為冠象上古也文裘文狐之裘也出山岫之潛穴倚峻崖而嬉遊爾雅曰山有穴為岫志飄颻焉嶢嶢焉似若狹六合而隘九州山海經曰地之所載六合之間

漢書本傳放作畫
無若字絃作弦

也若將飛而未逝若舉翼而中留於是鏡機子攀葛藟而登距巖而立毛詩曰南有樛木葛藟纍之孔安國尚書傳曰距至也順風而稱曰莊子曰黃帝聞廣成子在崆峒之上故往見之黃帝順風膝行而進曰予聞君子不遯俗而遺名智士不背世而滅勳周易曰遯世無悶幽通賦曰保身遺名民之表兮鄭玄毛詩箋曰遺忘也又礼記注曰名令聞也背世已見上注今吾子棄道藝之華遺仁義之英耗精神乎虛廓廢人事之紀經韓子曰精神曰耗蒼頡篇曰耗消也史記太史公曰春秋上明三王之道下辨人事之經紀耗呼到切譬若畫形於無象造響於無聲言像因形生響隨聲發今欲無聲而造響圖像而無形豈有得哉孫卿子曰下之和上譬響之應聲影之像形楊雄解難曰譬若畫者放於無形絃者放於無聲也未之思乎何所規之不通也論語子曰未之思也玄微子俯而應之曰譆有是

言乎鄭玄禮記注曰譆悲恨之聲也譆與嘻古字通也譆欣碁切夫太極之初渾沌未分萬物紛錯與道俱隆漢書曰太極元氣函三爲一言元氣初爲一後爲天地人也春秋說題辭曰元清氣以爲天渾沌無形體宋均曰言元氣之初如此也渾沌未分也言氣在易爲元在老爲道義不殊也蓋有形必朽有跡必窮列子曰形必終也芒芒元氣誰知其終春秋命歷序曰元氣正則天地八卦孳也名穢我身位累我躬莊子曰行名失己非士也又魏文侯曰夫魏真爲我累耳竊慕古人之所志仰老莊之遺風思玄賦曰慕古人之貞節毛詩序曰有堯之遺風如湝漢書注曰遺餘也假靈龜以託喻寧掉尾於塗中莊子曰楚王使大夫往聘莊子莊子曰吾聞楚有神龜死已三千歲矣王巾笥而藏之於廟堂之上此龜者寧其死爲留骨而貴乎寧其生而曳尾塗中乎二大夫曰寧生曳尾塗中莊子曰往矣吾將曳尾於塗中也

鏡機子曰夫辯言之豔能使窮澤生流枯木發榮庶感靈而激神況近在乎人情僕將為吾子說游觀之至娱演聲色之妖靡羽獵賦曰遊觀侈靡小雅曰演廣也尚書仲虺曰惟王不迩聲色列子隰朋曰妖靡盈庭忠良蒲朝也論變化之至妙敷道德之弘麗願聞之乎

玄微子曰吾子整身倦世倦世倦於人間之世也探隱拯沈小雅曰探取也難蜀父老曰拯民於沈溺說文曰出溺為拯不遠遐路幸見光臨將敬滌耳以聽玉音尚書大傳曰天下諸侯受命於周莫不玉音金聲

鏡機子曰芳菰精粺霜蓄露葵張揖上林賦注曰彫菰米也宋玉諷賦曰主人之女為臣炊彫胡之飯說文曰稗禾別也稗與粺古字通薄懈切毛詩曰我行其野言采其蓫鄭玄曰蓫牛頹蓫與蓄音義通也宋玉諷賦曰為臣煮露葵之羹玄熊素膚肥豢膿肌鄭玄

周禮注曰犬豕曰豢臚肥皃也女龍切

蟬翼之割。剖纖析微。蟬翼言薄也楚詞曰蟬翼爲重也累如疊縠。離若散雪。輕隨風飛。刃不轉切。山鵽斥鷃。珠翠之珍。鵽已見南都賦莊子曰鵬摶扶搖而上斥鷃笑之曰彼奚適也許慎淮南子注曰鷃雀飛不過一尺言劣弱也斥與尺古字通珠翠珠柱也南方異物記曰採珠人以珠肉作鮓也寒芳苓之巢龜。膾西海之飛鱗。寒今脏肉也鹽鐵論曰煎魚切肝羊淹雞寒劉熙釋名曰韓雞本出韓國所爲寒與韓同史記曰有神龜在江南嘉林中常巢於芳蓮之上苓與蓮同西海飛鱗即文鰩也山海經曰泰器之山濩水出焉是多鰩魚常行西海而游於東海夜飛而行臛江東之潛鼉。臇漢南之鳴鶉。說文曰臛肉羹也蒼頡解詁曰臇少汁臛也子兗切糅以芳酸甘和既醇。鄭玄禮記注曰糅雜也醇已見上注玄冥適鹹。蓐收調辛。禮記曰北方其神玄冥北方水也尚書曰水曰潤下潤下作鹹禮記曰西方其神蓐收西方金也尚書曰金曰從革從革作辛

紫蘭丹椒施和必節禮斗威儀曰君乘金而王其政平則蘭常生鄭玄曰主給調和也張衡七辯曰芳以薑椒拂以木蘭**滋味既殊遺芳射越**上林賦曰衆香發越郭璞曰香氣射散也**乃有春清縹酒康狄所營**毛詩曰爲此春酒鄭玄禮記注曰清酒今之中山冬釀接夏而成也縹綠色而微白也博物志曰杜康作酒戰國策曰梁王請爲魯君舉觴魯君曰昔帝女儀狄作酒而美進之於禹禹飲而甘之遂疏儀狄乃絕旨酒**應化則變感氣而成**淮南子曰物類之相應故東風至而酒泛溢高誘曰東風木風也木味酸入酒故酢而泛者沸蓋非類相感也春秋說題辭曰黍爲酒陽援陰乃能動故以麥黍爲酒宋衷曰麥陰也先漬麴黍後入故曰陽援陰相得而沸是其動也**彈徵則苦發叩宮則甘生**禮記曰季夏之月其音徵其味苦又曰中央土其音宮其味甘也**於是盛以翠樽酌以彫觴浮蟻鼎沸酷烈馨香**釋名曰酒有泛齊浮蟻在上泛泛然漢書曰田延年謂霍光曰今羣臣鼎沸上林賦曰酷烈淑郁也**可以和**

神可以娱腸神人之精爽也此肴饌之妙也子能從我而食之

乎玄微子曰予甘藜藿未暇此食也韓子曰糲粮之飯藜藿之羹也

鏡機子曰步光之劍華藻繁縟越絶書曰孔子從弟子七十人往奏勾踐乃身

被賜夷之甲帶步光之劍藻文采也説文曰縟繁采飾也飾以文犀彫以翠緑國語曰奉

文犀之渠綴以驪龍之珠錯以荆山之玉莊子曰千金之珠在九重之淵而驪

龍頷下韓子曰楚人和氏得璞玉於楚山之中也陸斷犀象未足稱雋隨波

截鴻水不漸刃聖主得賢臣頌曰巧冶鑄干將之璞陸制犀革戰國策蘇素説韓王曰韓卒之

劒陸斷牛馬水擊鴻鴈廣雅曰漸漬也九旒之冕散耀垂文劉梁七舉曰九旒之冕散

耀垂文周禮曰弁師掌王之五冕諸侯繅九就鄭玄曰就成也每繅九成則九旒也應劭漢官儀曰冕冕公侯九

旒者也華組之纓從風紛紜禮記曰玄冠丹組纓諸侯之齊冠説文曰組綬屬也小者

以爲冠纓又曰纓冠系也佩則結緑懸黎寶之妙微戰國策應侯謂秦王曰梁有懸黎宋有結緑而爲天下名器也符采照爛流景揚煇劉淵林蜀都賦注曰符采玉之横文也說文曰景光也黼黻之服紗縠之裳孔安國尚書傳曰諸侯自龍衮而下至黼黻漢書曰江充衣紗縠單衣也金華之舄動趾遺光言以金華飾舄故動足而有餘光也劉欣期交州記曰金華出珠崖如涪漢書注曰遺餘也繁飾參差微鮮若霜緄佩綢繆或彫或錯說文曰緄織成帶也古本切薰以幽若流芳肆布說文曰薰火煙上出也若杜若也若稱幽若猶蘭曰幽蘭也擬古詩曰屢見流芳歇毛萇詩傳曰肆陳也雍容閑步周旋馳燿聖主得賢臣頌曰雍容垂拱左氏傳晉公子謂楚子曰晉楚治兵若不獲命則與君周旋也南威爲之解顔西施爲之巧笑戰國策曰晉文公得南威三日不聽朝遂推而遠之曰後世必有以色亡其國者列子曰列子師老商氏五年之後夫子始一解顔而笑西施已見上文毛詩曰巧

笑倩兮此容飾之妙也玄微子能從我而服之乎玄微子曰予好毛褐未暇此服也鄭玄毛詩箋曰褐毛布也鏡機子曰馳騁足用蕩思游獵可以娛情子虛賦曰終日馳騁曾不下輿又曰游獵之地饒樂若此者乎歸田賦曰聊以娛情僕將爲吾子駕雲龍之飛駟飾玉路之繁纓馬有龍稱而雲從龍故曰雲龍也周禮曰凡馬八尺已上爲龍又曰玉路錫樊纓鄭玄曰樊讀如鞶謂今之馬大帶也纓今馬鞅繁與鞶古字通垂宛虹之長綏抗招搖之華旍楚詞曰建雄虹之綵旄禮記曰天子殺則下大綏鄭玄曰綏當爲緌緌有虞氏之旌旗也禮記曰招搖在上急繕其怒鄭玄曰繕讀爲勁畫招搖星於其上以起居堅勁軍之威怒也捷忘歸之矢秉繁弱之弓儀禮曰司射搢三挾一箇鄭玄曰搢插也楚甲切新序曰楚王載繁弱之弓忘歸之矢以射隨兕於雲夢也忽躡景而輕騖逸奔驥而超遺風

灊

灊 張景陽七命注作 ○别本

景曰景也躡之言疾也呂氏春秋伊尹說湯曰青龍之匹遺風之乘高誘曰皆馬名也疾若比遺風於是

磎塡谷塞榛藪平夷緣山置罝彌野張罘鄭玄周禮注曰彌徧也

下無漭〔灊〕跡上無逸飛鳥集獸屯然後會圍廣雅曰屯聚也獠

徒雲布武騎霧散說文曰獠獵也韓子曰雲布風動羽獵賦曰武騎聿皇封禪書曰雲布霧

散丹旗燿野戈殳晧旰南都賦曰曜野暎雲曳文狐揜狡兔禮斗威儀曰其君乘土而王南海輸以文狐史記李斯曰牽黃犬逐狡兔方言曰掩覆也捎鸕鷀拂振鷺

鸕鷀振鷺皆鳥之名當軌見藉值足遇踐西京賦曰當足見蹍值輪被轢也飛軒

電逝獸隨輪轉孫該琵琶賦曰飄風電逝舒疾無力翼不暇張足不及騰

西京賦曰鳥不暇舉獸不得發動觸飛鋒舉挂輕罾西都賓曰鳥驚觸絲獸駭

值鋒罾亦罔也班固漢書序曰鷹隼未擊罾弋不施於蹊隧也搜林索險探薄窮阻廣雅

曰草藂生曰薄騰山赴壑風厲焱舉古詩曰涼風率已厲楚辭曰焱遠舉兮雲中王
逸注云焱去疾貌說文曰焱火華也機不虛發中必飲羽孔安國尚書傳曰機弩牙也子
虛賦曰弓不虛發中必決眥呂氏春秋曰養由基射兕中石矢飲羽高誘曰飲羽飲矢至羽也於是人
稠網密。地逼勢脅。哮闞之獸張牙奮鬣。毛詩曰進厥虎臣闞如虓
虎毛萇曰虦闞虎怒也哮與虓同也志在觸突。猛氣不慴。慴已見上文乃使北
宮東郭之疇孟子曰北宮黝之養勇也不膚撓不目逃思以一毫挫於人若撻於市朝趙
岐曰北宮姓黝名也呂氏春秋曰齊有好勇者一人居東郭一人居西郭卒然相遇於塗曰姑相飲乎觴數行
曰姑求肉乎一人曰子肉也我肉也因抽刀而相啖也生抽豹尾分裂貙肩尔雅曰貙
似狸形不抗手骨不隱拳小雅曰抗御也服虔漢書注曰隱築也於謹切批熊碎
掌拉虎摧斑掌熊蹯也孟子曰熊掌亦我所欲也斑虎文也上林賦曰被斑文野無毛

別本

原鈔作騄驥

原鈔冒作帽

尤

類林無羽群積獸如陵飛翮成雲羽獵賦曰劍搖輪夷丘累陵聚於是駴鐘鳴鼓收旌弛旆周禮曰鼓皆駴鄭玄曰雷擊鼓曰駭駴古駭字杜預左氏傳注曰弛解也頓綱縱網罷（羅）獠回邁頓猶捨也說文曰縱緩也駿騄齊驤揚鑾飛沫南都賦曰騏騄齊鑣舞賦曰龍驤橫舉揚鑣飛沫也俯倚金較仰撫翠蓋東京賦曰戴翠冒倚金較說文曰較車上曲鉤高唐賦曰蜺為旌翠為蓋雍容暇豫娛志方外國語優施曰我教汝暇豫之事君韋昭曰暇閑也豫樂也杜預左氏傳注曰方法也此羽獵之妙也子能從我而觀之乎高唐賦曰傳言羽獵玄微子曰子樂恬靜未暇此觀也

鏡機子曰閑宮顯敞雲屋皓旰李尤高安館銘曰增臺顯敞雲屋言高若雲也班婕妤自傷賦曰仰視兮雲屋雙涕下兮橫流崇景山之高基迎清風而立觀

基若景山言極高也毛萇詩傳曰崇立也毛詩曰陟彼景山地理書曰迎風觀在鄴也彤軒紫柱文欀華梁劉梁七舉曰丹墀縹壁紫柱紅梁也綺井含葩金墀玉箱金墀猶金戺也西京賦曰金戺玉階玉箱猶玉房也温房則冬服絺綌清室則中夏含霜劉騊駼玄根頌曰前殿冬、絺李尤函谷關賦曰盛夏臨漂而含霜也華閣緣雲飛陛陵虛魯靈光殿賦曰飛陛揭孽緣雲上征頫眺流星仰觀八隅魯靈光殿賦曰中坐垂景頫視流星頫音俯升龍攀而不逮眇天際而高居崔駰七依曰升龍於天者雲也西京賦曰翔鶤仰而不逮周昜曰豐其屋天際翔也繁巧神怪變名異形班輸無所措其斧斤離婁爲之失睛鄭玄禮記注曰公輸若匠師也般若之族多技巧者也孟子曰離婁之明趙岐曰古之明目者也蓋黃帝時人麗草交植殊品詭類綠葉朱榮熙天曜日熙光也素水盈沼叢木成林楚辭曰含素水而蒙深飛

乘

翩淩高鱗甲隱深於是逍遥暇豫忽若忘歸楚辭曰觀者憺兮忘歸也乃使任子垂釣魏氏發機莊子曰任子爲大鉤巨緇五十犗以爲餌蹲會稽投竿東海旦而釣朞年不得魚已而魚大食之牽巨鉤陷沒而下鶩揚而奮鬐白波若山吴越春秋曰越王欲伐吴范蠡進善射者陳音越王問其射所起焉音曰黄帝作弓以備四方後有楚狐父以其道傳羿羿傳逢蒙蒙傳楚琴氏琴氏傳大魏大魏傳楚三侯麋侯翼侯魏侯也芳餌沈水輕繳弋飛吴越春秋大夫種曰深川之魚死於芳餌落翳雲之翔鳥援九淵之靈龜賈誼弔屈原曰襲九淵之神龍然後采菱華擢水蘋子虛賦曰外發芙蓉菱華許慎淮南子注曰擢引也毛萇詩傳曰蘋大萍弄珠蜯戲鮫人楊雄蜀都賦曰蜯含珠而擘裂劉淵林吴都賦注曰鮫人水底居也諷漢廣之所詠覿游女於水濱韓詩序曰漢廣悦人也詩曰漢有游女不可求思薛君曰游女謂漢神也燿神景於中沚被輕縠之纖羅毛詩曰宛在水中沚

望雲二句微旨之所存也　遐注

子虛賦曰雜纖羅也遺芳烈而靖步抗皓手而清歌廣雅曰抗舉也歌曰望雲際兮有好仇天路長兮往無由楚辭曰君誰須兮雲之際毛詩曰君子好仇枚乘樂府曰美人在雲端天路隔無期佩蘭蕙兮為誰脩宴婉絕兮我心愁楚辭曰紉秋蘭為佩王逸注曰脩飾也毛詩曰燕婉之求毛萇曰燕安也婉順也鄭玄曰夲求燕婉之人也此宮館之妙也子能從我而居之乎玄微子曰予耽巖穴未暇此居也巖穴隱者所居黃石公記曰主聘巖穴事乃得實也鏡機子曰既游觀中原逍遙閑宮情放志蕩淫樂未終亦將有才人妙妓遺世越俗漢書曰傅昭儀少為才人韋昭曰才伎人也廣雅曰遺離也揚北里之流聲紹陽阿之妙曲史記曰紂使師涓作新淫之聲北里之舞靡靡之樂淮南子曰夫歌采菱發陽阿鄭人聽之不若延靈以和爾乃御文軒臨洞

庭文畫飾也軒殿檻也洞庭廣庭也尸子曰文軒無四寸之鍵則車不行莊子曰黃帝張咸池之樂於洞庭也新語曰高臺百仞文軒彫窻也琴瑟交揮左篪右笙廣雅曰揮動也毛萇詩傳曰竹曰篪鍾鼓俱振簫管齊鳴廣雅曰振動也毛詩曰簫管備舉然後姣人乃被文縠之華袿振輕綺之飄飄毛詩曰佼人僚兮劉熙釋名曰婦人上服謂之袿戴金搖之熠燿揚翠羽之雙翹宋玉諷賦曰主人之女垂珠步搖來排臣戸西京雜記曰趙飛鷰爲皇后其弟上遺黃金步搖毛萇詩傳曰熠燿鮮明也司馬彪續漢書曰皇太后入廟先爲花勝上爲鳳凰以翡翠爲毛羽王逸楚辭注曰翹羽名也揮流芳燿飛文韓康伯周易注曰揮散也歷盤鼓煥縯紛張衡舞賦曰般鼓煥以駢羅長裾隨風悲歌入雲列子曰薛談學謳於秦青辭歸青餞於郊撫節悲歌響遏行雲也蹻捷若飛蹈虛遠蹠廣雅曰蹻趨行也今爲蹻古字無定也廣雅曰蹠履也淩躍超驤蜿蟬揮霍楚辭曰超

驤推阿西京賦曰跳丸劒之揮霍也翔尒鴻翥濈然鳧沒爾雅曰翥舉也濈疾貌也濈側立切縱輕體以迅赴景追形而不逮西京賦曰紛縱體而迅赴不逮言疾也韓子曰形影相應而生飛聲激塵依違厲響七略曰漢興善歌者魯人虞公發聲動梁上塵依違猶徘徊也楚辭曰余思舊鄉心依違才捷若神形難為象舞賦曰依彿神動又曰不可為象也於是為歡未渫白日西頹東都賦曰士怒未渫方言曰渫歇也楚辭曰日杳杳以西頹散樂變飾微步中閨玄眉弛兮鉛華落收亂髮兮拂蘭澤鉛華已見洛神賦蘭澤已見上文也形婧服兮揚幽若說文曰婧南楚之外謂好也婧湯火切紅顏宜笑睇眄流光楚辭曰既含睇兮又宜笑王逸曰睇微眄貌時與吾子攜手同行毛詩曰惠而好我攜手同行也踐飛除即閑房司馬彪上林賦注曰除樓陛也華燭爛幄幙張秦嘉贈婦詩曰飄飄帷帳熒熒華燭左氏

原姓作彷

原姓作渫

傳曰子產以幄幙行動朱脣發清商舞賦曰動朱脣神女賦曰朱脣的其若丹宋玉笛賦曰吟清商追流徵也揚羅袂振華裳九秋之夕為歡未央九秋之久言其長也古樂府有歷九秋妾薄相行蘇武詩曰懽樂殊未央此聲色之妙也子能從我而游之乎玄微子曰予願清虛未暇此遊也

鏡機子曰予聞君子樂奮節以顯義烈士甘危軀以成仁張衡應問曰貫高以端辭顯義論語子曰志士仁人有殺身以成仁是以雄俊之徒交黨結倫重氣輕命感分遺身西京賦曰輕死重氣結黨連群分分義也鄭玄禮記注曰遺亡也故田光伏劍於北燕公叔畢命於西秦史記燕太子丹謂田光曰丹所言者國大事也願先生勿泄也光曰諾退見荊軻曰吾聞長者為行不使人疑己今太子疑光非節俠也欲自殺以激荊卿遂自刎公叔未詳果毅輕斷虎步谷風左氏傳曰殺敵

劉良注或曰荊軻字公叔

舜典作蠻夷猾夏

當連上

此際思王自喻

爲果致果爲毅李陵詩曰幸託不肖軀且當猛虎威慴步春秋元命苞曰猛虎嘯而谷風起類相動也萬乘華夏稱雋漢書曰天子畿方千里出兵車萬乘故稱萬乘之主尚書曰華夏蠻貊也辭未及終而玄微子曰善

鏡機子曰此乃游俠之徒耳未足稱妙也若夫田文無忌之儔乃上古之俊公子也田文孟嘗也無忌信陵也皆飛仁揚義騰躍道藝游心無方抗志雲際莊子曰乘物以游心又曰應物無方晉灼漢書注曰方常也楚辭曰放志游乎雲中也凌轢諸侯驅馳當世呂氏春秋曰凌轢諸侯說文曰轢車所踐也揮袂則九野生風慷慨則氣成虹蜺說文曰揮奮也淮南子曰所謂一者上通九天下貫九野劉邵趙郡賦曰呴氣成虹蜺揮袖起風塵文與此同未詳其本也吾子若當此之時能從我而友之乎玄微子曰予亮願焉

原文靈作神ㄟ作靈

尔雅曰亮信也然勞於大道有累如何

鏡機子曰世有聖宰翼帝霸世謂魏太祖孔安國尚書傳曰翼輔也同量乾坤等曜日月乾坤天地也張超尼父頌曰合量乾坤參曜日月也玄化參神與靈合契蔡邕陳留太守頌曰玄化洽矣黔首用寧漢書伍被説淮南王曰今陛下令雖未出化馳如神劇秦美新曰與天剖靈符地合神契惠澤播於黎苗威靈震乎無外國語曰少昊之衰九黎亂德韋昭曰九黎黎民九人尚書帝曰禹惟時有苗不率汝徂征孔安國曰三苗之民數干王誅崔駰七依曰仁臻於行葦惠及乎黎苗四子講德論曰威靈外覆公羊傳曰王者無外也超隆平於殷周踵羲皇而齊泰東都賦曰即土之中有周成隆平之制焉東京賦曰踵二皇之遐武薛綜曰踵繼也顯朝惟清王道遐均民望如草我澤如春班固漢書文紀述曰我德如風民應如草古長歌行曰陽春布德澤萬物生光輝也河濵無洗耳

之士喬岳無巢居之民洗耳許由也琴操曰堯大許由之志禪爲天子由以其不善乃臨河而洗耳毛詩曰嗜山喬岳也巢居巢父也皇甫謐逸士傳曰巢父者堯時隱人常山居以樹爲巢而寢其上時人號曰巢父也是以俊乂來仕觀國之光尚書曰俊乂在官國語曰秦后來仕韋昭曰仕於晉也周易曰觀國之光利用賓于王舉不遺才進各異方左氏傳曰楚子囊曰晉君舉不失選又曰不遺德刑杜預曰遺失也讚典禮於辟雍講文德於明堂左氏傳曰隨武子曰典禮不易尚書曰帝乃誕敷文德毛詩曰矢其文德洽此四國正流俗之華說綜孔氏之舊章流俗已見上華說已見文賦舊章已見東都主人王肅周易注曰綜理事也左氏傳曰舊章不可忘也散樂移風國富民康解嘲曰散以禮樂風以詩書禮記曰樂行移風易俗天下皆寧春秋說題辭曰盡精竭思國富民康也神應休臻屢獲嘉祥尚書曰休徵東京賦曰總集瑞命備致嘉祥也故甘靈紛而晨降景星宵而

於彼高岡

側 注及別本

原校 燭作爝

舒光禮斗威儀曰其君乘土而王其政太平時則甘靈降鶡冠子曰聖人其德上及泰清下及泰寧景星光潤史記曰天精明時有赤方氣與青方氣相連赤方中有兩黃星青方中有一黃星凡三星合爲景星其狀無常出於有道之國也觀游龍於神淵聆鳴鳳於高岡禮斗威儀曰其君乘水而王龜龍被文而見神女賦曰婉若游龍周易曰潛龍勿用又曰或躍在淵樂汁圖徵曰五音克諧各得其倫則鳳皇至廣雅曰聆聽也毛詩曰鳳皇鳴矣此霸道之至隆而雍熙之盛際漢書宣帝曰漢家自有制度本霸王道雜之東京賦曰上下共其雍熙然主上猶以沈恩之未廣懼聲教之未厲漢書司馬相如難蜀父老曰湛恩汪濊尚書曰朔南暨聲教廣雅曰厲高也采英奇於仄陋宣皇明於巖穴邊讓章華臺賦曰舉英奇於側陋尚書曰明明揚側陋東都賦曰散皇明以燭幽巖穴已見上文此甯子商歌之秋而呂望所以投綸而逝也淮南子曰甯戚商歌車下而桓公慨然而悟秋猶時也史記朱亥謂魏公子曰

此是𠛬命之秋也尚書中候曰王至磻溪之水呂尚釣
崖下趨拜尚立變名曰望毛詩曰之子于釣言綸之繩
鄭玄曰以繩爲之綸吾子爲太和之民不欲仕陶唐之世乎法言曰或
問太和曰其在唐虞成周也李軌曰天下太和也孔安國尚書傳曰陶唐帝堯氏也於是玄微子
攘袂而興曰韙哉言乎近者吾子所述華淫欲以厲我
祇攪予心杜預左氏傳注曰勸勵也毛詩曰胡逝我梁代攪我心至聞天下穆清
明君莅國史記曰漢興已來受命於穆清蔡邕釋誨曰生穆清之世稟淯和之靈毛萇詩傳曰莅臨
也覽盈虛之正義知頑素之迷惑周易曰損益盈虛與時偕行薛君韓詩章
向曰素質也言人但有質朴無治人之材也今子廓尔身輕若飛劉梁七舉曰先生昭
然神悟霍尔體輕願反初服從子而歸楚詞曰進不入以離尤退將復修吾初服公羊
傳楚莊王謂司馬子反曰吾亦從子而歸

文選卷第三十四

七月初一夕　侃誦

文選卷第三十五

梁昭明太子撰

文林郎守太子右內率府録事參軍崇賢館直學士臣李善注上

七下

張景陽七命八首

詔

漢武帝詔一首　賢良詔一首

册

潘元茂魏公九錫文一首

七下

蟠注及晉去

文三十五

七命八首　張景陽

沖漠公子含華隱曜沖漠沖虛恬漠也范曄後漢書孔融曰南山四皓潛光隱耀世嘉其高也嘉遯龍盤翫世高蹈周易曰嘉遯貞吉尚書大傳曰盤龍賁信越其藏鄭玄曰蟠屈也左氏傳齊人歌曰魯人之皐使我高蹈也游心於浩然玩志乎衆妙莊子曰乘物以游心孟子曰我善養吾浩然之氣敢問何謂浩然之氣曰難言也其爲氣也至大至剛以直養而無害則塞于天地之間老子曰玄之又玄衆妙之門絶景乎大荒之遐阻吞響乎幽山之窮奧山海經曰大荒之中有山名曰大荒之山日月所入是謂大荒之野毛詩曰幽幽南山奧隱處也於是殉華大夫聞而造焉殉營也華浮華乃勑雲輅驂飛黃東京賦曰結飛雲之給輅淮南子曰黃帝治天下於是飛黃服皁越奔沙輾流霜劉劭七華曰超重淵越流沙凌扶搖之風躡堅冰之津莊子曰搏扶搖而上者九萬里

司馬彪曰扶揺上行風也列子曰堅冰立散旌拂霄埒軌出蒼垠許愼淮南子注曰垠埒端崖也天清泠而無霞野曠朗而無塵臨重岫而攬轇轕石室而迴輪仲長子昌言曰聞上古之隱士或伏重岫之内窟窮皐之底列仙傳曰赤松子常止西王母石室中遂適沖漠之所居爾雅曰適之也其居也崢嶸幽藹蕭瑟虛玄廣雅曰崢嶸深冥也說文曰玄幽遠也溟海渾濩涌其後嶰谷嶗嶆張其前十洲記曰東王所居處山外有貟海貟海水色正黑謂之溟海說文曰渾流聲也後衮切又曰濩雷下貌也胡郭切漢書曰取竹之嶰谷音義曰嶰谷崐崘北谷名嶗嶆深空之貌也嶰音解嶗音牢嶆音曹尋竹竦莖蔭其壑百籟群鳴聾其山山海經曰大荒之中有岳山尋竹生焉郭璞曰尋竹大竹也莊子曰地籟則衆竅是也聾其山謂衆聲既喧山為之聾也蒼頡篇曰聾耳不聞也衝飆發而迴日飛礫起而灑天鹽鐵論曰衝風飄鹵沙石凝積

東京賦曰飛礫雨散於是登絕巘遡長風毛萇詩傳曰巘小山別大山者也薛綜西京賦注曰遡向風也陳辯惑之辭命公子於叢巖中論語子張曰敢問崇德辨惑曰蓋聞聖人不卷道而背時智士不遺身而匿迹應瑒釋賓曰聖人不違時而遯迹賢者不背俗而遺功七啓曰感分遺身楚辭曰聊竄端匿迹也生必耀華名於玉牒没則勒洪伐於金冊東觀漢記曰封禪其玉牒文祕說文曰牒札也陳琳韋端碑曰撰勒洪伐式昭德音金冊已見西京賦今公子違世陸沈避地獨竄陸沈已見張景陽雜詩孔安國尚書傳曰違避也論語子曰賢者避世其次避地有生之歡滅資父之義廢漢書曰夫人有生之最靈者也孝經曰資於事父以事君而敬同愁洽百年苦溢千歲古詩曰人生不滿百常懷千歲憂何異促鱗之游汀濘短羽之棲翳薈張升與任彥堅書曰今將老弱處于窮澤漸漬汀濘當何聊賴汀吐

原詩人生作生年

冷切說文曰濘絶小水也奴冷切孫子兵法曰林木翳薈也今將榮子以天人之大寶悅子以縱性之至娛周易曰天地之大德曰生聖人之大寶曰位列子楊朱曰從性而游不逆萬物所好七啓曰說游觀之至娛窮地而游中天而居列子曰穆王執化人之袪騰而上者中天乃止傾四海之歡彈九州之腴說文曰歡喜樂也又曰腴腹下肥者西都賓曰華實之毛則九州之上腴焉鑽屈轂之瓠解蹏屬之拘子欲之乎言屈轂之瓠難鑽蹏屬之拘難解今欲以辯而鑽解之也韓子曰齊有居士田仲者宋人屈轂往見之謂仲曰轂有巨瓠堅如石厚而無竅願效之先生田仲曰堅如石不可剖而斲厚而無竅不可以受水漿吾無用此瓠爲也屈轂曰然其棄物乎曰然今先生雖不恃人之食亦無益人之國矣猶可棄之瓠也田仲若有所失慙而不對山海經曰二負殺猰貐帝乃梏之蹏屬之山桎其右足及縛兩手公子曰大夫不遺來萃荒外毛萇詩傳曰萃集也雖在不敏敬聽嘉話孝經曰參

當提行

原鈔作繒綾

愬注

不敏說文曰話會合善言也大夫曰寒山之桐出自太冥楚辭曰北有寒山卓
龍艴然北方極陰故曰太冥含黃鍾以吐幹據蒼岑而孤生禮記曰季夏之
月中央土律中黃鍾之宮尚書曰嶧陽孤桐孔安國曰孤特生桐中琴也既乃瓊巘嶒崚金
岸崥崹瓊巘玉山也魯靈光殿賦曰崱崚嶒而龍鱗崥崹漸平貌也崥步迷切崹徒奚切左當
風谷右臨雲谿上無淩虛之巢下無跖實之蹊淮南子曰鳥排
虛而飛獸蹠實而走高誘曰實地也廣雅曰蹠履也跖與蹠同搖刖峻挺茗邈苕嶢搖刖
危貌也茗邈高貌也茗莫冷切晞三春之溢露遡九秋之鳴飆毛萇詩傳曰晞
乾也班固終南山賦曰三春之季孟夏之初朔與遡同已見上文古樂府有歷九秋妾薄相行零雪寫
其根霏霜封其條毛萇詩傳曰霏雪貌也霜亦雪類故通言之木既繁而
後綠草未素而先彫傅毅七激曰陽春後榮涉秋先彫於是構雲梯

注師龢云張平子西京賦 賦曰西匠營宮室果陽 當是用此

陟崢嶸墨子曰公輸般爲雲梯必取宋長笛賦曰構雲梯抗浮柱郭璞方言注曰崢嶸高峻也剪蕤賓之陽柯剖大呂之陰莖禮記曰仲夏之月律中蕤賓又曰季冬之月律中大呂蒼頡篇曰剖析也周禮曰仲冬斬陽木仲夏斬陰木鄭玄曰陽木生於山南陰木生於山北也營匠斲其樸伶倫均其聲營匠未詳莊子曰匠石之齊見櫟杜樹觀者如市匠伯不顧司馬彪曰石字伯說文曰斲斫也漢書曰黃帝使伶倫取嶰谷之竹斷兩節間而吹之以爲黃鍾之宮制十二籥以聽鳳皇之音以比黃鍾之宮器舉樂奏促調高張禮記曰金石絲竹樂之器也楊雄解嘲曰絃者高張急徽音朗號鍾韻清繞梁楚辭曰操伯牙之號鍾兮挾秦箏而彈徵尸子曰繞梁之鳴許史鼓之非不樂也墨子以爲傷義故不聽也追逸響於八風采奇律於歸昌風俗通曰聲所以五者繫五行也音所以入者繫八風也淮南子曰律之初生也寫鳳之音韓詩外傳曰鳳舉曰上翔集鳴曰歸昌啓中黃之少宮發蕤收之變商中黃

難

士色禮斗威儀曰少宮主政宋均曰聲五而已必加少宮少商者以君臣任重爲設副也劉向雅琴賦曰彈少宮之際天援中徵以及泉禮記曰孟秋之月其神蓐收淮南子曰變宮生徵變商生羽若乃龍火西頹。暄氣初收。漢書曰東宮蒼龍房心心爲火故曰龍火也左氏傳曰仲尼曰火猶西流禮記曰仲秋陽氣日衰飛霜。迎節。高風。送秋。桓麟七說曰飛霜和厲其末猋風激其崖李尤七歎曰季秋末際高風猋厲羈旅懷土之徒。流宕百羅之疇。左氏傳陳敬仲曰羈旅之臣論語曰小人懷土謝忱後漢書序曰士庶流宕他州異境毛詩曰我生之後逢此百罹撫促柱則酸鼻。揮危絃則涕流。舞賦曰若絙瑟促柱高唐賦曰寒心酸鼻廣雅曰揮動也鄭玄論語注曰危高也侯瑾箏賦曰急絃促柱變調改曲陸機前緩歌行曰大客揮高絃意與此同也若乃追清哇赴嚴節張衡舞賦曰含清哇而吟咏蒼頡曰哇謳也嚴節急節也漢書曰䝼銅丸以擿鼓聲中嚴鼓之節奏綠水吐白雪淮南子曰手會綠水之趨高誘曰淥水古詩也

長笛

沈

宋本作永

諷

病未能異乎七發之意

宋玉風賦曰爲幽蘭白雪之曲**激楚迴流風結**上林賦曰激楚結風文頴曰激衝急風也結風迴風亦急風也楚地風氣旣自漂疾然歌樂者猶復依激結之急風爲節也**悲蓂莢之朝落。悼望舒之夕缺。**田俅子曰堯爲天子蓂莢生於庭爲帝成歷鄭玄詩箋曰悼傷也楚辭曰前望舒使先驅王逸曰望舒月御也古詩曰四五占兔缺**煢嫠爲之擗摽孀老爲之嗚咽**左氏傳初莒有婦人莒子殺其夫已爲嫠婦杜預曰寡婦爲嫠毛詩曰寤擗有摽毛萇曰擗拊心貌淮南子曰童子不孤婦人不孀高誘曰寡婦曰孀**王子拂纓而傾耳六馬噓天而仰秣**列仙傳曰王子喬周靈王太子晉也吹笙則鳳鳴禮記曰傾耳而聽之孫卿子曰昔者瓠巴鼓瑟而鱏魚出聽伯牙鼓琴而六馬仰秣黃伯仁龍馬賦曰或有噓天慷慨骨騰肉飛說文曰噓吹噓音虛秣或爲蹀也**此蓋音曲之至妙子豈能從我而聽之乎**舞賦曰天下之至妙

公子曰余病未能也

大夫曰蘭宮祕宇彫堂綺櫳楚辭曰彷徨兮蘭宮魯靈光殿賦曰乃立靈光之祕殿說文曰櫳房室之疏也雲屏爛汗瓊壁青葱禮記曰疏屏天子廟飾也鄭玄曰屏謂之樹刻之爲雲氣王褒甘泉賦云耀照形之玉壁應門八襲琁臺九重毛詩曰乃立應門郭璞爾雅注曰襲猶重也汲郡古文曰桀作傾宮飾瑤臺韓子箕子曰紂必爲九重高臺也表以百常之闕圜以萬雉之墉表標也百常高也西京賦曰徑百常而莖擢西都賦曰建金城之萬雉毛萇詩傳曰墉城也爾乃嶢榭迎風秀出中天方言曰嶢高也郭璞爾雅注曰榭臺上起屋也曹子建七啓曰迎清風而立觀國語曰秀出於衆秀出貌也列子曰周穆王築臺號曰中天之臺翠觀岑青彫閣霞連長翼臨雲飛陛凌山鄭玄禮記注曰榮屋翼也魯靈光殿賦曰飛陛揭孽緣雲上征望玉繩而結極承倒景而開軒春秋元命苞曰玉衡北兩星爲玉繩說文曰極棟也陵陽子明經曰倒景氣去地四千里其景皆倒在下

軒長廊之牕也頳素炳煥枌栱嵯峨毛萇詩傳曰頳赤也說文曰棼複屋棟也棼與
枌古字通陰虯負檐陽馬承阿虯龍也楚辭曰仰觀刻桷畫龍虯馬融梁將軍西第
賦曰騰極受檐陽馬承阿周書曰明堂咸有四阿錯以瑤英鏤以金華廣雅曰錯厠也
范子計然曰玉英出藍田劉欣期交州記曰金華出珠崖謂金有華彩也方疏含秀圓井吐
葩魯靈光殿賦曰懸棟結阿天牕綺疏圓淵方井反植荷蕖張載曰疏刻鏤也秀謂華也重殿疊
起交綺對幌西京賦曰交綺豁以疏寮文字集略曰幌以帛明牕也幽堂晝密明
室夜朗焦螟飛而風生尺蠖動而成響晏子春秋景公問於晏子曰天
下有極細乎對曰東海有蟲名曰焦螟巢於蚊睫飛乳去來而蚊不覺周易曰尺蠖之屈以求伸也若乃
目厭常玩體倦帷幄列子曰聲色不可常玩聞攜公子而雙游時娛
觀於林麓曹大家列女傳注曰竹木曰林山足曰麓登翠阜臨丹谷華草錦

繁飛采星燭。陽葉春青。陰條秋綠。華實代新承意恣歡仰折神虈俯采朝蘭本草經曰白芷一名虈許妖切遡蕙風於衡薄眷椒塗於瑤壇邊讓章華臺賦曰蕙風春施洛神賦曰踐椒塗之郁烈步衡薄而流芳漢書曰徧觀此眺瑤堂王逸楚辭注曰壇猶堂也爾乃浮三翼戲中沚越絕書伍子胥水戰兵法內經曰大翼一艘長十丈中翼一艘長九丈六尺小翼一艘長九丈毛詩曰宛在水中沚潛鰓駭驚翰起蘇林漢書注曰鰓音魚鰓今呼魚謂之鰓猶呼車以爲軫也鄭玄詩箋曰翰鳥中豪俊者也沈絲結飛矰理毛詩曰其釣維何維絲伊緡毛萇曰緡綸也鄭玄曰以絲爲之綸周禮曰矰矢用諸弋射鄭玄曰結繳於矢謂之矰也挂歸翮於赤霄之表出華鱗於紫淵之裏歸翮鴻鴈之屬也淮南子曰夫鴻鵠背負蒼天膺摩赤霄上林賦曰紫淵徑其北然後縱棹隨風弭檝乘波杜預左氏傳曰縱放也毛萇詩傳曰弭止也吹孤竹

唐注作濯靈芝以朱柯

拊雲和周禮曰孤竹之管雲和之琴瑟鄭玄曰孤竹竹特生者雲和山名淵客唱淮南之曲榜人奏采菱之歌淵客昔水者也吴都賦淵客慷慨而泣珠漢書曰淮南鼓員四人子虛賦曰榜人歌張揖曰船長也淮南子曰歌采菱發陽阿也歌曰乗鳧舟兮爲水嬉穆天子傳曰天子乗鳧舟郭璞曰舟爲鳧形制今吴之青雀舫此其遺象也琴道雍門周曰水嬉則舫龍舟臨芳洲兮拔靈芝楚辭曰采芳洲兮杜若西京賦曰擢靈芝之朱柯樂以忘戚游以卒時論語子曰樂以忘憂家語孔子歌曰優哉游哉聊以卒歲窮夜爲日畢歲爲期此蓋宴居之浩麗子豈能從我而處之乎毛詩曰或燕燕居息浩猶大也公子曰余病未能也

大夫曰若乃白商素節月既授衣周禮曰西方白禮記曰孟秋之月其音商劉植與臨淄侯書曰肅以素秋則落毛詩曰九月授衣天凝地閉風厲霜飛凝猶結也

上林賦無此句高唐賦有建雲旆句

禮記曰仲冬之月塗城闕築囹圄助天地之閉藏也柔條夕勁密葉晨稀將因氣以效殺臨金郊而講師禮記曰季冬之月天子乃教於田獵劉向尚書五行說曰金西方萬物既成殺氣之始也故立秋出軍行師西方爲金故曰金郊也國語號文公曰三時務農一時講武爾乃列輕武整戎剛輕武戎剛四車名也司馬彪續漢書曰輕車古之戰車也不巾不蓋韓子曰管仲之始治也桓公武車元戎已見上文輕武卒名也戎剛車名也東京賦總輕武於後陳奏嚴鼓之嘈囐漢書曰衛青令武剛車環爲營張晏曰兵車也建雲髦啓雄芒雲髦雲旓竿上施旄也上林賦曰連雲旓髦與旄古字通子虛賦曰建干將之雄戟芒鋒刃也漢書賈誼曰解十二牛而芒刃不頓駕紅陽之飛燕驂唐公之驌驦紅陽飛燕未詳或曰駿馬圖有含陽侯驃騠含郎紅聲之誤也左氏傳曰唐成公有兩驌驦馬馬融曰驌驦鴈也馬似之屯羽隊於外林縱輕翼於中荒羽隊士負羽而爲隊也羽獵賦曰蒙盾負羽而羅者以萬計翼左右甄也越絕書曰子胥兵分爲兩翼夜火相望爾乃布飛羉或

「壑」別本

散注及音ム及別本

音ム有聲動響音飛冊移景發二句別本ム有

飛羅盧端切張脩罠爾雅曰彘罟謂之羉羉或作罠罠音旻夫然羉罠一以爲對恐互體廣雅曰罠兎罟也劉逵吳都賦注曰罠麋網也然張氏之意蓋同劉說羉或爲羅陵黄岑挂青巒爾雅曰巒隋山也郭璞曰山隋長者荆州謂之巒畫長壑以爲限帶流谿以爲關既乃內無疏蹊外無漏迹廣雅曰蹊逼也七啓曰下無漏迹上無逸飛叩鉦數校舉麾旌獲周禮曰鼓鉦鳴鐲車皆行鄭玄曰鐲鉦也散爲陣列而行也漢書曰大校獵如淳曰合軍聚衆有幡校也周禮曰建大麾以田鄭玄曰不在九旗之中周禮曰服不氏射則贊張侯以旌居乏而待獲鄭玄曰待獲射者舉旌以獲也彀金機馳鳴鏑說文曰彀張弓弩機弩牙也以金爲之漢書曰冒頓乃作爲鳴鏑音義曰箭鏑也如今鳴箭是也剪剛豪落勁翮車騎競騖駢武齊轍說文曰騖亂馳也駢並也毛萇詩傳曰武迹也杜預左氏傳注曰轍車迹也翕忽揮霍雲迴風烈孫卿子曰下之和上譬猶響之應聲影之隨形舉戈林竦揮鋒電滅東京賦曰

據鼿音及集韻當作
鼿从兀晉書音義云
鼿音兀恐望字爲音也

戈矛若林廣雅曰竦立也仰傾雲巢俯彈地宂周禮有冘氏鄭玄曰冘搏蟄獸所藏者也

乃有圓文之豣班題之豵毛萇詩傳曰豕一歲曰豣又鄭玄曰豕生三子曰豵然此豣豵指諸獸不專論豕也鼓鬣風生怒目電瞛瞛光也七從切口齩霜刃足說文曰齩齧骨也胡狡切

撥飛鋒廣雅曰撥除也補達切鼿林蹶石扣跋幽叢鼿以鼻搖動也五忽切郭璞爾雅注曰蹶動搖之貌也居月切孔安國論語注曰扣擊也毛萇詩傳曰跋躐也扣跋或謂却伏也

於是飛黃奮銳賁石逞技史記曰蜚廉以材力事殷紂尸子中黃伯曰余左執太行之獶而右搏雕虎說苑曰勇士孟賁水行不避蛟龍陸行不避虎狼吳越春秋曰夫差使王孫聖占夢聖曰占之不吉王怒使力士石蕃以鐵椎椎殺聖張華博物志曰石蕃衛臣也背負千二百斗泧

蹙封豨儥馮豕淮南子曰伍胥曰吳爲封豨脩蛇小椎曰封大也方言曰南楚人謂豬爲狶爾雅曰儥僵也甫運切儥或爲攢非也王逸楚辭注曰馮大也拉甝虪挫獬廌爾雅曰虎

白虎騶黑虎張揖漢書注曰獬廌似鹿而一角也勾爪摧鋸牙㨨淮南子曰勾爪鋸牙於是摯矣說文曰捭兩手擊也補買切爛漫狼藉傾榛倒壑說文曰草編狼藉也殞胔挂山僵踣掩澤鄭玄周禮注曰四足死者曰胔爾雅曰僵仆也郭璞爾雅注曰踣前覆也張揖上林賦注曰掩覆也藪爲毛林隰爲丹薄鄭玄周禮注曰澤無水曰藪也廣雅曰草叢生曰薄於是撤圍頓罔卷旆收鳶鄭玄禮儀注曰撤除也頓猶捨也禮記曰前有塵埃則載鳴鳶虞人數獸林衡計鮮周禮有虞人又有林衡孔安國尚書傳曰鳥獸新殺曰鮮論最犒勤息馬韜弦張晏漢書注最功第一也西京賦曰犒勤賞功杜預左氏傳注曰犒勞也又曰韜藏也肴駟連鑣酒駕方軒說文曰鑣馬銜也西京賦曰酒車酌醴方駕授饔千鍾電釂萬燧星繁孔叢子曰堯飲千鍾西京賦曰升觴舉燧既釂鳴鍾說文曰釂飲酒盡也陵阜霑流膏谿谷厭芳煙歡極樂殫迴節

宋本煉作鍊
文書作篇

而旋鄭玄周禮注曰節信也行者所執之信也此亦田游之壯觀子豈能從我而爲之乎封禪文曰天下之壯觀公子曰余病未能也大夫曰楚之陽劒歐冶所營越絕書曰楚王召風胡子而問之曰寡人聞吳有干將越有歐冶子寡人願齎邦之重寶請此二人作爲鐵劒可乎於是風胡子之吳見歐冶干將使之作鐵劒三枚一曰龍淵一曰太阿三曰工市陽劒見下文邪谿之鋌赤山之精越絕書曰越王勾踐有寶劒五闐於天下客有能相劒者名曰薛燭王召而問之對曰當造此劒之時赤堇之山破而出錫若耶之溪涸而出銅許慎淮南子注曰鋌銅鐵璞也徒鼎切精謂其中尤善者銷踰羊頭鏷越鍛成淮南子曰苗山之鋌羊頭之銷雖水斷龍舟陸剸兕甲莫之服帶許慎曰銷生鐵也高誘曰苗山利金所出羊頭之銷白羊子刀也鏷或謂爲鏷廣雅曰鏷鋌也謝承後漢書曰孝章皇帝賜諸尚書劒手自署姓名尚書陳寵濟南鍛成蒼頡書曰鍛椎也乃鍊乃鑠萬辟千灌說文曰煉冶金也賈逵國語注

曰鑠銷也說文曰銷鑠金也辟謂疊之灌謂鑄之典論曰魏太子丕造百辟寶劒長四尺王粲刀銘曰灌辟以數質象以呈**豐隆奮椎飛廉扇炭**越絕書薛燭曰當造此劒之時雨師灑掃雷公擊橐蛟龍捧爐天帝裝炭思玄賦注曰豐隆雷公也王逸楚辭注曰飛廉風伯也**神器化成陽文陰縵**吳越春秋曰干將者吳人造劒二枚一曰干將二曰莫耶莫耶者干將之妻名也干將曰吾師之作冶也金鐵之類不銷夫妻俱入冶爐之中莫耶曰先師親爍身以成物妾何難也於是干將夫妻乃斷髮揃爪投之爐中使童女三百鼓橐裝炭金鐵乃濡遂以成劒陽曰干將而作龜文陰曰莫耶而漫理干將匿其陽出其陰而獻之闔閭闔閭甚重之**流綺星連浮綵豔發**綺光色也越絕書曰王取純鈞薛燭觀其釧爛如列星之行典論曰太子丕劒銘曰流采色似采虹釧齒掾切**光如散電質如耀雪**莊子曰此劒一用如雷霆之震也魏文帝大牆上蒿行曰我帶長寶劒光白如積雪**霜鍔水凝冰刃露潔**典論曰魏太子丕造素質堅而似霜造匕首理似堅冰聲類曰鍔刀刃也字書

曰凝冰之潔也越絕書曰王取純鈎薛燭觀其光如水之溢於塘觀其文煥煥如冰之將釋形冠豪曹名珍巨闕越絕書曰越王取豪曹薛燭曰豪曹非寶劒也夫寶劒五色並見莫能覇勝曹巳擅名矣非寶劒也王取巨闕曰非寶劒也夫寶劒者金錫和銅而不離今巨闕已離矣非寶劒也指鄭則三軍白首麾晉則千里流血越絕書曰楚王作鐵劒三枚晉鄭聞而求之不得興師圍楚之城三年不解於是楚引太阿之劒登城而麾之三軍破敗士卒迷惑流血千里晉鄭之軍頭畢白也豈徒水截蛟鴻陸灑奔駟韓非子曰負長劒赴榛薄折兕豹赴深淵斷蛟龍戰國策曰蘇秦曰韓卒之劒水擊鴻鴈越絕書曰勾踐示薛燭巨闕曰吾坐露壇之宮有駟駕白鹿而過者車奔馬騰吾引劒而指之駟駕上飛揚不知其絕也斷浮翮以爲工絕重甲而稱利云爾而已哉浮翮鴻鴈也已見上注史記蘇秦說韓王曰韓卒之劒當敵則斬堅甲若其靈寶則舒辟無方奇鋒異模說文曰舒中也晉灼漢書注曰方常也鄭玄毛詩箋曰漠

法也形震薛蜀光駭風胡越絕書爲燭吳越春秋爲蜀蓋一人也價兼三鄉聲貴二都越絕書勾踐示薛燭純鈞曰客有買之者有市之鄉二駿馬千匹千户之都二可乎薛燭曰雖傾城量金珠玉竭河猶不得此一物況有市之鄉二駿馬千匹千户之都二何足言哉然賈二鄉而云三者避下文也或馳名傾秦或夜飛去吴越絕書曰闔廬無道湛盧之劍去之入水行湊楚楚王卧而設湛盧之劍也秦王聞而求之不得興師擊楚曰與我湛盧之劍還師去汝楚王不與是以功冠萬載威曜無窮揮之者無前擁之者身雄説文曰揮奮也漢書元后詔曰奮無前之威可以從服九國橫制八戎過秦曰秦人開關延敵九國之師遯逃而不敢進史記趙良曰五羖大夫相秦施德諸侯而八戎來服爪牙景附函夏承風毛詩曰祈父予王之爪牙崔琰大將軍夫人冦氏誄曰英雄景附楊雄河東賦曰函夏之大漢家語孔子曰舜之爲君四海承風此蓋希世之神兵子豈能從我

而服之乎魯靈光殿賦曰逸希世而特出公子曰余病未能也

大夫曰天驥之駿逸態超越天驥天馬也驥或爲機傳玄乘輿馬賦曰九方不能測其天機列子伯樂曰九方皇之所觀天機也稟氣靈淵受精皎月孔安國尚書傳曰稟受也遯甲開山圖曰隴西神馬山有淵池龍馬所生春秋考異郵曰地生月精爲馬月數十二故馬十二月而生眸瞷黑照玄采紺發趙岐孟子注曰眸目瞳子也說文曰瞷戴目也音閑說文曰紺深青而赤色沫如揮紅汗如振血漢書天馬歌曰霑赤汗沬流赭應劭曰大宛馬汗血霑濡也流沫如赭也韓康伯周易注曰揮散也薛君韓詩章句曰振猶奮也秦青不能識其衆尺方堙不能覩其若滅呂氏春秋曰古者善相馬者管青相脣吻秦牙相前皆天下良士也若趙之王良秦之伯樂九方堙尤盡其妙矣相馬經曰夫法千里馬有三十六尺四寸列子伯樂曰天馬者若滅若沒若亡若失若此者絕塵弭轍爾乃巾雲軒踐朝霧鄭玄周禮注曰

本賦作驤

巾猶衣也雲軒已見上赴春衢整秋御秋御秋駕也司馬彪莊子注曰秋駕法駕也蚪
踊螭騰麟超龍翥甘泉賦曰駟蒼螭兮六素蚪劉梁七舉曰天馬之號出自西域纖阿為右
御以術儀攬轡舒節淩雲先螭尸子曰馬有騏驎徑駿南都賦曰馬鹿超而龍驗望山載奔視
林載赴氣盛怒發星飛電駭李尤七嘆曰神奔電驅星流矢驚則莫若益野驤駒
也志淩九州勢越四海景不及形塵不暇起劉廣丗七興曰駿駔
之馬影不及形塵不暇與也浮箭未移再踐千里浮箭謂漏刻也爾乃踰天
垠越地隔過汗漫之所不游躡章亥之所未迹淮南子若士曰
吾與汗漫期於九垓之上若士舉臂竦身而遂入雲中又曰禹乃使大章步自東極至於西極二億三萬三千
五百里七十步使豎亥步自北極至於南極二億三萬三千五百七十里陽烏為之頓羽夸
父為之投策春秋元命苞曰陽成於三故日中有三足烏烏者陽精山海經曰夸父與日競走渴

飲河渭河渭不足北飲大澤未至道渴而死弃其杖爲鄧林斯盖天下之儁乘子豈能從我而御之乎公子曰余病未能也

大夫曰大梁之黍瓊山之禾大梁黍未詳瓊山禾即崑崙之山木禾山海經曰崑崙之上有木禾長五尋大五圍唐稷播其根農帝甞其華尚書帝曰汝后稷播時百穀賈誼曰神農甞百草之實教人食穀者也爾乃六禽殊珍四膳異肴周禮曰庖人掌共六禽鄭司農注曰鴈鶉鷃雉鳩鴿禮記曰孟春食麥與羊孟夏食菽與鷄孟秋食麻與犬孟冬食黍與彘窮海之錯極陸之毛尚書曰海物惟錯禮記曰加豆陸産也穀梁傳曰凡地之所生謂之毛伊公爨鼎庖子揮刀伊公伊尹也韋昭漢書注曰爨灼也庖子庖丁也味重九沸和兼勺藥呂氏春秋伊尹説湯曰凡味之本水最爲始五味三和九沸九變爲火之紀高誘曰紀節也味待火然後成故曰火爲之節也文穎上林賦注曰勺藥五味之和晨鳬

露鵠霜鶤黃雀說苑曰魏文侯嗜晨鳧霜露降鵠鶤美南都賦曰歸鴈鳴鶤楚辭曰煎鰿臛雀王逸曰臛黃雀也圓案星亂方丈華錯鹽鐵論曰垂拱持案食者不知蹠耒躬耕者之勤也墨子曰美食方丈目不能偏視口不能徧味也列女傳曰方丈於前所甘不過一肉也封熊之蹯翰音之跖左氏傳曰晉靈公宰夫胹熊蹯不熟禮記曰雞曰翰音呂氏春秋曰善學者若齊王之食雞也食其跖數千而後足也鷰髀猩脣髦殘象白呂氏春秋伊尹說湯曰肉之美者嶲鷰之髀孫炎爾雅注曰嶲胡圭切說文曰髀股外也禪尔切呂氏春秋伊尹曰肉之美者猩猩之脣髦象之約高誘曰髦髦牛也在西方象象獸也在南方取其遠方物之美也髦象之肉美貴異味也殘白蓋賁肉之異名也崔駰博徒論曰鷰臛羊殘炙鴈煮鳧靈淵之龜萊黃之鮐七啓曰寒芳苓之巢龜鹽鐵論曰江湖之魚萊黃之鮐不可勝也漢書東萊郡有黃縣說文曰鮐海魚也待來切丹穴之鷚玄山海經曰丹穴之山有鳥焉其狀如鶴五采名曰鳳說文曰鷚鳥大鶵鷚列女傳陶荅子妻曰豹之胎

原作芳

南山有玄豹六韜曰殷君玉杯象箸不盛菽藿之羹必將熊蹯豹胎也燀以秋橙酤以春梅左氏傳晏子曰和如羹焉水火醯醢鹽梅以烹魚肉燀之以薪杜預曰燀炊之也博物志曰橙似橘而非若柚而有芬香劉梁七舉曰酤以醯醢和以蜜飴廣雅曰沽濫也酤與沽同也他兼切尚書曰若作和羹爾惟鹽梅接以商王之箸承以帝辛之杯商王帝辛皆謂紂也史記曰帝乙崩子辛立是爲帝辛天下謂之紂六韜曰殷君陳玉杯象箸韓子曰紂爲象箸箕子曰象箸玉杯不盛菽藿者也范公之鱗出自九溪陶朱公養魚經曰威王聘朱公問之曰公家累億金何術乎朱公曰夫爲生之法五水畜第一所謂水畜者魚池也以六畝地爲池池中有九洲即求懷子鯉魚以二月上旬庚日内池中養鯉者鯉不相食易長又貴也頳尾丹鰓紫翼青鬐毛詩曰魴魚頳尾丹鰓已見上文上林賦曰揵鬐掉尾振鱗奮翼爾乃命支離飛霜鍔莊子曰朱泙漫學屠龍於支離益殫千金之家三年技成而無所用其巧司馬彪曰朱姓也泙漫名也益人名也泙普彭切霜鍔巳

見上文紅肌綺散素膚雪落七啓曰玄熊素膚又曰離若散雪婁子之毫不能厠其細秋蟬之翼不足擬其薄孟子曰離婁者古明目者也能視百步之外見秋毫之末楚辭曰蟬翼爲重繁肴既闋亦有寒羞蒼頡篇曰闋訖也周禮曰朝事之籩鄭司農曰朝事謂清朝未食先進寒具口實之籩也商山之果漢皐之榛漢書曰四人者秦之世避而入商雒深山已見西都賦漢皐已見南都賦韓詩外傳曰鄭交甫遵彼漢皐臺下郭璞上林賦注曰榛亦橘之類也音湊或曰榛析龍眼之房剖椰子之殼劉淵林吳都賦注曰龍眼如荔枝而小味甘又曰椰樹似檳榔實大如瓠裏有汁美如蜜核可作飲器殼即核也凡物内盛者皆謂之殻苦角切恊韻苦豆切芳旨萬選承意代奏鄭玄周禮注曰選擇也孔安國尚書傳曰奏進也乃有荆南烏程豫北竹葉盛弘之荆州記曰淥水出豫章康樂縣其間烏程鄉有酒官取水爲酒酒極甘美與湘東酃湖酒年常獻之世稱酃淥酒吳地理志

校別本及晉書乙

曰吳興烏程縣酒有名張華輕薄篇曰蒼梧竹葉清宜城九醖酒浮蟻星沸飛華蓱接南都賦曰醪敷徑寸浮蟻如蓱玄石嘗其味儀氏進其法博物志曰玄石從中山酒家酤酒酒家與之千日之酒戰國策魯君曰昔帝女儀狄作酒而美進之於禹也傾罍一朝可以流湎千日薛君韓詩章句曰齊顏色均衆寡謂之流閉門不出客謂之湎漢書谷永曰流湎媟嫚于日已見上文單醪投川可使三軍告捷黃石公記曰昔良將之用兵也人有饋一簞之醪投河令衆迎流而飲之夫一簞之醪不味一河而三軍思爲致死者以滋味及之也斯人神之所歆羨觀聽之所煒曄也毛詩曰帝謂文王無然歆羨說文曰歆神食氣也方言曰煒盛也郭璞曰曄曄盛貌也子豈能强起而御之乎公子曰耽口爽之饌甘腊毒之味老子曰五味令人口爽廣雅曰爽傷也國語單襄公謂魯成公曰高位寔疾顛厚味寔腊毒賈逵曰顛隕也腊久也言味厚者其毒久服腐腸之藥御

此篇本旨唯在此節耳然非無風刺晉之稱天下已亂協遂屏居草澤擬諸文士作七命然則斯篇傷亂憂時故作以秘之語以寄其匡濟之思耳

亡國之器。呂氏春秋曰肥肉厚酒以務相彊命曰爛腸之食亡國之器象箸玉杯已見上文雖予大夫之所榮故亦吾人之所畏余病未能也

大夫曰蓋有晉之融皇風也金華啓徵大人有作杜預左氏傳注曰融朗也晉爲金德故曰金華周易曰利見大人又曰聖人作而萬物覩繼明代照配天光宅周易曰明兩作離大人以繼明照于四方毛詩序曰思文后稷配天也尚書序曰昔在帝堯光宅天下其基德也隆於姬公之處岐姬公文王也國語曰太上基德十五王而始平之孟子曰昔文王之治岐也仕者世祿王處岐已見思玄賦其垂仁也富乎有殷之在亳尚書仲虺曰惟王克寬克仁彰信兆民孔安國曰言湯有寬仁之德尚書序曰湯既黜夏命復歸於亳南箕之風不能暢其化離畢之雲無以豐其澤尚書曰星有好風星有好雨春秋緯曰月失其行離於箕者風離於畢者雨皇道煥炳帝載緝熙景福殿賦曰樂我皇道尚書舜曰有能奮庸熙帝之載詩曰維清緝熙文王之

典。**導氣以樂，宣德以詩。**呂氏春秋曰：陶唐氏之化，陰多滯伏，陽道壅塞，人氣鬱閼，筋骨攣縮，作舞宣導之。國語曰：王將鑄無射，問律於泠州鳩，對曰：律所以立均度，所以宣布哲人之令德，示民軌儀也。**教清於雲官之世，治穆乎鳥紀之時。**左氏傳曰：郯子來朝，公與之宴，昭子問焉，曰：少皞氏鳥名，何故也？郯子曰：昔者黃帝氏以雲紀，故爲雲師而雲名。我高祖少皞摯之立也，鳳鳥適至，故以鳥紀，爲鳥師而鳥名也。**王猷四塞，函夏謐寧。**毛詩曰：王猶允塞。猶與猷同。巳見上文。爾雅曰：謐，寧也。**丹冥投烽，青徼釋警。**丹，南方朱冥也。楚辭曰：歷祝融於朱冥。王逸曰：朱冥之野也。青徼，東方也。呂氏春秋曰：禹東至青羌之野，南至交阯丹粟。范曄後漢書：遼東徼外貊人寇右北平。張揖漢書注曰：徼，塞也，以木柵水中爲夷狄之界也。**却馬於糞車之轅，銘德於昆吾之鼎。**老子曰：天下有道，却走馬以糞。王弼曰：天下有道，脩於內而巳，故却走馬以糞田。東京賦曰：却走馬以糞車。墨子曰：昔夏開使飛廉採金於山，以鑄鼎於昆吾。蔡邕銘論曰：呂尚作周大師而封齊

原缺即作則

其功銘於昆吾之冶也群萌反素。時文載郁。素樸素也東京賦曰遵節儉尚素樸論語子曰周監於二代郁郁乎文哉耕父推畔。魚豎讓陸。文子曰黃帝之化天下田者讓畔淮南子曰黃帝化天下漁者不爭坻樵夫恥危冠之飾。輿臺笑短後之服。長楊賦曰士有不談王道者即樵夫笑之韓非子曰解其長劒免其危冠左氏傳曰人有十等皁臣僕僕臣臺莊子魏太子謂莊周曰吾王所見唯劒士短後之服王乃說之也六合時邕。巍巍蕩蕩呂氏春秋曰神通乎六合尚書曰黎民於變時雍論語子曰大哉堯之爲君蕩蕩乎民無能名焉巍巍乎其有成功也玄髫巷歌。黃髮擊壤。埤蒼曰髫髫髮也髫與齠古字通也大聊切列子曰堯理天下乃徽服游康衢聞兒童謠曰立我蒸民莫匪爾極不識不知順帝之則毛詩曰黃髮台背爾雅曰黃髮壽也論衡曰堯時天下大和百姓無事有五十之人擊壤於塗也解羲皇之繩。錯陶唐之象。周易曰上古結繩而治尚書大傳曰唐虞之象刑赭衣不純中刑雜屨下刑墨幪幪音蒙也若

烏别本及晉出
原注林作樹

乃華裔之夷流荒之貊左氏傳孔子曰裔不謀夏夷不亂華尚書曰五百里荒服又曰二百里流孔安國曰要服之外五百里也周書曰四夷九貊孔晁曰貊夷之別也語不傳於輶軒地不被乎正朔風俗通曰秦周常以八月輶軒使採異代方言藏之秘府春秋說題辭曰蠻服流遠正朔不及盛德則感越裳重譯至也莫不駿奔稽顙委質重譯毛詩曰駿奔走在廟喻巴蜀曰稽顙來享禮記曰拜而後稽顙左氏傳狐突曰策名委質貳乃辟也重譯見上文于時昆蚑感惠無思不擾毛詩序曰文王德及鳥獸昆虫焉說文云蚑行也凡生之類行皆蚑也毛詩曰無思不服應劭漢書注曰擾馴也苑戲九尾之禽囿棲三足之烏烏春秋元命苞曰天命文王以九尾狐白虎通曰禽者何鳥獸之摠名明爲人所禽制也典引曰三足軒翥於茂林蔡邕曰烏反哺之鳥至孝之應也鳴鳳在林夥於黃帝之園禮瑞命記曰黃帝服黃服戴黃冠齋于宮鳳乃蔽日而來止帝園食竹實棲帝梧桐終不去漢書曰楚人謂多爲夥有

龍游淵盈於孔甲之沼左氏傳蔡墨曰有夏孔甲擾于有帝帝賜之乘龍河漢各二各有雌雄也杜預曰孔甲少康之後九世之君也萬物烟熅天地交泰周易曰天地絪縕萬物化醇又曰天地交泰義懷靡內化感無外莊子偏謂周曰吾知道近乎無內遠乎無外林無被褐山無韋帶老子曰聖人被褐懷玉漢書賈山上疏曰夫布衣韋帶之士脩身於內成名於外皆象刻於百工兆發乎靈蔡尚書曰高宗夢得說使百工營求諸野審象求於天下孔安國曰審所夢之人刻其形象也史記曰呂尚年老矣以漁釣奸周西伯將畋卜之曰所獲霸王之輔於是西伯獵果遇太公論語子曰臧文仲居蔡鄭玄曰蔡謂國君之守龜也搢紳濟濟軒冕藹藹封禪書曰因雜搢紳先生之略術毛萇詩傳曰濟濟多威儀也管子曰先王制軒冕足以著貴賤廣雅曰藹藹盛也功與造化爭流德與二儀比大淮南子曰大丈夫無爲與造化逍遥周易曰易有太極是生兩儀嚴君平老子指歸曰功與造化爭流德與天

地齊光言未終公子蹶然而興莊子曰黃帝問廣成子廣成子蹶然而起司馬彪曰蹶疾起貌曰鄙夫固陋守此狂狷鄙夫已見西征賦司馬遷書曰請略陳固陋論語子曰不得中行而與之必也狂狷乎狂者進取狷者有所不為也蓋理有毀之而爭寶之訟解莊子曰庚市子肩之毀玉也淮南子莊子后解曰庚市子聖人無慾者也人有爭財相鬭者庚市子毀玉於其間而鬭者止言有怒之而齊王之疾痊呂氏春秋曰齊閔王病痟往宋迎文摯文摯視王疾謂太子曰王病得怒當愈愈則殺摯如何太子曰臣當與母共請於王必不殺子矣摯往不解屨登牀履衣問王之疾王怒叱而起病即瘳將生烹文摯太子與后請不得遂烹文摯司馬彪莊子注曰痊除也向子誘我以聾耳之樂棲我以蔀家之屋老子曰五音令人耳聾周易曰豐其屋蔀其家覆曖障光之物也既豐其屋又覆其家屋厚家覆闇之甚也田游馳蕩利刃駿足既老氏之攸戒非吾人之所欲故靡得

而　别本及晉各

應子老子曰馳騁田獵令人心發狂至聞皇風載韙時聖道醇杜預左氏傳注曰韙是也于匪切尚書曰政事惟醇孔安國曰醇粹也舉實爲秋擷藻爲春韓詩外傳曰魏文侯之時子質仕而獲罪謂簡主吾不復樹德簡主曰夫春樹桃李夏以得蔭其下秋得食其實今子樹其非人也荅賓戲曰摛藻如春華下有可封之民上有大哉之君尚書大傳曰周人可比屋而封論語子曰大哉堯之爲君惟天爲大惟堯則之民或爲屋余雖不敏請尋後塵論語顏回曰回雖不敏請事斯語應璦璩與桓元則書曰敢不策馳敬尋後塵

詔

詔一首　漢武帝

詔曰蓋有非常之功必待非常之人故馬或奔踶而致千里善曰言馬不良或奔或踶御之以道而致千里之塗聲類曰踶躡也杜計切士或有負

其字至者字両

莫 刊本及漢書

俗之累而立功名晉灼曰被世譏論也善曰越絕書曰有高世之林者必有負俗之累也夫泛駕之馬跅弛之士亦在御之而已應劭曰泛覆也馬有餘氣力乃能敗駕馬泛方奉切如淳曰弛廢也士行卓異不入俗撿如見斥逐也跅音拓或曰音尺其令州縣察吏民有茂才異等應劭曰舊言秀才避光武諱改稱茂才異等者越等軼羣不與凡同也善曰察觀也察審知然後薦之也可爲將相及使絕國者善曰桓子新論雍門周曰遠赴絕國無相見期

賢良詔一首

漢武帝

朕聞昔在唐虞畫象而民不犯應劭曰二帝但畫衣冠章服而民不敢犯也善曰尚書大傳曰唐虞象刑而民不敢犯墨子曰畫衣冠而民不犯日月所燭罔（莫）不率

海外至服字一向

俾。善曰大戴禮孔子曰昔舜出入日月罔不率俾孔安國尚書傳曰無不循化而使也周之成康刑措不用德及鳥獸善曰紀年曰成康之際天下安寧刑措四十年不用毛詩序曰文王受命樂其有靈德以及鳥獸焉尸子曰湯之德及鳥獸矣教通四海海外肅慎晉灼曰東夷傳肅慎今挹婁地是也在夫餘之東北千餘里大海之濱善曰大戴禮孔子曰昔舜西王母來獻其白玉琯云教通于四海海外肅慎挹於甲切北發渠搜氐羌來服。晉灼曰北發似國名也應劭曰禹貢析支渠搜屬雍州在金河關之西善曰北發國名也大戴禮北發渠搜氐羌來服鄭玄詩箋曰氐羌夷狄國別在西方也星辰不孛日月不蝕山陵不崩川谷不塞善曰大戴禮曰聖人有國則日月不蝕星辰不孛川澤不竭山不崩解陵不絶矣麟鳳在郊藪河洛出圖書。善曰禮記曰聖王所以順故鳳凰騏驎皆在郊藪周易曰河洛出圖書聖人則之嗚呼何施而臻此乎。今朕獲奉宗廟夙興以求夜寐以思若涉

魏尉瑾云九錫
或稱王粲占代占
言曹植 酉陽雜俎十二

淵水未知所濟善曰尚書曰予唯小子若涉淵水予惟往求朕攸濟猗歟偉歟何

行而可以彰先帝之洪業休德如淳曰猶詩曰猗歟那歟歟也猗美也偉大也歟辭也言美而且大上恭堯舜下酖三王朕之不敏不能遠德此子大夫之所覩聞也善曰國語越王勾踐曰苟聞子大夫之言賁達曰親而近故曰子大夫也賢良明於古今王事之體受策察問咸以書對著之于篇朕親覽焉

冊說文曰冊符命也諸侯進受於王象其禮一長一短中有二編也

冊魏公九錫文一首范曄後漢書曰曹操自為魏公加九錫韓詩外傳曰諸侯之有德天子錫之一錫車馬再錫衣服三錫虎賁四錫樂器五錫納陛六錫朱戶七錫弓矢八錫鈇鉞九錫秬鬯謂之九錫也

制字至侯字一句

潘元茂文章志曰潘勗字元茂獻帝時爲尚書郎遷東海相未發拜尚書左丞病卒魏錫勗所作

制詔蔡邕獨斷曰制詔者王之言以爲法制也詔猶誥也三代無其文秦漢有也使持節丞相領冀州牧武平侯魏志曰建安元年天子假太祖節鉞封武平侯建安九年領冀州牧也朕以不德少遭閔凶越在西土遷于唐衛朕謂獻帝也左氏傳楚子曰不穀不德少主社稷又楚少宰如晉師曰寡君少遭閔凶又厚成叔弔于衛曰聞月不撫社稷而越在他境尚書曰遏矣西土之人范曄後漢書獻帝紀曰初平元年遷都長安興平二年車駕東歸李傕追戰王師敗帝渡河幸安邑建安元年六月幸聞喜七月車駕至洛陽漢書河東郡有皮邑縣聞喜縣然自聞喜入洛必塗經河內河內本衛國河東本唐堯所封故曰唐衛也當此之時若綴旒然公羊傳曰君若贅旒然何休曰旒旗旒也贅猶綴也以譬者言爲下所執持東西耳宗廟乏祀社稷無

位羣凶覬覦分裂諸夏左氏傳師服曰民服事其上而下無覬覦杜預曰下不冀望上位也說文曰覬幸也覦欲也一人尺土朕無獲焉孟子曰紂之去武丁未久也尺地莫非其有也一民莫非其臣也即我高祖之命將墜於地朕用夙興假寐震悼于厥心論語子貢曰文武之道未墜於地毛詩曰夙興夜寐又曰假寐永歎楚辭曰心震悼而不敢曰惟祖惟父股肱先正其孰恤朕躬尚書曰臣作朕股肱耳目又曰亦惟先正克左右昭事厥辟又曰惟祖惟父其伊恤朕躬鄭玄曰先正先臣爲公卿大夫也乃誘天衷誕育丞相左氏傳甯武與衛人盟曰用昭乞盟于爾大神以誘天衷毛萇詩傳曰誕大也鄭玄曰大矣后稷之生也保乂我皇家弘濟于艱難朕實賴之尚書周公曰天壽平格保乂有殷又曰用敬保元子釗弘濟于艱左氏傳然明曰鄭國其實賴之今將授君典禮其敬聽朕命昔者董卓初興國難羣后

釋注及魏志

失位以謀王室君則攝進首啓戎行此君之忠於本朝也魏志曰董卓廢帝爲弘農王而立獻帝將軍袁紹等同時俱起卓兵彊莫敢先進太祖遂引兵西左氏傳王子朝告于諸侯曰釋位以間王政又曰會于洮謀王室也服虔曰諸侯釋其私政而佐王室後及黃巾反易天常侵我三州延于平民君又討之翦除其迹以寧東夏此又君之功也魏志曰青州黃巾衆有百餘萬入兗州遂轉入東平太祖遂進兵擊黃巾於壽張東破之黃巾至濟北乞降左氏傳太史克曰顓頊氏有不材子以亂天常尚書曰蚩尤惟始作亂延及于平民韓暹楊奉專用威命又賴君勳克黜其難魏志曰韓暹楊奉以天子還洛陽奉別屯梁太祖遂至洛陽暹走公征奉奉南奔袁術遂攻其梁屯拔之遂建許都造我京畿設官兆祀不失舊物天地鬼神於是獲乂此又君之功也魏志曰建安元年洛陽殘破太祖都許至

轅注及魏志

是宗廟社稷制度始立周禮曰設官分職又曰兆五帝於四郊鄭玄曰兆爲壇之營域也左氏傳五員曰少康祀夏配天不失舊物袁術僭逆肆于淮南懾憚君靈用丕顯謀蘄陽之役橋蕤授首魏志曰袁術字公路欲稱帝於淮南術侵陳公東征之術聞公自來弃軍走留其將橋蕤公擊破蕤等斬之左氏傳曰肆於民上杜預曰肆施也蘄縣屬沛在陳之東也稜威南厲術以殞潰此又君之功也魏志曰術爲太祖所敗欲至青州從袁譚發病道死漢書武帝報李廣曰威稜憺乎鄰國鄭玄論語注曰厲嚴整也左氏傳曰民逃其上曰潰迴戈東指呂布就戮魏志曰呂布字奉先五原人也爲兗州牧建安三年公東征大破之布乃還固守公遂決泗沂水以灌城禽布殺之長楊賦曰迴戈邪指南越相夷乘軒將反張揚沮斃眭固伏罪張繡稽服此又君之功也魏志曰張揚字稚叔雲中人董卓以爲建義將軍建安四年公還昌邑張揚將楊醜殺揚以應太祖揚將眭固殺醜將其衆欲北合袁紹太祖遣史渙

邀擊之殺固又曰張繡武威人驃騎將軍濟族子也濟死繡領其衆屯宛太祖南征軍育水繡等舉降左氏傳曰楚子告令尹改乘轅而北之毛萇詩傳曰沮壞也袁紹逆常謀危社稷憑恃其衆稱兵内侮魏志曰袁紹字本初汝南人天子以紹爲太尉會太祖迎天子都許紹擇精卒十萬騎萬匹將攻許也當此之時王師寡弱天下寒心莫有固志寒心已見上文周易曰執用黃牛固志也君執大節精貫白日論語曾子曰臨大節而不可奪戰國策唐雎謂秦王曰聶政之刺韓傀也白虹貫日奮其武怒運諸神策致屆官渡大殲醜類魏志建安五年公軍官渡袁紹遣車運穀使淳于瓊送之公擊瓊斬之紹衆大潰紹弃軍走毛詩曰致天之屆于牧之野鄭玄曰致天所以罰殛紂也尓雅曰殲盡也醜衆也俾我國家拯於危墜此又君之功也說文曰出溺爲拯也濟師洪河拓定四州青冀幽并也袁譚高幹咸梟其首魏志曰紹出長子譚領青州又

曰建安十年公攻袁譚破之斬譚又曰袁紹以甥高幹
領并州牧公征幹幹遂走荆州上洛都尉王琰捕斬之
漢書音義曰懸首於木上曰梟海盜奔迸黑山順軌此又君之功也
魏志曰公東征海賊管承至淳于遣樂進擊破之承走入海鳴又曰黑山賊張燕率其衆降封爲列侯烏
九三種崇亂二世袁尚因之逼據塞北魏志曰三郡烏丸承天下
亂破幽州略有漢民袁紹皆立其酋豪爲單于遼西單于蹋頓尤強故尚兄弟歸之數入塞爲害尚書周公曰
乃大降罰崇亂有夏孔安國云崇重也束馬懸車一征而滅此又君之功
也魏志曰君北征三郡烏丸袁尚袁熙與蹋頓遼西單于樓班右北平單于臣祗等數萬騎逆軍公縱兵擊
之虜衆大崩斬蹋頓尚奔遼東遼東太守公孫康即斬尚熙等傳其首管子曰桓公征孤竹之君懸車束馬踰太
行至卑耳之山劉表背誕不供貢職王師首路威風先逝百
城八郡交臂屈膝此又君之功也魏志曰建安十三年公南征劉表表卒其子

下飄字原文作遙又無求字
原帖鄉作邦　無作亡
箄魏志及別本作單此是出不當改故回改之

琮降左氏傳楚伯州犁謂鄭行人揮曰子姑憂子晳之欲背誕也管仲曰爾貢苞茅不入王祭不供廣雅曰首向也戰國策張儀曰交背而事齊楚檄蜀文曰匈奴屈膝請和馬超成宜同惡相濟濱據河潼求逞所欲殄之渭南獻馘萬計遂定邊城撫和戎狄此又君之功也魏志曰建安十六年關中諸將馬超韓遂成宜等及超等屯潼關公西征與超等夾關戰公乃分兵結營於渭南賊夜攻營伏兵擊破之斬成宜周書太公曰同惡相助同好相趨思賢賦曰飄飄神舉求逞所欲小推曰殄盡也毛詩曰在泮獻馘鄭玄曰馘所格者左耳也羽獵賦曰杖鏌鋣而羅者以萬計長楊賦曰永無邊城之災左氏傳晉侯謂魏絳曰子教寡人和諸戎狄鮮卑丁令重譯而至箄單于白屋請吏帥職此又君之功也鮮卑丁令二國名重譯已見上文張茂先博物志曰北方五狄一曰匈奴二曰穢貊三曰密吉四曰箄于五曰白屋然白屋今之靺鞨也箄于今之契丹也本並以箄于爲單于疑字誤也箄音必計切劉淵林魏都賦注曰

尚書海法旁作穆穆迓衡不迷文武勤教 孔傳勤教 文武所勤之教

比羈單于白屋范曄後漢書曰單于謂耿恭曰若降者當封爲白屋王漢書曰卭筰請吏比西南夷也又曰滇王降請吏然請吏請漢爲之置吏也**君有定天下之功重以明德**左氏傳史趙曰舜重以明德宣德於遠也**班叙海內宣美風俗旁施勤教恤慎刑獄**尚書曰旁作穆穆弗迷文武勤教又曰欽哉欽哉惟刑之恤哉又曰文王罔追兼于庶獄庶慎也**吏無苛政民不回慝**禮記曰孔子過山側有婦哭於墓者而使子貢問之曰昔者吾舅死於虎夫又死焉吾子又死焉夫子曰何不去也曰無苛政左氏傳季文子曰少皡氏有不才子曰靖譖庸回邪服蒐慝杜預曰回慝惡也**敦崇帝族援繼絕世舊德前功罔不咸秩**尚書曰敦叙九族鄭玄毛詩箋曰崇厚也論語曰繼絕世周易曰食舊德貞厲終吉尚書曰咸秩無文**雖伊尹格于皇天周公光于四海方之蔑如也**尚書曰時則有若伊尹格于皇天孝經曰孝悌之至通于神明光于四海法言曰俗稱東方生之盛其遺書蔑如也毛萇詩傳曰蔑

無也朕聞先王並建明德胙之以土分之以民左氏傳曰子魚曰昔武王選建明德以蕃屏周又衆仲曰天子建德因生以賜姓胙之以土而命之氏又子魚曰武王分康叔殷人七族崇其寵章備其禮物所以藩衛王室左右厥世也鄭玄禮記注曰崇猶尊也禮記曰以爲旗章以別貴賤鄭玄曰章識也尚書曰統承先王修其禮物又曰率由典常以蕃王室又曰予欲左右有民其在周成管蔡不靖尚書曰武王既喪管叔及其群弟乃流言於國又曰西土之人亦不靖懲難念功乃使邵康公錫齊太公履東至于海西至於河南至于穆陵北至于無棣五侯九伯實得征之左氏傳管仲對屈完之辭世胙太師以表東海左氏傳王使劉定公賜齊侯命曰世胙太師以表東海杜預曰表顯也爰及襄王亦有楚人不供王職又命晉文登爲侯伯錫以二輅虎賁鈇鉞秬鬯

恧女六切

漢

弓矢大啓南陽世作盟主左氏傳曰晉侯及楚人戰于城濮楚人敗績王策命晉侯爲侯伯賜之大輅戎輅秬鬯一卣虎賁三百人又曰晉文侯朝王王與之陽樊攢茅之田於是始啓南陽又范宣子曰晉主夏盟杜預曰爲諸夏盟主也故周室之不壞繄二國是賴二國齊晉也左氏傳王使劉定公賜齊侯命曰王室不壞繄伯舅是賴杜預曰繄發聲也今君稱丕顯德明保朕躬奉荅天命導揚弘烈尚書曰王曰公明保予冲子稱丕顯德以予小子揚文武烈奉荅天命綏爰九域罔不率俾尚書曰綏爰有衆曰亡戲怠韓詩曰方命厥后奄有九域薛君曰九域九州也尚書湼曰海隅日出罔不率俾功高乎伊周而賞卑乎齊晉朕甚恧焉女六漢書哀帝詔曰惟念德報未殊朕甚恧焉朕以眇身託于兆民之上漢書宣帝詔曰朕以眇身奉承宗祖又曰託於兆民之上也永思厥艱若涉淵水非君羔攸濟朕無任焉尚書曰肆予冲人永思厥

艱又曰已予惟小子若涉淵水予惟往求朕攸濟今以冀州之河東河内魏郡趙國中山鉅鹿常山安平甘陵平原凡十郡封君爲魏公使使持節御史大夫慮授君印綬册書金虎符第一至第五竹使符第一至第十魏志曰天子使御史大夫郗慮持節策命公爲魏公司馬彪續漢書曰慮字鴻豫山陽人應劭漢官儀曰金銅虎符五竹使符十范曄後漢書杜詩上書曰舊制發兵皆以虎符其餘徵調竹使符錫君玄土苴以白茅爰契爾龜用建冢社尚書緯曰天子社東方青南方赤西方白北方黑上冒以黃土將封諸侯各取方土苴以白茅以爲社毛詩曰爰始爰謀爰契我龜毛萇曰契問也鄭玄曰契灼其龜毛詩曰乃立冢社戎醜攸行毛萇詩傳曰冢土大社也昔在周室畢公毛公入爲卿佐尚書曰乃召畢公毛公孔安國曰畢毛皆國名入爲天子公卿周邵師保出爲二伯尚書曰召公爲保周公爲師鄭玄毛詩箋曰召

伯姬姓也作上公爲二伯外內之任君實宜之其以丞相領冀州牧
如故今更下傳璽肅將朕命以允華夏其上故傳武平
侯印綬應劭風俗通曰諸侯有傳信乃得舍於傳故既下新傳命上故傳及印綬也尚書曰肅將天威
又曰夙夜出納朕命惟允爾雅曰允信也今又加君九錫其敬聽後命左氏傳宰
孔曰且有後命以君經緯禮律爲民軌儀家語孔子曰唐叔封於晉以經
緯其民王肅曰經緯猶織以成之國語泠州鳩曰爾民軌儀也使安職業無或遷志是
用錫君大輅戎輅各一玄牡二駟四杜預左氏傳注曰大馬輅金輅戎輅戎車也
君勸分務本嗇民昬作左氏傳臧文仲曰貶食省用務嗇勸分杜預曰勸分有無
相濟也漢書詔曰農天下之本也而人或不務本而事末尚書曰惰農自安弗昬作勞粟帛滯積
大業惟興是用錫君袞冕之服赤舃副焉韋昭漢書注曰滯積

原文向作嚮

久也易曰富有之謂大業韋昭漢書注曰袞卷龍衣玄上纁下冕冠也周禮曰王之服屨赤舄青絇也**君敦尚謙讓俾民興行**杜預左氏傳注曰尚上也孝經曰陳之以德義而民興行先之以敬讓而民不爭**少長有禮上下咸和**左氏傳晉侯觀師曰少長有禮其可用也孝經子曰上下無怨尚書曰用咸和萬人**是用錫君軒懸之樂六佾之舞**周禮曰小胥掌正樂懸之位諸侯軒懸鄭司農曰軒懸去一面也左氏傳曰公問羽數於衆仲衆仲對曰諸侯用六杜預曰六六三十六人也**君翼宣風化爰發四方**尚書曰予欲左右有民汝翼予欲宣力四方汝爲毛詩曰賦政于外四方爰發**遠人回面華夏充實**劇秦美新曰海外遐方回面內向漢書班固昭紀贊曰匈奴和親百姓充實也**是用錫君朱户以居**服虔漢書注曰朱户天子之禮也朱户赤户也潘勗集曰制詔魏公朱户納陛就所治作**君研其明哲思帝所難**鄭玄周易注曰研喻思慮哲尚書咎繇曰在知人禹曰咸若時惟帝其難之知人則哲能官人

官才任賢群善必舉尚書伊尹曰任官惟賢才論語子曰舉善而教不能則勸是用錫君納陛以登漢書音義如淳注曰刻殿基以爲陛以有兩旁上下安也孟康曰謂鑿殿基際爲陛不使露也孟說是也尊者不欲露而升陛故内之霤也君秉國之均正色處中毛詩曰秉國之均四方是維尚書王曰正色率下纖毫之惡靡不抑退謝承後漢書曰李咸奏曰春秋之義貶纖介之惡采毫毛之善是用錫君虎賁之士三百人虎賁三百人已見上文君糾虔天刑章厥有罪國語敬姜曰太史司載糾虔天刑韋昭曰糾察也虔敬也刑法也尚書曰降災于夏以章厥罪犯關干紀莫不誅殛左氏傳季孫盟臧氏曰無或如臧孫紇干國之紀犯門斬關孔安國尚書傳曰殛誅也是用錫君鈇鉞各一蒼頡篇曰鈇椹也鑕也又曰鉞斧也君龍驤虎視旁眺八維鄒陽上書曰蛟龍驤首周易曰虎視眈眈楚辭曰引八維以自導也揔討逆節折衝四海

毛萇詩傳曰揜大也漢書主父偃説上曰今以法割諸侯則逆節萌起晏子春秋孔子曰不出罇俎之間而折衝千里之外子之謂也是用錫君彤弓一彤矢百玈弓十玈矢千杜預左氏傳注曰彤赤也玈黑也弓一矢百則矢千弓十矢君以溫恭爲基孝友爲德毛詩曰溫溫恭人惟德之基又曰張仲孝友明允篤誠感乎朕思左氏傳曰高陽氏有子　明允篤誠是用錫君秬鬯一卣珪瓚副焉孔安國尚書傳曰黑黍曰秬釀以鬯草卣中樽也以圭爲杓謂之圭瓚魏國置丞相以下群卿百僚皆如漢初諸王之制君往欽哉敬服朕命簡恤爾衆時亮庶功用終爾顯德對揚我高祖之休命尚書王曰簡恤爾命用成爾顯德又曰惟時亮天功又曰敢對揚天子休命

文選卷第三十五

七月初一夕　侃誦

文選卷第三十六

梁昭明太子撰

文林郎守太子右内率府録事參軍事崇賢館直學士臣李善注上

具位本略去官、代以此二字代其文猶中謝云云類非施用時若此也注未晰後世亦務具官

永明十一年策秀才文五首

任彥昇天監三年策秀才文三首

令

宣德皇后令一首 蕭子顯齊書曰文安王皇后諱寶明琅邪臨沂人也父曄之齊世祖爲文惠太子納后鬱林即位尊爲皇太后稱宣德宮梁王蕭衍定京邑迎后入宮稱制至禪位梁王於荊州立蕭穎冑爲帝進梁王爲相國封十郡爲梁公表讓不受詔斷表宣德皇后勸令受封

任彥昇

宣德皇后敬問具位 言梁武故曰具也 夫功在不賞故庸勳之典蓋闕 言功績既高在乎不賞故庸勳之典蓋闕而不論周書曰平州之臣功大弗賞諂臣日貴史記

蒯通說韓信曰功蓋天下者不賞左氏傳富辰曰庸勳親親暱近尊賢施侔造物則謝德之途已寡也言恩施既隆侔於造物則謝德之途已寡而不著莊子曰夫造物者爲人司馬彪曰造物謂道也魏志曰劉廙上疏曰物不答施於天地而子不謝生於父母要不得不彊爲之名使荃宰有寄言德顯功高雖無酬謝之理要不彊爲酬謝之名庶使君主之情微有所寄也老子曰吾彊爲之名曰大楚辭曰荃不察余之中情王逸曰荃香草以喻君也鄧析子曰聖人逍遥一世間宰匠萬物之形晉中興書孝武詔曰誠存匪懈治道有寄公實天生德齊聖廣淵班固漢書高祖述曰寔天生德聰明神武尚書曰乃祖成湯齊聖廣淵不改參辰而九星仰止不易日月而二儀貞觀陸賈新語曰堯舜不易日月而興桀紂不易星辰而亡天道不改而人道易也周書王曰余不知九星之光周公旦曰九星星辰日月四時歲是謂九星九星九光毛詩小雅曰高山仰止周易曰易有太極是生兩儀王肅曰兩儀天地也又曰天地之道貞觀者也在昔

晦明隱鱗戢翼周易曰明入地中明夷君子以莅衆用晦而明王弼曰藏明於內乃得明也曹植矯志詩曰仁虎匿爪神龍隱鱗成公綏慰志賦曰惟潜龍之勿用戢鱗翼而匿景博通群籍而讓齒乎一卷之師謝承後漢書曰范丹博通群藝范曄後漢書曰馬續博觀羣籍揚子法言曰一卷之市不勝異價一卷之書不勝異意一卷之市必立之平一卷之書必立之師劒氣凌雲而屈迹於萬夫之下魏志段灼理鄧艾曰艾勇氣凌雲士衆乘勢六韜太公曰屈一人之下伸萬夫之上惟聖人能焉辯析天口而似不能言七略齊田駢好談論故齊人爲語曰天口駢天口者言田駢子不可窮其口若事天論語曰孔子於鄉黨恂恂然似不能言者文擅彫龍而成輒削藁說文曰擅專也七略曰鄒赫子齊人齊人爲之語曰彫龍赫赫言鄒衍之術文飾之若彫鏤龍文漢書曰孔光時有所言輒削草藁如湻曰所作起草爲藁爰在弱冠首應弓旌禮記二十曰弱冠漢書制曰褒然爲舉首左氏傳曰陳敬仲曰詩云翹翹車乘招我以弓

孟子曰大人招士以旍大夫以旌客游梁朝則聲華籍甚何之元梁典曰高祖
起家齊巴陵王法曹漢書曰梁孝王來朝從游說之士相如見而說之洛游梁朝淮南子曰聲華嘔符之樂其性
者仁也嘔紆武切符音撫漢書曰陸賈游漢庭公卿間名聲籍甚音義或曰狼籍甚盛也薦名宰府
則延譽自高何之元梁典曰高祖遷儀同王儉東閤祭酒王隱晉書曰周玘累薦名宰府國語曰
使張老延君譽於四方隆昌季年勤王始著蕭子顯齊書曰鬱林王即位改元曰
隆昌韋昭國語注曰季末也左氏傳曰狐偃曰求諸侯莫如勤王建武惟新締構斯在
蕭子顯齊書曰明帝即位改元曰建武毛詩曰周雖舊邦其命惟新魏都賦曰有魏開國之日締構之初
功隆賞薄嘉庸莫疇陸機高祖功臣頌曰帝疇爾庸後嗣是膺一馬之
田介山之志愈厲言止有一馬之田以懷讓祿之志纔居六百之秩以秉推功之誠管子曰
卜者卜凶吉利害也民之能此者皆一馬之田一金之衣左氏傳曰晉侯賞從士者介之推不言祿祿亦不及

史記曰文公環緜上山中而封子推號曰介山廣雅曰厲高也六百之秩大樹之號斯存漢書曰琅邪邴曼容養志以自脩爲官不肯過六百石輒自免去范曄後漢書曰馮異每止舍諸將並坐論功異常獨屛樹下軍中號曰大樹將軍及擁旄司部代馬不敢南牧何之元梁典曰司州刺史蕭誕被殺高祖監司州班固涿邪山祝文曰杖節擁旄鉦人伐鼓沈約宋書曰明帝於南豫州之義陽郡立司州韓詩外傳曰代馬依北風過秦論曰胡人不敢南下而牧馬推轂樊鄧胡塵罕嘗夕起何之元梁典曰虜主拓跋宏既退高祖據樊城漢書馮唐曰臣聞上古王者遣將也跪而推轂曰閫以內寡人制之閫以外將軍制之鄒陽上書吳王曰今胡數涉河北上覆飛鳥蘇林曰言胡來人馬之盛揚塵上覆飛鳥惟彼狡僮窮凶極虐何之元梁典曰東昏即位嬖近羣小誅高祖兄懿弟暢尚書大傳微子歌曰彼狡僮兮不我好兮鄭玄曰狡僮謂紂衣冠泯絕禮樂崩喪袁子曰古者命士已上皆有冠冕謂之冠族之家劇秦美新曰弛禮崩樂塗民耳目旣而

原文拱作恭

鞠旅誓衆言謀王室何之元梁典曰高祖密與呂僧珍謀爲内伐毛詩曰陳師鞠旅毛萇曰鞠告也尚書曰王明誓衆士左氏傳曰公會齊侯于洮謀王室也白羽一麾黃鳥底定呂氏春秋曰武王至殷係墮武王左釋白羽右釋黃鉞免而自爲係出師頌曰素旄一揮蠻子曰武王卒兵車以伐紂紂虎旅百萬陣于商郊起自黃鳥至于赤斧三軍之士靡不失色武王乃命太公把旄以麾之紂軍反走尚書三震澤底定甲旣鱗下車亦瓦裂尚書大傳曰武王伐紂紂戰于牧野紂之卒輻分紂之車瓦裂紂之甲如鱗下賀于武王致天之届拱揖群后毛詩曰致天之届于牧之野典引曰欽若上下拱揖羣后豐功厚利無得而稱王命論曰帝王之祚必有豐功厚利積累之業論語孔子曰太伯三以天下讓人無德而稱焉是以祥光揔至休氣四塞尚書中候曰帝堯文明榮光出河休氣四塞鄭玄曰榮美也四塞塡燿四方也五老游河飛星入昴論語比考讖仲尼曰吾聞帝堯率舜等升首山觀河渚乃有五老游渚五老曰河圖將浮

原文乎作于

具 據篇首具信之 五改

龍銜□邑刻版題命可卷金泥玉檢封書成知我者重
瞳黃姚視五老飛爲流星上入昴注曰入昴宿則復爲
星元功茂勳若斯之盛馮衍集曰定國家之大業成天地之元功劉琨勸進表曰茂勳
格乎皇天而地狹乎四履勢卑乎九伯左氏傳管仲曰昔召康公命我先君太公
曰五侯九伯汝實征之賜我先君履東至于海西至于河南至于穆陵北至于無棣杜預曰履踐履也帝
有恧焉輶軒萃止帝寶賦也輶軒萃止謂進封梁公之使也漢書哀帝詔曰惟念德報
未殊朕甚恧焉楊雄荅劉歆書曰常聞先代輶軒之使毛詩曰有鴞萃止今遣某位某甲
等率茲百辟人致其誠致誠謂請無讓也毛詩曰百辟其刑之長笛賦曰致誠効志
庶匪席之旨不遠而復梁王固讓同乎匪席之旨百辟固請庶王有不遠而復之義也毛
詩曰我心匪席不可卷也周易曰不遠復無祗悔
教蔡邕獨斷曰諸侯言曰教

文之指瑕始有賞際奇至之言終無撫叩酬即之語又云夫賞訓錫賚豈關心解撫訓執據何預情理杜注云晉末用字有三弊一造語詭譎二用字重複(如究見婆美見魏文鑑博當見國志)三用典以飾濫(三合則俳以道錢則孔方之類)

爲宋公修張良廟教一首

裴子野宋略曰義熙十三年高祖北伐大軍次留城令修張良廟

傅季友

沈約宋書曰傅亮字季友北地人也博涉文史尤善文辭初爲建威參軍稍遷至散騎常侍後太祖收亮付廷尉伏誅

綱紀綱紀謂主簿也教主簿宣之故曰綱紀猶今詔書稱門下也虞預晉書東平主簿王豹白事齊王曰況豹雖陋故大州之綱紀也夫盛德不泯義存祀典左氏傳晉侯問於史趙曰陳其遂亡乎對曰未也臣聞盛德必百世祀虞之世數未也禮記曰非此族也不在祀典也毛萇詩傳曰泯滅也微管之歎撫事彌深論語子曰管仲相桓公霸諸侯一匡天下民到于今受其賜微管仲吾其被髮左衽矣張子房道亞黃中照鄰殆庶周易曰君子黃中通理正位居體又曰顏氏之子其殆庶幾乎風雲玄感蔚爲帝師周易曰雲從龍風從虎聖人作而萬

原文圯作垠俟作竢

物覩漢書曰張良從容步游下邳圯上有一老父出編書曰讀是則爲王者師又良曰以三寸舌爲」者師河圖曰黃石公謂張良讀此爲劉帝師也**夷項定漢大拯橫流**廣雅曰夷滅也漢書王追羽至陽夏諸侯不會用良計諸侯皆會圍羽垓下羽敗自到說文曰出溺爲拯孟子曰洪水橫流氾濫於天下**固已參軌伊望冠德如仁**廣雅曰軌迹也伊伊尹望呂望也典引曰以冠德卓絕者莫崇乎陶唐論語子曰桓公九合諸侯不以兵車管仲之力也如其仁如其仁**若乃交神圯上道契商洛**荅賓戲曰齊甯激聲於康衢漢良受書於邳圯皆俟命而神交匪詞言之所信圯上已見謝宣遠張子房詩注袁宏三國名臣贊序曰體分冥固道契不墜班固漢書贊曰漢興園公綺季夏黃公角里先生當秦之世避而入商洛深山以待天下之定也漢書曰上竟不易太子者良本召此四人之力也**顯默之際窅然難究淵流浩瀁莫測其端矣**言其度量深大不可測度也孫綽桓玄城碑曰俯仰顯默之際優游可否之間莊子老聃曰而知夫道窅然難言哉吳都賦曰澒溶沆瀁莫測

記

陔餘叢考云宋玉招魂有
像設君室之文則塑像
自戰國始蓋人用尸
礼廢而像事興六朝風
會使然唐宋時尚多塑
像近世祠堂則偶有
畫像耳

其深莫究其廣黃石公記序曰塗次舊沛佇駕留城漢書
張良慮若源泉深不可測也
沛郡有留縣又曰張良爲留
侯爾雅曰佇久也謂停久也靈廟荒頓遺像陳昧范曄
後漢書曰薛苞與弟子分田廬取其荒頓者杜預左氏
傳注曰頓壞也夏侯湛東方朔畫贊序曰徘徊露寢見
先生之遺像廣撫事懷人永歎寔深毛詩曰嗟我懷人
雅曰昧闇也又曰寤寐永歎
過大梁者或佇想於夷門游九京者亦流連於隨會
史記魏有隱士曰侯嬴年七十家貧爲大梁夷門監者
太史公過大梁之墟求問其所謂夷門者夷門城之東
門禮記曰趙文子與叔譽觀乎九京文子曰死者如可
作也吾誰與歸叔譽曰其陽處父乎文子曰利君不忘
其身謀身不忘其友我則隨武子乎鄭
玄曰武子士會也食邑於隨京當爲原擬之若人亦足
以云論語子曰君子哉若人
毛萇詩傳曰云言也可改構棟宇修飾丹青蘋
蘩行潦以時致薦左氏傳君子曰蘋蘩蘊藻之菜
潢汙行潦之水可薦於鬼神抒懷

譏

古之情存不刊之烈 廣雅曰抒滯也西京賦曰慨長思而懷古左氏傳序曰經者不刊之書也 主者施行

爲宋公修楚元王墓教一首 宋公楚元王後故修治其墓

傅季友

綱紀夫褒賢崇德千載彌光 禮緯曰天子辟雍所以崇有德褒有行鄭玄禮記注曰崇尊也 尊本敬始義隆自遠 魏志明帝詔曰追本敬始所以篤教流化孫卿子曰先祖者類之本也貴始德之本也 楚元王積仁基德啓藩斯境 漢書曰楚元王交字游高祖同父異母少弟也漢立交爲楚王王彭城賈子曰君子積於仁而民積於財刑罰廢矣國語太子晉曰太上基德十五王而始平之 素風道業作範後昆 三國名臣贊曰素風愈鮮習鑿齒襄陽耆舊記龐統曰方欲興長道業郄正釋識曰創制作範匪時不立尚書曰垂裕後昆 本支之

祚實隆鄗宗毛詩曰本支百丗楊脩牋曰述鄗宗之過言遺芳餘烈奮乎百丗抱朴子曰嵇君道云鄗有道沒則遺芳永播春秋元命苞曰文王積善所聞之餘烈孟子曰聞伯夷之風者貪夫廉懦夫有立志奮乎百丗之下莫不興起也而丘封翳然墳塋莫翦晉中興書武陵王令曰丞相墳塋翳然飄薄非所感遠存往慨然永懷李陵書曰能不慨然毛詩曰惟以不永懷夫愛人懷樹甘棠且猶勿翦毛詩曰蔽芾甘棠勿翦勿伐召伯所茇風俗通曰召公出爲二伯止甘棠樹之下聽訟決獄後人思其德美愛其樹而不敢伐追甄墟墓信陵尚或不泯鄭玄尚書緯注曰甄表也禮記周豐曰墟墓之間未施哀於民而民哀漢書高紀詔曰秦始皇守家三十家魏公子無忌五家況瓜瓞所興開元自本者乎毛詩曰緜緜瓜瓞可蠲復近墓五家長給灑掃便可施行郭璞方言注曰蠲除也

文

永明九年策秀才文五首

王元長蕭子顯齊書曰王融字元長琅邪人少而神明警惠博涉有文才晉安王版行軍參軍遷中書郎世祖疾融欲立竟陵王子良下廷尉於獄賜死

問秀才高第明經朕聞神靈文思之君聰明聖德之后史記曰黃帝者生而神靈弱而能言尚書序曰昔在帝堯聰明文思孔安國曰言聖德之遠著也體道而不居見善如不及文子曰聖人體道反至動而無爲老子曰聖人功成而弗居論語孔子曰見善如不及見不善如探湯是以崆峒有順風之請華封致乘雲之拜莊子曰黃帝聞廣成子在崆峒之山故往見之廣成南首而卧黃帝順下風膝行而進再拜稽首而問曰治身奈何而可以長久廣成子曰來吾語汝至道又曰堯觀乎華封華封人曰嘻請祝聖人壽且富且

多男子堯皆辭曰多男子則多懼富則多事壽則多辱封人曰天之生人必授之職多男子而授之職則何懼之有富而使人分之則何事之有天下有道則與物皆昌天下無道則修德就閒千歲厭世去而上僊乘彼白雲至于帝鄉三患莫至身常無殃則何辱之有封人去之堯隨之請問封人曰退然崆峒有拜乘雲爲請今不同者蓋請者必拜故互文也

或揚旌求士或設簴待賢

求士待賢皆謂請其言也管子曰舜有告善之旌應劭漢書注曰旌幡也設之五達之道鬻子曰昔大禹治天下以五聲聽治爲銘於筍簴曰教寡人以道者擊鼓教寡人以義者擊鍾教寡人以事者振鐸語寡人以憂者擊磬語寡人以獄者揮鞀

用能敷化一時餘烈千古

謝承後漢書序曰陰修敷化二都威教克平餘烈已見上文

朕夤奉天命恭惟永圖

爾雅曰夤敬也尚書曰茲率厥典奉若天命又曰愼乃儉德惟懷永圖

審聽高居載懷祗懼

六韜曰王者之道如龍之首高居而遠望徐視而審聽尚書曰予小子夙夜祗懼

雖言事必史而象闕未箴

禮記曰動則左史書之言

斗注及别本

則右史書之鄭玄周禮注曰象魏闕也范曄後漢書曰靈帝熹平中有何人書朱雀闕言公卿皆尸祿無有忠言者寤寐嘉猷延佇忠實毛詩曰窈窕淑女寤寐求之尚書爾有嘉謀嘉猷楚辭曰結幽蘭而延佇子大夫選名昇學利用賓王國語曰越王勾踐曰苟聞子大夫之言賈逵曰覲而近之故曰子大夫也禮記曰司徒論選士之秀者升之於學曰俊士鄭玄曰學大學也周易曰觀國之光利用賓于王懋陳三道之要以光四科之首漢書詔策晁錯曰大夫之行當此三道張晏曰國體人事直言也崔寔政論曰詔書故事三公辟召以四科取士一曰德行高妙志節清白二曰學通行修經中博士三曰明曉法令足以決疑能按章覆問四曰剛毅多略遭事不惑才任三輔劇縣令鹽梅之和屬有望焉尚書曰若作和羹尒惟鹽梅又問昔周宣惰千畝之禮號公納諫國語曰宣王即位不藉千畝號文公諫曰夫民之大事在農漢文缺三推之義賈生置言禮記曰躬耕帝籍天子三

推漢書曰文帝即位賈誼說上曰一夫不耕或受之飢一女不織或受之寒上感誼言始開籍田躬耕以勸百姓良以食爲民天農爲政本漢書酈食其說漢王曰臣聞王者以民爲天民以食爲天尚書八政一曰食孔安國曰勸農業也漢書文帝詔曰農天下大本也民所恃以生也金湯非粟而不守水旱有待而無遷漢書蒯通說武信君曰皆爲金城湯池不可攻也氾勝之書曰神農之教雖有石城湯池帶甲百萬而無粟者弗能守也禮記曰雖有凶旱水溢民無菜色朕式照前經寶茲稼穡范子計然曰五穀者萬民之命國之重寶也祥正而青旗肅事土膏而朱紘戒典祥正土膏並已見東京賦禮記曰孟春之月天子駕蒼龍載青旗躬耕帝籍又曰昔天子爲籍田千畝冕而朱紘躬耕秉耒鄭玄周禮注曰朱紘以朱組爲紘一條屬兩端也將使杏花菖葉耕穫不愆氾勝之書曰杏始華榮輒耕輕土弱土望杏花落復耕之輒藺之此謂一耕而五穫呂氏春秋曰冬至五旬七日菖始生菖者草之先者也於是始耕高誘曰菖

蒲水草也清甽泠風述遵無廢呂氏春秋后稷曰凡耕之道畝欲廣以平甽欲小以清又曰正其行通其風夬必中央師爲泠風高誘曰泠風和風所以成穀也夬決也必於苗中央師師然肅泠風以搖長也而釋耒佩牛相沿莫反鹽鐵論曰儒者釋耒耜而學不驗之語漢書曰龔遂爲渤海太守民有帶持刀劒者使賣劒買牛賣刀買犢何爲帶牛佩犢杜預左氏傳注曰沿緣也兼貧擅富浸以爲俗漢書曰兼并之塗李奇曰謂大家兼役小人富者兼役貧民說文曰擅專也風俗通曰子不以從令爲孝後主固宜是革浸以爲俗豈不謬哉若爰井開制懼驚擾愚民漢書曰民爰上田夫百畝中田夫二百畝下田夫三百畝歲耕種者爲不易上田休一歲者爲一易中田休二歲者爲再易下田休三歲更耕之自爰其處賈逵國語注曰爰易也周禮曰畝百爲夫夫三爲屋屋三爲井也舄鹵可腴恐時無史白史記曰史起引漳水溉田鄴民歌之曰決漳水兮灌鄴旁終古舄鹵兮生稻粱又曰秦中大夫白公復爲秦穿涇水注渭溉田四千餘頃因曰白渠也興廢之術矣

陳厥謀尚書序曰咎繇矢厥謨孔安國曰矢陳也

又問議獄緩死大易深規周易曰君子以議獄緩死敬法卹刑虞書茂典尚書虞書曰欽哉欽哉惟刑之卹哉自萌俗澆弛法令滋彰莊子曰唐虞始爲天下⿰氵梟醇散朴許愼淮南子注曰澆薄也澆與⿰氵梟同老子曰法令滋章盜賊多有也胏石少不寃之人棘林多夜哭之鬼周禮曰胏石達窮民鄭司農曰胏石赤石也窮民天民之窮而無告者漢書于定國爲廷尉民自以爲不寃周禮曰外朝之法左九棘孤卿大夫位焉右九棘公侯伯子男位焉楚辭曰荆棘聚而成林春秋元命苞曰樹棘槐聽訟於其下尚書旋璣鈐曰鬼哭山鳴鄭玄言鬼哭訴無辜也山鳴聽不聰之異也王隱晉書司直劉隗奏曰懷情抱恨雖没不亡故有殞霜之應夜哭之鬼朕所以明發動容昃食興慮毛詩曰明發不寐尚書曰文王自朝至于日中昃不遑暇食傷秋荼之密網惻夏日之嚴威鹽鐵論曰秦法繁於秋荼網密於凝脂左

原討彙作世

氏傳鄷舒問於賈季曰趙衰趙盾孰賢對曰趙衰冬日之日也趙盾夏日之日也杜預曰夏日可畏冬日可愛永念畫冠緬追刑厝墨子曰畫衣冠異章服謂之戮上世用戮而民不犯賈逵國語注曰緬思貌也紀年曰成康之際天下安寧刑措四十餘年不用徒以百鍰輕科反行季葉尚書呂刑曰穆王訓夏贖刑墨辟疑赦其罰百鍰孔安國曰六兩曰鍰鍰黃鐵也張孟陽七哀詩曰季葉喪亂起四支重罰爰創前古呂氏春秋曰越王勾踐曰孤雖首足異處四支布裂周禮曰司刑掌五刑之法以麗萬民之罪墨罪五百劓罪五百宮罪五百刖罪五百殺罪五百訪游禽於絕澗作霸秦基韓子曰董闕于爲趙上地守行石邑山中深澗峭如牆深百仞因問其左右人曰嘗有人入此者乎對曰無有嬰兒盲聾狂勃有入此者乎對曰無有牛馬犬彘嘗有入此者乎對曰無有董闕于喟然太息曰吾能治矣使吾法無赦也猶入澗之必死則民莫敢犯何爲不治鄭玄周禮注曰凡鳥獸未孕曰禽史記曰趙氏之先與秦共祖然則以其共祖故雖趙亦號曰秦歌雞鳴於闕下稱

仁漢牘班固歌詩曰三王德彌薄惟後用肉刑太倉令有罪就逮長安城自恨身無子困急獨煢煢小女
痛父言死者不復生上書詣北闕下歌雞鳴憂心摧折裂晨風激揚聲聖漢孝文帝惻然感至誠百男何憒
憒不如一緹縈列女傳曰緹縈歌雞鳴晨風之詩然雞鳴齊詩與夫人及君早起而視朝晨風秦詩言未見君而心
憂也二途如爽即用兼通輕重二途似如差爽就其用也彼此兼通言俱濟時昌言
所安朕將親覽尚書曰禹拜昌言孔安國曰昌當也漢書問董仲舒曰靡有所隱朕將親覽焉
又問聚人曰財次政曰貨周易曰何以守位曰仁何以聚人曰財尚書曰八政一曰
食二曰貨泉流表其不匱貿遷通其有亡漢書曰貨流於泉布
於布如湻曰流行如泉也尚書帝曰貿遷有無化居既龜貝積寢緡繦專用漢書曰王
莽居攝更作金銀龜貝錢布之品寢猶息也漢書曰武帝初筭緡錢李斐曰緡絲以貫錢也管子曰凶歲糴釜
千繦孟康漢書注曰繦錢貫也世代滋多銷漏參倍言錢之銷磨缺漏或復三分或至一

圜 據漢志當如此

別本無

倍也下貧無兼辰之業中產闕洊歲之貲周書夏箴曰小人無兼年之食妻子非其妻子也班固漢史文帝賛曰上嘗欲作露臺召匠計之直百金曰百金中民十家產也左氏傳晉洊飢字書曰洊仍也惟瘼卹隱無捨矜嘆毛萇詩傳曰瘼病也國語祭公謀父曰勤恤人隱而除其害也上帝溥臨賜朕休寶漢書曰上帝溥臨不異下防命卬斜之谷開而出銅齊春秋曰永明八年蜀郡太守劉悛啓上曰南廣郡界蒙山有銅坑掘則得銅其利無極上從之且有後命事茲鎔範左氏傳曰王使宰孔賜齊侯胙將拜孔曰且有後命也無下拜漢書曰釋其耒耨冶鎔炊炭應劭曰鎔錢模也禮記孔子曰然後範金合土鄭玄曰範鑄作模器用也充都內之金紹圜府之職桓子新論曰漢宣已來百姓賦錢壹歲餘二十萬藏於都內漢書曰太公爲周立九府圜法李奇曰圓即錢也將繼太公之職事也但赤側深巧學之患偷莢難輕重之權言今欲爲錢若赤側則姦巧學鑄深爲可患偷莢則輕重兼用

漢之食貨志權輕
重注權作平

難可準平漢書曰民多姦錢而公卿請令京師鑄官赤
側一當五如湻曰以赤銅爲其郭也漢書曰漢興以爲
秦錢重難用更令民鑄榆莢錢如湻曰如榆莢也國語
曰周景王將鑄大錢單穆公曰不可古者量貲幣權輕
重以救民民患輕則爲之作重幣以行之於是有母權
子而行民皆得焉若不堪重則多作輕幣而行之亦不
廢重於是乎有子權母而行韋昭曰重謂母輕謂子權
平也若物直千二而母當一千則子二百平之也應劭
曰權其輕重也開塞所宜悉心以對淮南子曰通乎動靜之機明乎開塞之節開塞猶取
捨也尹文子曰書開塞之宜得周通之路詩緯曰君子息心研慮推變見事
又問治歷明時紹遷革之運周易曰君子以治歷明時毛詩曰去殷之惡就周之
德周易曰湯武革命改憲勑法審刑德之原司馬彪續漢書永平詔曰春秋保乾
圖云三百年升歷改憲史官用太初鄧公平術有餘分
一在三百年之域行度轉差浸以繆錯旋璣不正文象
不稽冬至之日日在斗二十二度而歷以爲牽牛中星先
立春一日則四分數之立春也而以折獄斷夫刑於氣

鄒說蓋鄒衍之說
本良注

已迕用望平和隨時之義蓋亦遠矣今改四分以遵於堯以順孔聖奉天之文宋均保乾圖注曰三陽而陽備備則宜改憲憲法也周易曰雷電噬嗑先王以明罰勑法淮南子曰冬至爲德夏至爲刑分命顯於唐官文條炳於鄒說尚書曰分命羲仲宅嵎夷曰暘谷又曰分命和仲宅西曰昧谷鄒說未詳及嵎夷廢職昧谷虧方言司歷之官廢也嵎夷昧谷已見上文漢秉素祇之徵魏稱黃星之驗言五德之次土也漢書曰高祖夜徑澤中前有大蛇當路高祖乃前拔劒斬蛇後人來至蛇所有一老嫗夜哭人問嫗何哭嫗曰吾子白帝子也化爲蛇當道今者赤帝子斬之魏志曰初桓帝時有黃星見於楚宋之分遼東殷馗善天文言後五十歲當有真人起於梁沛之間其鋒不可當至是凡五十年而太祖破袁紹天下莫敵紛爭空軫疑論無歸方言曰軫謂相乖戾也朕獲纂洪基思弘至道班固高紀述曰纂堯之緒爾雅曰纂繼也曹植魏德頌曰武創洪基克光厥德尚書序曰恢弘至道庶令日月休徵風雨玉燭尚書

曰休徵曰月之行則有冬有夏爾雅曰春爲青陽夏爲朱明秋爲白藏冬爲玄英四氣和謂之玉燭克明之音弗遠欽若之義復還尚書曰克明俊德又曰欽若昊天於子大夫何如哉其驪翰改色寅丑殊建別白書之禮記曰夏后氏尚黑戎事乘驪鄭玄曰以建寅之月爲正物生色黑黑馬曰驪禮記曰殷人尚白戎事乘翰鄭玄曰以建丑之月爲正凡物生色白翰白色馬也漢書董仲舒對策曰臣前所上對辭不別白指不分明

永明十一年策秀才文五首

王元長

問秀才朕秉籙御天握樞臨極尚書旋璣鈐曰河圖命紀也圖天地帝王終始存亡之期錄代之矩籙與錄同也周易曰時乘六龍以御天易通卦驗曰遂皇氏始出握機矩鄭玄曰遂皇遂人也但持斗機運轉之法春秋運斗樞曰北斗七星第一星天樞論語素王受命讖曰王者受命布政易俗以

御八極五辰空撫九序未歌尚書咎繇曰撫于五辰庶績其凝孔安國曰百官皆撫順

五行之時衆功皆成也又曰德惟善政政在養民水火金木土穀惟修正德利用厚生惟和九功惟序九序惟

歌至於思政明臺訪道宣室管子曰黃帝立明臺之義上觀於賢也漢書曰文帝

思賈誼徵之至入見上方受釐坐宣室上因感鬼神事而問鬼神之本蘇林曰宣室未央前正室也若墜

之惻每勤如傷之念恒軫尚書曰民墜塗炭孔安國曰若陷泥墜火左氏傳逢滑曰

國之興也視人如傷許慎淮南子注曰軫轉也故邮貧緩賦省繇慎獄應劭曰繇者役

也幸四境無虞三秋式稔尚書曰四方無虞予一人以寧秋有三月故曰三秋元命

苞曰陽氣數成於三故時別三月宋衷曰四時皆象此類不惟秋也廣雅曰年稔秋穀熟也而多黍多

稌不興兩穗之謠毛詩曰豐年多黍多稌東觀漢記曰張堪字君游爲漁陽太守勸民耕種

以致殷富有百姓歌曰桑無附枝麥穗兩歧張君爲政樂不可支無褐無衣必盈七月

漢書注

原文作吰議

之歎。毛詩曰七月流火九月授衣無褐無衣何以卒歲豈布政未優將罷民難業。毛詩曰敷政優優百祿是遒周禮曰以圜土教罷民登爾於朝是屬宏議漢書詔策鼂錯曰登大夫于朝親諭朕志難蜀文曰必將崇論宏義罔弗同心以匡厥辟尚書曰罔不同心以匡乃辟

又問惟王建國惟典命官周禮曰惟王建國辨方正位尚書堯典曰乃命羲和上叶星象下符川嶽春秋漢含孳曰故三公象五岳九卿法河海三公在天法三台九卿法北斗必待天爵具脩人紀咸事孟子曰仁義忠信樂善不倦此天爵也公卿大夫此人爵也古之人脩其天爵而人爵從之漢書詔策公孫弘曰天文地理人事之紀也子大夫習焉公孫弘對曰天地無私親順之利起逆之害生此天文地理人事之紀也然後沿才受職揆務分司。爾雅曰揆度也是以五正置於朱宣下民不忒忒左氏傳郯子謂昭子曰少

官人之方既廢則士之進
其無過坐談退其文
當橫議自古而然令
廣而出

皡摯之立鳳鳥適至故紀於鳥鳥師而鳥名五雉爲五丁正河圖曰大星如虹下流華渚女節意感生白帝朱宣宋均曰朱宣少昊氏鄭玄孝經注曰忒差也九工開於黃[illegible]庶績其凝漢書劉向上疏曰舜命九官濟濟相讓和之至也應劭尚書禹作司空棄作后稷契作司徒咎繇作士垂作共工益作虞伯夷作秩宗夔作典樂龍作納言凡九官皇甫謐帝王世紀曰舜始即真改正朔以土承火色尚黃尚書中候所謂建黃授正改朔尚書咎繇曰庶績其凝孔安國曰凝成也周官三百漢位兼倍禮記曰有虞氏之官五十夏后官百殷官二百周官三百漢書曰秦立百官漢因循不革自佐史至丞相十三萬二百八十五人今云兼倍略言之耳歷茲以降游惰寔繁孔叢子趙王曰仲尼大聖自茲以降世業不替禮記曰垂緌五寸游惰之士鄭玄曰惰游罷人也尚書曰寔繁有徒若閑冗畢弃則橫議無已荀悅申鑒曰正貪祿省閑冗與時消息昭惠恤下文穎漢書注曰冗散也孟子曰聖王不作諸侯放恣處士橫議冕紱不溢則坐談彌積魏志郭嘉說太祖曰劉表坐談

客耳何則可脩善詳其對家語孔子曰欲善則詳王肅曰欲善其事當詳慎之毛萇詩傳曰詳審也

又問昔者賢牧分陝良守共治公羊傳曰自陝以東周公主之自陝以西召公主之表煥與曹植書曰召公與周公俱受分陝之任漢書曰孝宣躬親萬機厲精爲治常稱曰與我共治者其唯良二千石乎下邑必樹其風一鄉可以爲績論語曰子之武城聞絃歌之聲鄭玄曰武城魯之下邑尚書曰章善癉惡樹之風聲一鄉謂桐鄉也漢書曰朱邑爲桐鄉嗇夫廉平不苛及死子葬之桐鄉人爲邑起冢立祠至有旦撫鳴琴。日置醇酒。呂氏春秋曰宓子賤治單父彈琴身不下堂而單父治漢書曰曹參代蕭何爲相國日夜飲酒卿大夫以下吏及賓客見參不事事來者皆欲有言至者參輒飲以醇酒度之欲有言復飲醉而後去終莫得開說文而無害。嚴而不殘漢書曰蕭何以文毋害爲沛主吏掾音義曰文無所枉害也漢書曰雋不疑爲吏嚴而不殘故能出人於阽危之域躋俗於仁壽之地阽危已見謝朓入朝曲。公山詩漢書王吉上䟽曰陛下甌一世之民躋之仁壽之域則俗何以不若成康壽何以不若高宗也是以賈誼有言天下之有惡吏之罪也賈子曰吏能爲善則人必能爲善也故人之不善也吏之罪也頃深汰珪符妙簡銅墨范曄後漢書曰詔書沙汰刺史二千石以賈琮爲冀州刺史說文曰汰簡也汰逵蓋切周禮曰上公之禮執桓珪諸侯之禮執信珪諸伯執躬珪漢書曰文帝初與郡守爲銅虎符竹使符潘安仁夏侯湛誄曰妙簡邦良爾雅曰簡擇也漢書曰縣令長皆秦官秩六百石以上皆銅印墨綬而春雉未馴秋螟不散東觀漢記曰魯恭爲中牟令時郡國螟傷稼犬牙緣界不入中牟河南尹袁安聞之疑其不實使仁恕掾肥親往廉之恭隨行阡陌俱坐桑下有雉過止其傍傍有童兒親曰何不捕之兒言雉方將雛親曰所以來者欲察君之化迹爾今虫不犯境此一異也化及鳥獸此二異也豎子有仁心此三異也具以狀言安范曄後漢書曰宋均遷九江守山陽楚沛多蝗其飛至九江東界者輒東西散去入在朕前湊其智略出連城守闕爾無聞漢書曰吾丘壽王爲東郡尉詔賜壽王璽書曰子在朕前之時智略輻湊及至連十餘城之守職事並廢甚不稱在前時何也豈薪槱之道未弘爲網羅之目尚簡毛詩曰芃芃棫樸薪之槱之毛萇曰山木茂盛萬人得而薪之賢人衆國家得用蕃興也曹子建書曰仲宣獨步於漢南孔璋鷹揚於河朔吾王設天網以該之文子曰有鳥將來張羅而得鳥者羅之一目也今爲一目之羅即無時得鳥孔安國尚書傳曰簡略也悉意正辭無侵執事漢書詔策晁錯曰大夫其正論毋枉執事音義或曰毋爲有司枉橈

又問朕聞上智利民不述於禮大賢彊國罔圖惟舊史記商君說秦孝公曰聖人苟可以彊國不法其故苟可以利民不循其禮豈非療飢不期於鼎食拯溺無待於規行毛詩曰泌之洋洋可以樂飢鄭玄曰泌水洋洋然飢者見

之可飲以療飢療音義與療同家語曰子路南游於楚列鼎而食抱朴子曰規行矩步不可以救火拯溺也是以三王異道而共昌五霸殊風而並列淮南子曰五帝異道而德覆天下三王殊事而名施後世左氏傳賓媚人曰五伯之霸也動而撫之以役王命杜預曰夏伯昆吾商伯大彭豕韋周伯齊桓晉文戰國策趙王謂趙文曰三代不同服而王五伯不同俗而政今農戰不脩文儒是競商君書曰國待農戰而安君待農戰而尊論衡曰上書白記者文儒也夫文儒之力過儒生況文史也弃本殉末厥弊茲多漢書詔曰農天下之大本也而人或不務本而事末故生不遂李奇曰本農也末賈也昔宋臣以禮樂爲殘賊漢主比文章於鄭衛宋臣墨翟也孫卿子曰樂也者和之不可變者也禮也者理之不可易者也墨子非之幾遇刑也墨子賤禮樂而賈勇力貪則爲盜富則爲賊治世反是漢書曰宣帝數從王褒等所幸宮觀輒爲歌頌議者多以爲淫靡不急上曰辭賦大者與詩同義小者辯麗可嘉譬如女工有綺縠音樂有鄭衛也豈欲非

原文御作馭

權

聖無法將以旣道而權孝經曰非聖人者無法論語子曰可與學未可與適道可與適道未可與立可與立未可與權公羊傳曰[illegible]者何權者反於經然後有善者也今欲尊士女於耕桑習鄉閭以弓騎孝經鉤命決曰耕桑得利究年受福史記曰趙武靈王胡服以習騎射五都復而事庠序四民富而歸文學漢書曰王莽於五都立均官吏名雒陽邯鄲臨淄宛成都五都市長皆爲五均司市師又曰平帝立學官鄉曰庠聚曰序管子曰士農工商四民者國之石民也其道奚若爾無面從尚書曰予違汝弼汝無面從

又問自晉氏不綱關河蕩析班固漢書述曰秦人不綱網漏于楚王隱晉書曰石季龍死朝廷欲遂蕩平關河尚書盤庚曰今我民用蕩析離居宋人失馭淮汴崩離荅賓戲曰王塗蕪穢周失其御應劭漢書注曰汴水在滎陽西南論語子曰邦分崩離析而不能守也朕思念舊民永言攸濟毛詩曰永言孝思尚書曰予惟小子若涉淵水予惟往求朕攸

齊故選將開邊勞來安集漢書嚴尤上疏曰武帝選將練兵深入遠戍又班固
曰武帝廣開三邊毛詩序曰萬民離散不安其居而能勞來還定安集之加以納款通和布
德脩禮納其款關之誠而通其和好之禮漢書曰匈奴呼韓邪單于款五原塞名王奉獻始和親呂氏春
秋曰季春之月天子布德和惠孫卿子曰管仲爲政者也未及脩禮故脩禮者王爲政者彊歌皇華
而遣使賦膏雨而懷賓毛詩序曰皇皇者華君遣使臣也左傳曰季武子如
晉晉侯饗之范宣子爲賦黍苗季武子再拜曰小國之仰大國也如百穀之仰膏雨焉若常膏之其天下集睦
豈惟弊邑周禮曰二曰教職以安邦國以懷賓客所以關洛動南望之懷蕉夷
遠兆歸之念王逸楚辭注曰遠競也夫危葉畏風驚禽易落漢書
上曰單于待命加慢今欲攻之如何王恢曰草木遭霜者不可以風過通方之士不可以文亂今擊之單于可
禽淮南子曰使葉落者風之搖也戰國策魏謂春申君曰日者更羸謂魏王曰臣能虛發而下鳥有鴻鴈從東

○二語當有實事

方來更嬴以虛弓發而下之王曰射爾至此乎更嬴曰此孽也其飛徐者創痛也悲鳴者久失羣也故創未息而驚心未去聞弦音而高飛故創怯今臨武君嘗爲秦孽不可爲秦之將**無待干戈聊用辭辯**

片言而求三輔。一說而定五州。漢書曰內史武帝更名京兆尹左內史更名左馮翊主爵中尉更名右扶風是爲三輔天下有十二州齊得其七故謂北境爲五州**斯路何階人誰或可。**爾雅曰階因也**進謀誦志以沃朕心**言進嘉謀當謂誦汝志以沃帝心也周禮曰撣人掌誦王志道國之政事鄭玄曰以王之志與政事諭說諸侯撣音探廣雅曰誦言也然彼言王志與此微殊不以文害意也尚書曰啓乃心沃朕心

天監三年策秀才文三首

何之元梁典曰天監武帝年號也

任彥昇

問秀才朕長驅樊鄧直指商郊商喻齊也史記樂毅書曰輕卒銳兵長驅

至國漢書朱買臣曰發兵浮海直指泉山尚書曰武王朝至于商郊因藉時來乘此歷
運魏志劉廙上疏曰臣遭乾坤之靈值時來之運當扆求念循懷慙德禮記曰天
子當扆而立尚書曰成湯放桀於南巢惟有慙德何者百王之弊齊季斯甚班固
漢書贊曰漢承百王之弊季謂末年衣冠禮樂掃地無餘言衣冠制度禮樂軌儀皆見廢
弃故無餘也班固漢書贊曰秦滅六國而上古遺烈掃地盡矣斲雕刓方經綸草昧漢書
曰漢興破觚而爲圜斲琱而爲樸蘇林漢書注曰刓音角之刓與刓劓同周易曰雲雷屯君子以經綸又曰天造
草昧宜建侯而不寧鄭玄曰造成也草草創也昧昧冥也採三王之禮冠履粗分因
六代之樂宮判始辨周禮曰王宮縣諸侯軒縣卿大夫判縣士植縣而百度草
創倉廩未實尚書曰百度惟貞論語曰裨諶草創之管子曰倉廩實知禮節若終畝不
稅則國用靡資國語曰王耕三推之庶人終于畝禮記曰古者公田籍而不稅毛萇詩傳曰資

財也百姓不足則惻隱深慮論語有若曰百姓足君孰與不足百姓不足君孰與足孟子曰無惻隱之心非仁也惻隱者仁之端每時入芻藁歲課田租漢舊儀曰民田租芻藁以給經用也尚書曰百里納藁愀然疚懷如憐赤子禮記曰哀公敢問人道誰爲大孔子愀然作色而對月賦曰悄焉疚懷尚書曰若保赤子惟民其康乂今欲使朕無滿堂之念民有家給之饒說苑曰古人於天下也譬一堂之上今有滿堂飲酒有一人獨索然向隅泣則一堂之人皆不樂也鄧析子曰聖人逍遥一世之間而家給人足天下太平漸登九年之畜稍去關市之賦禮記曰國無九年之畜曰不足周禮曰以九賦斂財賄七曰關市之賦鄭玄曰賦謂口出泉關市謂占會百物也子大夫當此三道利用賓王三道賓王已見上文斯理何從佇聞良說顔延之策秀才文曰廢興之要敬俟良說

問朕本自諸生弱齡有志鍾離意別傳曰嚴遵與光武皇帝俱爲諸生禮記孔子曰

原文閑作閒

大道之行也與三代之英丘未之逮而有志焉閉戶自精開卷獨得楚國先賢傳曰孫敬入學閉戶牖精力過人太學謂曰閉戶生入市市人相語閉戶生來不忍欺也陶潛誡子書曰開卷有得便欣然忘食九流七略頗常觀覽六藝百家庶非牆面漢書曰九流有儒家流道家流陰陽家流法家流名家流墨家流從橫家流雜家流農家流又曰劉歆總羣書而奏其七略故有輯略有六藝略有諸子略有詩賦略有兵書略有數術略有方技略廣雅曰頗少也周禮保氏養國子以道乃教之六藝一曰五禮二曰六樂三曰五射四曰五御五曰六書六曰九數淮南子曰百家異說各有所出論語子謂伯魚曰汝爲周南召南矣乎人而不爲周南召南其猶正牆面而立也與雖一日萬機早朝晏罷尚書曰兢兢業業一日二日萬機墨子曰早朝晏罷斷獄治政也聽覽之暇三餘靡失上林賦曰朕以覽聽餘閑無事弃日魏略曰董遇字季真善左氏傳從學者云苦渴無日遇言當以三餘或問三餘之意遇言冬者歲之餘夜與陰者日之餘雨者月之餘上之化下草

偃。風。從。論語子曰君子之德風小人之德草草上之風必偃惟此虛寡弗能動俗。蔡邕姜肱碑曰至德動俗邑中化之昔紫。衣。賤。服。猶化。齊。風。韓子曰齊桓公好服紫一國盡服紫當時十素不得一紫公患之告管仲管仲曰君欲止之何不自誡勿衣也謂左右曰甚惡紫臭公曰諸於是郎中莫衣紫其明日國中莫有衣紫三日境內莫衣紫長纓。鄙。好。具變。鄒。俗。韓子曰鄒君好長纓左右皆服長纓甚貴鄒君患之問左右左右對曰君好服之百姓亦多服是故貴鄒君因先自斷其纓而出國中皆不服長纓雖德慚往賢業優前事且夫搢紳道行祿利然也封禪書曰因雜搢紳先生之略術班固漢書贊曰大師衆至千餘人蓋祿利之路然也朕傾心駿骨非懼真龍新序曰郭隗謂燕王曰古之君有以千金市千里馬者三年不得人請求之三月得馬已死矣買其骨以五百金君大怒之人曰死馬骨且市之況生馬乎天下必以王爲好馬矣於是不能朞年千里馬至者二今王誠願致士請從隗始隗且見事況賢於隗者乎又子張見魯哀公哀公不禮去曰君之好士有似葉公子高之好龍也葉公好龍室屋彫文盡以寫龍於是天龍聞而下之窺頭於牖拖尾於堂葉公見之弃而退走失其魂魄五色無主是葉公非好真龍也好夫似龍而非龍者也今君之好士也好夫似士而非士者也輜軿青紫如拾地芥范曄後漢書曰袁紹賔客所歸輜軿紫轂填接街陌說文曰軿車前衣車後爲輜漢書曰夏侯勝每講授常謂諸生曰士病不明經經術苟明其取青紫如俛拾地芥爾言好學明經術以取貴位之服如似車載之多也取之易也如拾地草而惰游廢業十室而九惰遊已見上文抱朴子曰秦降及季杪天下欲反十室而九鳴鳥蔑聞。子衿不作。言古者收教不及於道者故天下太平而鳳凰至學校廢則作子衿以刺之而人感思學今則不然言不如古也尚書周公曰佽罔勖弗及苟造德弗降我則鳴鳥不聞毛萇詩傳曰蔑如也詩序曰子衿刺學廢也兩都賦序曰王澤竭而詩不作弘獎之路斯既然矣小雅曰獎勸也猶其寂寞應有良規。魏志明帝報王朗詔曰欽納至言思聞良規

原賦反作返無矣字

問朕立諫鼓設謗木於茲三年矣鄧析子曰堯置欲諫之鼓舜立誹謗之木此聖人也比雖輻湊闕下多非政要文子曰群臣輻湊張湛曰如衆輻之集於轂也范曄後漢書曰詔問蔡邕宜披露得失指陳政要曰伏青蒲罕能切直漢書曰史丹直入卧內頓首伏青蒲上應劭曰以青規地曰青蒲桓子新論曰切直忠正則汲黯之敢諫爭也將齊季多諱風流遂往毛萇詩傳曰將且也老子曰天下多忌諱而民彌貧淮南子曰晚世風流終敗禮廢義上林賦曰遂往而不反矣將謂朕空然慕古虛受弗弘漢書曰王莽好空言慕古法多封爵人周易曰君子以虛受人然自君臨萬寓介在民上左氏傳子囊曰赫赫楚國而君臨之方言曰介特也漢書宣帝詔曰朕承洪業託於士民之上也何嘗以一言失旨轉徙朔方范曄後漢書曰蔡邕上疏帝覽而歎息因起更衣曹節於後竊視之悉宣語左右事遂漏露程黃遂使人飛章言邕於是下邕洛陽獄詔減死一等與家屬髡鉗徙朔方詔不得

以赦
令除睚眦有違論輸左校漢書曰原涉好殺眦睚於塵中論
輸謂論其罪而輸作也漢書陳咸
字子康年十八以父萬年任爲郎有異材抗直數言事刺譏近
臣書數十上遷爲左曹父嘗病召咸教戒於牀下語至夜半咸
睡頭觸屏風父大怒欲杖之曰乃公教戒汝汝反睡不聽吾言
何也咸叩頭謝曰具曉所言大要教咸諂也父迺不復言元帝
擢咸爲御史中丞後爲南陽太守所居以殺伐立威豪猾吏及
大姓犯法輒論輸府范曄後漢書曰李膺爲河南尹時宛陵大
姓羊元羣罷北海郡贓罪狼籍膺表欲罪元羣行賂宦
豎膺反坐輸作左校漢書曰將作少府有左校令丞而使直
臣杜口忠讜路絕漢書景帝問鄧公鄧公曰夫鼂錯患諸侯彊
大不可制故請削之以尊京師萬世之利也
計畫始行卒受大戮内杜忠臣之口
外爲諸侯報仇聲類曰讜善言也將恐弘長之道別有未
周韓詩曰將恐將懼薛君曰將辭也檀道鸞晉陽
秋曰謝安爲桓溫司馬不存小察盡弘長之風悉意以陳
極言無隱漢書曰哀帝使傅喜問李尋曰間者水出地動日月
失度星辰亂行災異仍重極言無有所諱周書曰愼
問其故無
隱乃情

壬戌七月二日晨 侃覽

文選卷第三十六終

文選卷第三十七

梁昭明太子撰

文林郎守太子右内率府録事參軍事崇賢館直學士臣李善注上

表上

表者明也標也如物之標表言標著事序使之明白以曉主上得盡其忠曰表三王已前謂之敷奏故尚書云敷奏以言是也至秦并天下改爲表摠有四品一曰章謝恩曰章二曰表陳事曰表三曰奏劾驗政事曰奏四曰駮推覆平論有異事進之曰駮六國及秦漢兼謂之上書行此五事至漢魏已來都曰表進之天子稱表進諸侯稱上䟽魏已前天子亦得上䟽

孔文舉薦禰衡表　諸葛孔明出師表

曹子建求自試表　求通親親表

羊叔子讓開府表　李令伯陳情事表

陸士衡謝平原內史表　劉越石勸進表

薦禰衡表

孔文舉 范曄後漢書曰孔融字文舉魯國人也幼有異才性好學舉高第拜御史歷官至將作大匠遷少府曹操旣積嫌忌奏誅之下獄弃市

臣聞洪水橫流帝思俾乂 孟子曰當堯之時天下猶未平洪水橫流氾濫於天下尚書曰湯湯洪水方割有能俾乂孔安國傳曰俾使乂治也 旁求四方以招賢俊 尚書曰旁求天下孔安國曰旁非一方也 昔世宗繼統將弘祖業 世宗孝武廟號也李奇漢書注曰統緒也班固漢書紀述曰世宗曅曅思弘祖業 疇咨熙載群士響臻 尚書云帝曰疇咨若時登庸又曰有能熙帝之載班固漢書述曰疇咨熙載髦俊並作響臻如應感而至也孫卿子曰下之和上譬響

原文卓作逴

之應聲也陛下叡聖纂承基緒陛下謂獻帝也班固高紀述曰纂堯之緒爾雅曰纂繼也遭遇厄運勞謙日昃說文曰遇逢也周易曰勞謙君子有終吉尚書曰文王自朝至于日中昃弗遑暇食維嶽降神異人並出毛詩曰維嶽降神生甫及申竊見處士平原禰衡年二十四字正平淑質貞亮英才卓躒孟子曰得天下英才而教育之西都賓曰卓躒諸夏卓躒絶異也躒力角反初涉藝文升堂覩奧論語云子曰由也升堂矣未入於室也爾雅曰西南隅謂之奧目所一見輒誦於口耳所暫聞不忘於心性與道合思若有神淮南子曰所謂眞人者性合于道也弘羊潛計安世默識以衡準之誠不足怪漢書曰桑弘羊雒陽賈人子以心計年十三拜侍中又曰張安世字少孺爲郎上行幸河東嘗亡書三篋詔問莫能知唯安世識之具作其事後復購得書以相校無所遺失上奇其能擢爲尚書令忠果正直志懷霜雪

見善若驚疾惡若讎國語楚藍尹亹謂子西曰夫闔廬聞一善言若驚得一士若賞謝承後漢書曰張儉清絜中正疾惡若讎任座抗行史魚厲節殆無以過也呂氏春秋曰魏文侯飲問諸大夫寡人何如主也任座曰君不肖君也克中山不以封君之弟而以封君之子是以知不肖君也文侯不悅次及翟璜曰君賢君也臣聞其主賢者其臣直是以知君之賢也文侯悅文子曰傲世賤物士之抗行也廣雅曰抗舉也論語子曰直哉史魚廣雅曰厲高也鷙鳥累百不如一鶚史記趙簡子曰鷙鳥累百不如一鶚使衡立朝必有可觀論語子曰赤也束帶立于朝可使與賓客言又曰必有可觀者焉漢書成帝詔曰舉博士使卓然可觀飛辯騁辭溢氣坌涌坌涌貌也坌步寸切解疑釋結臨敵有餘七略曰解紛釋結反之於平安昔賈誼求試屬國詭係單于漢書賈誼曰何不試以臣為屬國之官以主匈奴行臣之計必係單于之頸而制其命說文曰詭責也自責必係單于也漢書曰況自詭滅賊終軍欲以長

纓。牽致勁越。漢書曰南越與漢和親乃遣終軍使南越說其王欲令入朝比内諸侯軍自請願受長纓必羈南越王而致之闕下說文曰組綦小者爲冠纓弱冠慷慨。前代美之。說文曰慷慨壯士不得志於心賈誼終軍皆年十八故曰弱冠近日路粹嚴象亦用異才擢拜臺郎。衡宜與爲比。典略曰路粹字文蔚少學於蔡邕髙才與京兆嚴象拜尚書郎象以兼有文武出爲揚州刺史粹後爲軍謀祭酒與陳琳阮瑀等典記室如得龍躍天衢振翼雲漢李陵詩曰策名於天衢班固漢書述曰攀龍附鳳並集天衢毛詩曰倬彼雲漢揚聲紫微垂光虹蜺。春秋合誠圖曰北辰其星七在紫微中也尸子曰虹蜺爲析翳足以昭近署之多士增四門之穆穆。兩都賦序曰内設金馬石渠之署尚書曰賓于四門四門穆穆鈞天廣樂必有奇麗之觀。史記趙簡子曰我之帝所甚樂與百神遊於鈞天廣樂九奏万儛不類三代之樂其聲動心帝室皇居。必蓄非常之寶。應劭漢官儀曰帝室猶古言王室尚書曰所寶惟賢則迩人安若衡等輩不可多得激楚陽阿至妙之容掌技者之所貪楚辭曰宮庭震驚發激楚王逸曰激楚清聲也淮南子曰足蹀陽阿之舞飛兎騕褭絕足奔放良樂之所急也呂氏春秋曰飛兎騕褭古之俊馬也又曰古善相馬者若趙之王良秦之伯樂尤盡其妙也臣等區區敢不以聞李陵書曰區區之心廣雅曰區區愛也陛下篤慎取士必須效試乞令衡以褐衣召見漢書劉敬曰臣衣褐衣褐見無可觀采臣等受面欺之罪漢書曰上以張湯懷詐面欺

出師表蜀志曰建興五年亮率軍北駐漢中臨發上疏

諸葛孔明蜀志云諸葛亮字孔明琅邪人也時先主屯新野徐庶謂先主曰諸葛孔明乃卧龍也將軍豈欲見之乎先主遂詣見之及即帝位拜爲丞相

忌蜀志及別本

引喻失義出以蜀矣
白帝馬璋自待也

後主即位
十二年卒

臣亮言先帝創業未半而中道崩徂孟子曰君子創業垂統今天下三分益州罷弊此誠危急存亡之秋也歲以秋爲功畢故以諭時之要也馮衍與田邑書曰忠臣立功之日志士馳馬之秋然侍衛之臣不懈於內忠志之士忘身於外者蓋追先帝之遇欲報之於陛下也遇謂以恩相接也史記豫讓曰以國士遇我誠宜開張聖聽以光先帝遺德恢志士之氣漢書谷永上書曰王法納乎聖聽莊子盜跖曰此父母之遺德也不宜妄自菲薄引喻失義以塞忠諫之路也方言曰菲薄也郭璞曰微薄也宮中府中俱爲一體陟罰臧否不宜異同毛詩曰嗚呼小子未知臧否何休公羊傳注曰否不也若有作姦犯科及爲忠善者宜付有司論其

刑賞以昭陛下平明之理不宜偏私使内外異法也侍中侍郎郭攸之費禕於宜反董允等楚國先賢傳曰郭攸之南陽人以器業知名蜀志曰費禕字文偉江夏人也後主襲位亮上疏曰侍中郭攸之費禕然攸之與禕俱爲侍中又曰董允字休昭後主襲位遷黃門侍郎此皆良實志慮忠純是以先帝簡拔以遺陛下愚以爲宮中之事事無大小悉以咨之然後施行必能裨補闕漏有所廣益也將軍向寵蜀志曰向寵襄陽人也建興元年爲中部督典宿衛兵還中領軍性行淑均曉暢軍事廣雅曰暢達也試用於昔日先帝稱之曰能是以衆議舉寵爲督愚以爲營中之事悉以諮之必能使行陣和穆優劣得所也親賢臣遠小人此先漢所以興隆也親小人遠賢臣此後漢

臣 蜀志

所以傾頽也先帝在時每與臣論此事未嘗不嘆息痛恨於桓靈也（桓靈後漢二帝用閹竪所敗也）侍中尚書長史参軍此悉貞亮死節之臣也（蜀志曰建興二年陳震拜尚書又曰諸葛亮出駐漢中張裔領留府長史又曰蔣琬遷参軍統留府事）願陛下親之信之則漢室之隆可計日而待也臣本布衣躬耕於南陽（說苑唐且謂秦王曰王聞布衣之士怒乎）苟全性命於亂世不求聞達於諸侯（論語子張曰在邦必聞又孔子曰在邦必達）先帝不以臣卑鄙猥自枉屈（猥猶曲也言已曲蒙先帝自枉屈而來也）三顧臣於草廬之中諮臣以當世之事（漢晉春秋曰諸葛亮家于南陽之鄧縣荆州圖副曰鄧城舊縣西南一里隔沔有諸葛亮宅是劉備三顧處劉歆七言詩曰結構野草起室廬）由是感激遂許先帝以驅馳（趙岐孟子章指曰千載聞之猶有感激也）後值傾

覆受任於敗軍之際，奉命於危難之間，爾來二十有一年矣。〔裴松之蜀志注曰：案劉備以建安十三年敗，遣亮使吳，亮以建興五年抗表北伐，自傾覆至此整二十年。然則備始與亮相遇在軍敗前一年也。〕先帝知臣謹慎，故臨崩寄臣以大事也。〔蜀志曰：先主於永安病篤，召亮成都，屬以後事，謂亮曰：君才十倍曹丕，必能安國，終定大業。若嗣子可輔，輔之；如其不才，君可自取。亮涕泣曰：臣敢竭股肱之力，效忠貞之節，繼之以死。〕受命以來，夙夜憂歎，恐託付不效，以傷先帝之明，故五月度瀘，深入不毛。〔蜀志曰：建興元年，南中諸郡並皆叛亂。三年春，亮率衆征之，其秋悉平。漢書曰：瀘水出牂柯郡句町縣。史記鄭襄公曰：君王錫不毛之地，使復得改事君王。何休曰：墝埆不生五穀曰不毛。句，求俱切。町，庭冷切。〕今南方已定，兵甲已足，當奬帥三軍，北定中原，〔爾雅曰：奬，勸也。〕庶竭駑鈍，攘除姦凶者，〔廣雅曰：駑，駘也，謂馬遲鈍。毛萇詩傳曰：攘，除也。〕興

此據蜀志本傳董允侍則[illegible]所改並詳文義允傳所載是也作若無興德之言則戮允等以章其慢詳文義允侍所載是也

復漢室還于舊都此臣之所以報先帝而忠陛下之職分也至於斟酌損益進盡忠言則攸之禕允之任也願陛下託臣以討賊興復之效不效則治臣之罪以告先帝之靈若無興德之言則戮責攸之禕允等之慢咎以彰其慢咎蜀志載亮表云若無興德之言則戮允等以章其慢今此無上六字於義有闕誤矣陛下亦宜自課以咨諏足俱善道察納雅言深追先帝遺詔王逸楚辭注曰課試也毛詩曰載馳載驅周爰咨諏毛萇曰訪問於善爲咨咨事爲諏論語曰子所雅言南都賦曰奉先帝而追孝臣不勝受恩感激今當遠離臨表涕泣不知所云

求自試表

魏志曰太和二年植還雍上植常自憤怨抱利器而無所施上疏求自試

曹子建

馬釋作薛君章句

臣植言臣聞士之生世入則事父出則事君論語子曰出則事公卿入則事父兄事父尚於榮親事君貴於興國故慈父不能愛無益之子仁君不能畜無用之臣墨子曰雖有賢君不愛無功之臣雖有慈父不愛無益之子夫論德而授官者成功之君也量能而受爵者畢命之臣也史記樂毅報燕惠王書曰察能而授官者成功之君也孫卿子曰論德而定次量能而授官君子之所長也尸子曰君子量才而受爵量功而受祿故君無虛授臣無虛受王符潛夫論曰故明王不敢以私授忠臣不敢以虛受虛授謂之謬舉虛受謂之尸祿詩之素餐所由作也韓詩曰何謂素餐素者質也人但有質朴而無治民之材名曰素餐尸祿者頗有所知善惡不言默然不語苟欲得祿而已譬若尸矣昔二虢不辭兩國之任其德厚也左氏傳晉侯假道於虞以伐虢宮之奇諫曰虢仲虢叔王季之

（穆也。爲王卿士，勳在盟府。孫卿子曰：德厚者進，廉節者起。）旦奭不讓燕魯之封，其功大也。（史記曰：武王殺紂，封周公旦於少昊之墟曲阜，是爲魯公。又曰：周武王封召公奭於燕。）今臣蒙國重恩，三世于今矣。（三世謂文、武、明也。）正値陛下升平之際，（陛下，明帝也。孝經鉤命決曰：明王用孝，升平致譽。）沐浴聖澤，潛潤德教，可謂厚幸矣。（史記太史公：成王作頌，沐浴膏澤。孝經曰：德教加于百姓。）而位竊東藩，爵在上列，（論語子曰：臧文仲其竊位者與。漢書中山靖王曰：位雖卑也，得爲東藩。）身被輕煖，口厭百味，（孝經援神契曰：甘肥適口，輕煖適神。墨子曰：衣服之法，冬則練帛之中，足以爲輕且煖。崔駰七依曰：雍人調膳，展選百味。）目極華靡，耳倦絲竹者，爵重祿厚之所致也。（鄭玄禮記注曰：致之言至也。）退念古之受爵祿者，有異於此，皆以功勤濟國，輔主惠民。（爾雅曰：濟，益也。）人臣無德可述，無功可紀，若此終年無益國朝將挂風人彼已之譏（毛詩彼已之子不稱其服）是以上慙玄冕俯愧朱紱（周禮曰王之五冕玄冕朱裏禮記曰諸侯佩山玄玉而朱組綬蒼頡篇曰紱綬也）方今天下一統九州晏如（尚書大傳曰周公一統天下合和四海然一統謂其統緒也）顧西尚有違命之蜀東有不臣之吳使邊境未得稅甲謀士未得高枕者（爾雅曰稅舍也漢書賈誼曰陛下高枕垂統無山東之憂）誠欲混同宇内以致太和也（法言曰或問太和曰其在唐虞成周也李軌曰天下太和）故啓滅有扈而夏功昭（尚書曰啓與有扈戰于甘之野史記曰啓遂滅有扈氏天下咸朝夏）成克商奄而周德著（尚書曰武王崩三監及淮夷叛周公相成王將黜殷命孔安國曰三監管蔡商也淮夷徐奄之屬史記曰成王東伐淮夷徐奄）今陛下以聖明統世將欲卒文武之功繼成康之隆（假周之令德以

喻魏之先王也臣瓚漢書注曰統總覽也毛詩序曰文武之功起於后稷春秋歷序曰成康之隆醴泉涌簡良授能以方叔邵虎之臣鎮衛四境爲國爪牙者可謂當矣爾雅曰簡擇也毛詩曰方叔涖止其車三千又曰江漢之滸王命邵虎又曰祈父予王之爪牙然而高鳥未挂於輕繳淵魚未懸於鉤餌者恐鉤射之術或未盡也高鳥淵魚喻吳蜀二主也昔耿弇不俟光武亟擊張步言不以賊遺於君父也東觀漢記曰耿弇討張步陳俊謂弇曰虜兵盛可且閉營休士以須上來弇曰乘輿且到臣子當擊牛釃酒以待百官反欲以賊虜遺君父邪及出大戰自旦及昏大破之弇古含切故車右伏劒於鳴轂雍門刎首於齊境說苑曰越甲至齊雍門狄請死之齊王曰鼓鐸之聲未聞矢石未交長兵未接子何務死知爲人臣之禮邪雍門狄對曰臣聞之昔王田於囿左轂鳴車右請死之王曰子何爲死車右曰爲其鳴吾君也王曰左轂鳴此者工師之罪也子何爲死車右曰五吾不見工師之乘而見其鳴吾君也遂刎頸而死有之乎齊王曰有之雍門狄曰今越甲至

燿 魏志及別本及 魏志

魏志

其嗚吾君豈左轂之下哉車右可以死左轂而臣獨不可以死越甲邪遂刎頸而死是日越人引甲而退七十里齊王葬雍門子以上卿若此二子豈惡生而尚死哉誠忿其慢主而陵君也夫君之寵臣欲以除害興利尸子曰禹興利除害爲萬民種也臣之事君必以殺身靜亂以功報主也昔賈誼弱冠求試屬國請係單于之頸而制其命終軍以妙年使越欲得長纓占其王羈致北闕賈誼終軍已見薦禰衡表爾雅曰占隱也郭璞曰隱度之此二臣豈好爲夸主而燿世俗哉志或鬱結欲逞才力輸能於明君也昔漢武爲霍去病治第辭曰匈奴未滅臣無以家爲漢書文也固夫憂國忘家捐軀濟難忠臣之志也趙岐孟子章指曰憂國忘家今臣居外非不厚也而寢不安席食不遑味者伏以二方

魏志作舟

未尅爲念。戰國策曰秦王告蒙驁曰寡人一城圍食不甘味臥不便席伏見先武皇帝武臣宿兵年耆即世者有聞矣左氏傳子朝曰太子壽早夭即世雖賢不乏之世宿將舊卒猶習戰也史記曰王翦宿將始皇師之竊不自量志在效命庶立毛髮之功以報所受之恩若使陛下出不世之詔效臣錐刀之用文子曰欲治之主不世出東觀漢記黃香上疏曰以錐刀小用蒙見宿留也使得西屬大將軍當一校之隊魏志曰太和二年遣大將軍曹真擊諸葛亮於街亭司馬彪漢書曰大將軍營伍部校尉一人若東屬大司馬統偏師之任魏志曰太和二年大司馬曹休率諸軍至皖臣璜漢書注曰統由摠覽也必乘危躡險騁舟奮驪禮記曰夏后尚黑戎事乘驪鄭玄云馬黑色曰驪突刃觸鋒爲士卒先漢書伍被曰大將軍當敵勇常爲士卒先雖未能禽權馘亮庶將虜其

魏志作舟

策 魏志

雄卒殲其醜類鄭玄毛詩箋曰馘所獲之左耳也爾雅曰殲盡也又曰醜衆也必效須臾之捷以滅終身之愧杜預左氏傳注曰捷獲也使名挂史筆事列朝榮雖身分蜀境首懸吳闕猶生之年也北征賦曰首身分而不寤漢武帝遣使者告單于曰南越王頭已懸於漢北闕傅武仲與荆文姜書曰雖死之日猶生之年如微才不試沒世無聞論語曰君子疾沒世而名不稱徒榮其軀而豐其體生無益於事死無損於數虛荷上位而忝重祿禽息鳥視終於白首鄭玄周禮注曰凡鳥獸未孕曰禽此徒圈牢之養物非臣之所志也說文曰圈養獸閑也鄭玄周禮注曰牢閑也流聞東軍失備師徒小衄漢書王音曰失行流聞魏志曰休至皖與吳將陸遜戰於石亭敗績衄猶挫折也輟食棄餐奮袂攘衽撫劍東顧而心已馳於吳會矣鄭玄周禮注曰攘却

也謂刼扱衽也左氏傳曰子朱撫劒從之臣昔從先武皇帝南極赤岸東臨滄海西望玉門北出玄塞七發曰凌赤岸篲扶桑山謙之南徐州記曰京江禹貢北江有大濤濤至乘北激赤岸尤更迅猛漢書燉煌郡龍勒縣有玉門關玄塞長城也北方色黑故曰玄伏見所以行軍用兵之勢可謂神妙矣孫子曰兵與敵變化而取勝者謂之神故兵者不可預言臨難而制變者也孫卿曰水因地而制行兵因敵而制勝志欲自效於明時立功於聖世每覽史籍觀古忠臣義士出一朝之命以殉國家之難司馬遷書曰李陵奮不顧身以殉國家之急身雖屠裂而功銘著於景鍾名稱垂於竹帛未嘗不拊心而歎息也國語晉悼公曰昔克潞之役秦來圖敗晉攻魏顆以其身却退秦師于輔氏親止杜回其勳銘於景鍾韋昭曰景鍾景公鍾也墨子曰以其功書於竹帛傳遺後子孫也臣聞明主使臣不廢有罪故奔北敗軍之將用秦

魯以成其功史記曰秦繆公使百里奚子孟明視蹇叔子西乞術及白乙丙將兵襲鄭晉發兵遮秦兵於殽虜秦三將以歸後還秦三將穆公復三人官秩優使將兵伐晉大敗晉人以報殽之役又曰曹沫者魯人也以勇力事魯莊公爲魯將與齊戰三敗三北魯莊公懼乃獻遂邑之地以和猶復以爲將齊桓公許與魯會于柯而盟桓公與莊公既盟於壇上曹沫執上首劫齊桓公公問曰子將何欲曹沫曰齊强魯弱而大國侵魯亦已甚矣今魯城壞即壓境君其圖之桓公乃許盡還魯之侵地曹沫三戰所亡盡復于魯

絶纓盜馬之臣赦楚趙以濟其難說苑曰楚莊王賜羣臣酒日暮華燭滅有引美人衣者美人援絶冠纓告王知之王曰賜人酒醉欲顯婦人之節吾不取也乃命左右勿上火與寡人飲不絶纓者不懽也羣臣纓皆絶盡懽而去後與晉戰引美人衣者五合五獲以報莊王呂氏春秋曰昔者秦繆公乘馬右服失之野人取之繆公自往求之見野人方將食之於岐山之陽繆公笑曰食駿馬之肉不飲酒余恐傷汝也徧飲而去韓原之戰晉人已環繆公之車矣晉梁繇靡已扣公左驂矣野人嘗食馬於岐山之陽者三百有餘人畢力爲繆公疾鬭於車下遂大克晉及獲惠公以歸此秦而謂之趙者臣史記曰趙氏之先與秦共祖然則以其同祖故曰趙焉

竊感先帝早崩，威王棄代，先帝謂文帝也。魏志曰：任城王彰薨，謚曰威。臣獨何人以堪長久？常恐先朝露，填溝壑，漢書李陵謂蘇武曰：人如朝露。列女傳梁寡婦曰：妾之夫先犬馬填溝壑。墳土未乾，而身名並滅。漢書霍禹曰：將軍墳土未乾。李玄武功歌曰：身非金石，名俱滅焉。臣聞騏驥長鳴，伯樂昭其能；戰國策楚客謂春申君曰：昔騏驥駕車吳坂，遷延負轅而不能進，遭伯樂，仰而長鳴，知伯樂知己也。今僕屈厄日久，君獨無意使僕爲君長鳴也。盧狗悲號，韓國知其才。戰國策曰：齊欲伐魏，湻于髡謂齊王曰：韓子盧者，天下之壯犬也；東郭俊者，海內之狡兔也。韓子盧逐東郭俊，環山者三，騰山者五，兔極於前，犬廢於後，犬兔俱罷，各死其處。田父見之，而擅其功。今齊魏相持，臣恐强秦大楚承其後，有田父之功。高誘曰：韓國之盧犬，古之名狗也。然悲號之義未聞也。是以效之齊楚之路，以逞千里之任；齊楚言遠也。孫卿子曰：夫驥一日而千里也。試之狡兔之捷，以驗搏噬之用。今臣志狗馬之微功竊自惟度終無伯樂韓國之舉是以於邑而竊自痛者也楚辭曰長呼吸以於悒王逸曰於悒啼貌夫臨博而企竦聞樂而竊抃者或有賞音而識道也說文曰博局戲也大箸十二棊又曰企舉踵也竦猶立也說文曰抃拊也昔毛遂趙之陪隸猶假錐囊之喻以寤主立功史記曰秦之圍邯鄲趙使平原君求救合從於楚約與食客門下有勇力武備具者二十人俱得十九人餘無可取者毛遂前自讚於平原君平原君曰先生處勝之門下幾年於此矣遂曰三年于此矣平原君曰夫賢士之處俗譬若錐之處囊中其末立見今先生處勝之門下三年勝未有所聞毛遂曰臣乃今日請處囊中耳使遂蚤得處囊中乃穎脫而出非特其末見而已也平原君竟與毛遂偕十九人平原君與楚合從日出而言日中不決毛遂按劒歷階而上曰何合從者爲楚非爲趙也楚王曰唯謹奉社稷以從況巍巍大魏多士之朝而無慷慨死難之臣乎夫自衒

别本

玄徧自媒者士女之醜行也越絶書曰范蠡其始居楚之越越王與言盡日大夫石賈進曰行女不貞衒士不信客歷諸侯渡河津無因自致殆不真賢也干時求進者道家之明忌也莊子曰功成者墮名成者虧孰能去功與名而還與衆人而臣敢陳聞於陛下者誠與國分形同氣憂患共之者也呂氏春秋曰父母之於子也子之於父母也一體而分形同氣血而異息痛疾相救憂思相感生則相驩死則相哀此之謂骨肉之親也冀以塵露之微補益山海謝承後漢書楊喬曰猶塵附泰山露集滄海雖無補益款誠至情猶不敢嘿也螢燭末光增輝日月淮南子曰人主之居也如日月之明也是以敢冒其醜而獻其忠必知爲朝士所笑聖主不以人廢言論語子曰君子不以人廢言伏惟陛下少垂神聽臣則幸矣

求通親親表魏志曰太和五年植上疏求存問親戚自因致其意也

曹子建

臣植言臣聞天稱其高者以無不覆地稱其廣者以無不載日月稱其明者以無不照禮記子夏問曰何謂三無私孔子曰天無私覆地無私載日月無私照此之謂三無私江海稱其大者以無不容管子曰海不辭水故能成其大墨子曰江河不惡小谷之潦已也故能大故孔子曰大哉堯之爲君惟天爲大惟堯則之論語文也夫天德之於萬物可謂弘廣矣蓋堯之爲教先親後䟽自近及遠其傳曰克明俊德以親九族九族既睦平章百姓孔安國曰能明俊德之士任用之以睦高祖玄孫之親也又曰既已也百姓百官也言化九族而平和章明也及周之文王亦崇厥化鄭玄禮記注曰崇猶尊也其詩曰刑于寡妻至于兄弟以御于家邦

賈逵以宗爲尊雖虞以宗盟爲同宗之盟杜預以爲宗伯屬官屬作盟詛之載辭

資當來改

毛萇曰刑法也鄭玄云御治也寡妻寡有之妻文王以禮接其妻至於宗族又能爲政治於家邦是以雍雍穆穆風人詠之毛詩曰有來雍雍又曰天子穆穆昔周公弔管蔡之不咸廣封懿親以藩屛王室左氏傳富辰曰周公弔二叔之不咸故封建親戚以藩屛周室馬融曰二叔管蔡也傳曰周之宗盟異姓爲後左氏傳曰滕侯薛侯來朝爭長公使羽父請於薛侯曰周之宗盟異姓爲後誠骨肉之恩爽而不離漢書宣帝詔曰盖聞象有罪舜封之骨肉之親粲而不殊如淳曰粲或爲散爾雅曰爽差也親親之義寔在敦固禮記曰君子賢其賢而親其親未有義而後其君仁而遺其親者也孟子曰未有仁而遺其親者也未有義而後其君者也伏惟陛下咨帝唐欽明之德尚書曰放勳欽明體文王翼翼之仁毛詩曰惟此文王小心翼翼惠洽椒房恩昭九親漢舊儀曰皇后稱椒房詩椒聊之實蔓延盈升美其緐興九親猶九

魏志植每欲求別見獨談論及時政幸冀試用終不能得 又云時法制待藩國既自峻迫僚屬皆賈豎下材才兵人給其殘老大數不過二百人又植以前過事事復減半

族群后百僚番休遞上列子曰巨鼇迭爲三番江偉上便宜曰上下郎吏許作四五番休執政不廢於公朝下情得展於私室親理之路通慶弔之情展誠可謂恕己治人推惠施恩者矣論語子貢問曰一言可以終身行之者乎子曰其恕乎己所不欲勿施於人三略曰良將恕己而治人又曰推惠施恩士力日新至於臣者人道絕緒禁固明時臣竊自傷也左氏傳曰申公巫臣奔晉子反請以重幣錮之杜預曰禁固勿仕也錮與固通不敢乃望交氣類脩人事敘人倫謝承後漢書曰桓礹鄙管氣類毛詩序曰成孝敬厚人倫近且婚媾不通兄弟永絕吉凶之問塞慶弔之禮廢恩紀之違甚於路人蘇子卿詩曰誰爲行路人隔閡之異殊於胡越淮南子曰自其異者視之肝膽胡越許慎曰胡在北方越在南方今臣以一切之制永無朝覲之望漢書音義曰一切權時也至於法憲

無惟豈魏志及刊本作有然當依此

若下有以字志當依此

皇極。結情紫闥。神明知之矣。尚書考靈耀曰建用皇極宋均曰建立也皇大極天也崔駰達旨曰攀台階闚紫闥然天寔爲之。謂之何哉。毛詩國風文退省

諸王常有戚戚具爾之心。毛詩曰戚戚兄弟莫遠具爾願陛下沛然

垂詔。孟子曰油然作雲沛然下雨使諸國慶問四節得展以敘骨肉

之歡恩全怡怡之篤義。論語子曰兄弟怡怡如也妃妾之家膏沐之

遺歲得再通。毛詩曰豈無膏沐齊義於貴宗等惠於百司。如此

則古人之所歎風雅之所詠復存於聖世矣。臣伏自思惟

豈無錐刀之用。東觀漢記黃香上疏曰以錐刀小用蒙見宿留及觀陛下之

所拔授。若臣爲異姓。竊自料度不後於朝士矣。若得

辭遠遊戴武弁。蔡邕獨斷曰遠遊冠者王侯所服傅子曰侍中冠武弁解朱組佩

青紱朱組綬已見自試表注漢書曰凡二千石以上銀印青綬駙馬奉車趣得一號漢書曰奉車都尉掌御乘輿車駙馬都尉掌駙馬說文曰駙近也安宅京室執鞭珥筆論語子曰富而可求雖執鞭之士吾亦爲之范曄後漢書岑彭謂朱鮪曰彭往者得執鞭侍從珥筆戴筆也漢書趙卬曰張安世持槖簪筆張晏曰近臣負槖簪筆從也出從華蓋入侍輦轂劉歆遂初賦曰奉華蓋於帝側胡廣漢官解故注曰轂下謂在輦轂之下京兆之中承答聖問拾遺左右漢書曰議郎掌顧問應對又曰蕭望之劉更生並拾遺左右乃臣丹情之至願不離於夢想者也遠慕鹿鳴君臣之宴毛詩序曰鹿鳴宴群臣嘉賓也中詠常棣匪他之誡毛詩序曰常棣燕兄弟也毛詩曰豈伊異人兄弟匪他下思伐木友生之義毛詩序曰伐木燕朋友故舊也詩曰矧伊人矣不求友生終懷蓼莪罔極之哀毛詩蓼莪曰父兮生我母兮鞠我欲報之德昊天罔極每四節之會塊然

别本校語魏志作並無終字

獨處左右惟僕隸所對惟妻子高談無所與陳發義無所與展未嘗不聞樂而拊心臨觴而歎息也漢書曰中山靖王勝來朝天子置酒勝聞樂聲而泣對曰臣聞悲者不可爲絫欷思者不可爲歎息今臣心結日久每聞幼妙之聲不知泣涕之横集臣伏以爲犬馬之誠不能動人譬人之誠不能動天崩城隕霜臣初信之以臣心況徒虛語耳列女傳曰杞梁妻者齊杞梁殖之妻也齊莊公襲莒殖戰死杞梁之妻無子内外皆無五屬之親既無所歸乃就其夫屍於城下而哭之内誠動人道路過者莫不爲之揮涕十日而城爲之崩淮南子曰鄒衍盡忠於燕惠王惠王信譖而繫之鄒子仰天而哭正夏而天爲之降霜也若葵藿之傾葉太陽雖不爲之迴光然終向之者誠也淮南子曰聖人之於道猶葵之與日雖不能終始哉其鄉之者誠也臣竊自比葵藿若降天地之施垂三光之明者寔在

陛下臣聞文子曰不爲福始不爲禍先（文子曰與道爲際與德爲隣不爲福始不爲禍先范子曰文子者姓辛葵丘濮上人也稱曰計然南遊於越范蠡師事）今之否隔友于同憂而臣獨唱言者何也（廣雅曰否隔也尚書曰友于兄弟）竊不願於聖代使有不蒙施之物有不蒙施之物必有慘毒之懷故柏舟有天只之怨谷風有棄予之歎（毛詩柏舟曰母也天只不諒人只毛萇曰諒信也母也天也尚不信我也又谷風曰將安將樂汝轉棄予）伊尹恥其君不爲堯舜（尚書曰昔先正保衡作我先王乃曰予弗克俾厥后惟堯舜其心愧耻若撻于市）孟子曰不以舜之所以事堯事其君者不敬其君者也臣之愚蔽固非虞伊至於欲使陛下崇光被時雍之美宣緝熙章明之德者（尚書曰允恭克讓光被四表協和萬邦黎民於變時雍毛詩曰維清緝熙文王之典章明已見上文尚書曰百姓昭明）是臣

吴季重答魏太子牋考異作字也

僂僂之誠，竊所獨守。尚書傳曰：僂僂，謹慎也。寔懷鶴立企佇之心，敢復陳聞者，戰國策曰：吳入郢，樊冒勃蘇潜行十日而薄秦，鶴立不轉。冀陛下儻發天聰而垂神聽也。尚書曰：天聰明。神聽已見自試表。

讓開府表

羊叔子　臧榮緒晉書曰：羊祜，字叔子，太山人也。能屬文，爲中書郎。陳留王立，封鉅平子。世祖受禪，加散騎常侍。後以祜都督荆州諸軍事，又爲車騎將軍、開府儀同三司。祜表讓。後以祜爲征南大將軍、開府辟召、儀同三司。薨。

臣祜言：臣昨出，伏聞恩詔，拔臣使同台司。昨出，爲沐浴而出在外。台司，三公也。爲台司，故言儀同三司。威儀百物，使同三司也。臣自出身已來，適十數年，受任外內，每極顯重之地。王隱晉書曰：太祖引祜爲從事中郎，遷中領軍，事兼內外。

常以智力不可强進恩寵不可久謬夙夜戰慄以榮爲
憂中謝裴氏新語曰若薦其君將有所乞請中謝言臣誠惶誠恐頓首死罪臣聞古人之言
德未爲衆所服而受高爵則使才臣不進功未爲衆所
歸而荷厚禄則使勞臣不勸管子曰國有德義未明於朝而處尊位者則良臣不
進有功未見於國而有重禄者則勞臣不勸今臣身託外戚事遭運會王隱晉書
曰祜同産姊配景帝爲弘訓太后誠在寵過不患見遺而猥超然降發
中之詔加非次之榮猥猶曲也孔融荅曹公書曰來書懇切訓誨發中臣有何
功可以堪之何心可以安之以身誤陛下辱高位傾覆
亦尋而至國語單襄公曰高位寔疾顚左氏傳呂相曰傾覆我社稷願復守先人弊
廬豈可得哉莊子曰顔闔守陋閭左氏傳齊侯遇杞梁之妻于郊使弔之辭曰有先人之弊廬在

下妾不得與郊弔違命誠忤天威曲從即復若此左氏傳齊侯對宰孔曰天威不違顏咫尺蓋聞古人申於見知晏子春秋越石父謂晏子曰臣聞之士者屈於不知己而申乎知己大臣之節不可則止論語子曰周任有言曰陳力就列不能者止臣雖小人敢緣所蒙忩存斯義今天下自服化已來方漸八年列子曰子產相鄭三年善者服其化雖側席求賢不遺幽賤國語曰越王夫人側席而坐韋昭曰側猶特也禮憂者側席而坐然臣等不能推有德進有功使聖聽知勝臣者多而未達者不必假令有遺德於板築之下有隱才於屠釣之間尚書序曰高宗夢得說說築傅巖之野孟子曰傅說舉於版築之間郭璞三蒼解詁曰板墻上下板築杵頭鐵沓也尉繚子曰太公屠牛朝歌史記曰太公望呂尚以漁釣奸周西伯而令朝議用臣不以為非臣處之不以為

原文德作恩

愧所失豈不大哉遺賢不薦而謬處崇班非直身殃抑爲朝累今乃朝議用臣不以爲非已
累朝矣處之又不以爲愧已殃身矣此失豈不大哉言甚大也且臣忝竊雖久未若今
日兼文武之極寵等宰輔之高位也文武謂車騎及開府等宰輔謂儀同
三司臣所見雖狹據今光禄大夫李喜秉節高亮正身在
朝晉諸公讚曰喜字季和上黨人少有高行爲僕射年老遜位拜光禄大夫光禄大夫魯芝
絜身寡欲和而不同臧榮緒晉書曰魯芝字世英扶風人也耽思墳籍爲鎮東將軍徵光
禄大夫四子講德論曰絜身修德老子曰少私寡欲論語曰和而不同光禄大夫李胤莅
政弘簡在公正色王隱晉書曰李胤字宣伯遼東人也稍遷至尚書僕射轉光禄大夫孔安
國尚書傳曰簡大也尚書曰正色率下皆服事華髮以禮終始周禮曰大司徒領職
曰服事鄭司農曰服事謂公家服事新序閭丘卬曰士亦華髮墮頒而後用耳雖歷内外之寵

出處之際宜慎固也然詘
夏廢興目僚役隸素非
顕厚何以責以守忠揚
雄李寒並崇訴諂此後
人奴於一姓之鄙見也惟置
身虜廷若李陵衛律
輩乃真罪通天耳

不異寒賤之家而猶未蒙此選臣更越之何以塞天下之望少益日月聖主得賢臣頌曰不足以塞厚望日月喻君已見上求自試表是以誓心守節無苟進之志左傳季札曰曹宣公之卒也諸侯與曹人不義曹君將立子臧子臧去之遂弗爲也以成曹君君子曰能守節矣今道路未通方隅多事乞留前恩使臣得速還屯王隱晉書曰太始五年出爲都督荆州諸軍事不爾留連必於外虞有闕臣不勝憂懼謹觸冒拜表惟陛下察匹夫之志不可以奪論語子曰匹夫不可奪志

陳情事表

李令伯華陽國志曰李密字令伯父早亡母何氏更適人密見養於祖母事祖母以孝聞侍疾日夜未嘗解帶蜀平後晉武帝徵爲太子洗馬詔書累下郡

見蜀志注晉書及別本校語

縣逼迫密上書武帝覽其表曰密不空有名者也嘉其誠欵賜奴婢二人使郡縣供其祖母奉膳祖母卒服終徙尚書郎爲河内温令左遷漢中太守一年去官卒密一名虔

臣密言臣以險釁夙遭閔凶賈逵國語注曰釁兆也左氏傳楚少宰曰寡君少遭閔凶生孩六月慈父見背孟子曰孩提之童趙岐曰知孩笑可提抱也文子曰慈父之愛子非求報行年四歲舅奪母志莊子田開之曰單豹行年七十毛詩序曰衛世子蚤死其妻守義父母欲奪而嫁之祖母劉愍臣孤弱躬親撫養毛詩曰父兮生我母兮鞠我撫我畜我長我育我毛萇曰鞠養也臣少多疾病九歲不行零丁孤苦至于成立李陵贈蘇武詩曰遠處天一隅苦困獨伶丁國語曰晉趙文子冠韓獻子戒之曰此之謂成人論語曰二十而立既無伯叔終鮮兄弟毛詩曰終鮮兄弟維予與女門衰祚薄晚有兒息字書曰祚福也外無朞功強近之親內無應門五尺

之僮孫卿子曰仲尼之門五尺豎子羞言五伯煢煢獨一作子立形影相弔曹植責躬表曰形影相弔五情愧赧而劉夙嬰疾病常在牀蓐臣侍湯藥未曾廢離逮奉聖朝沐浴清化前太守臣逵察臣孝廉後刺史臣榮舉臣秀才臣以供養無主辭不赴命詔書特下拜臣郎中尋蒙國恩除臣洗馬朱浮書曰同被奔恩如淳漢書注曰凡言除者除故官就新官也漢書曰太子屬官有洗馬如淳曰前驅也猥以微賤當侍東宮非臣隕首所能上報廣雅曰猥頓也漢書谷永上書王鳳曰齊客隕首公門以報恩施中記曰孟嘗君相齊使其舍人魏子收邑三反而不致孟嘗君問其故對曰有賢竊假之數年或毀孟嘗孟嘗乃奔魏子所與粟賢者聞之乃上書言孟嘗不作亂請身盟遂自刎宮門以明孟嘗臣具以表聞辭不就職詔書切峻責臣逋慢郡縣逼迫催臣上道州司臨

偽朝猶士衡之言出自敵國耳不足以為病楊慎妄造荒朝之說豈知荒之與偽初無輕重哉

門急於星火臣欲奉詔奔馳則劉病日篤欲茍順私情則告訴不許臣之進退實為狼狽孔叢子孔子曰吾於狼狽見聖人之志荀悅漢紀論曰周勃狼狽失據塊然囚執伏惟聖朝以孝治天下凡在故老猶蒙矜育爾雅曰矜憐也況臣孤苦特為尤甚且臣少仕偽朝歷職郎署本圖宦達不矜名節鄭玄禮記注曰矜謂自尊大也今臣亡國賤俘至微至陋賈逵國語注曰伐國取人曰俘過蒙拔擢寵命優渥毛詩曰既優既渥豈敢盤桓有所希冀周易曰初九盤桓利居貞但以劉日薄西山氣息奄奄楊雄反騷曰臨汨羅而自隕兮恐日薄於西山廣雅曰奄困洎也人命危淺朝不慮夕左氏傳趙孟曰朝不謀夕何其長也臣無祖母無以至今日祖母無臣無以終餘年鸚鵡賦曰匪餘年之足惜母孫二人更

余氏姓云此矜持之矜非驕矜之矜古曰書矜細行

相爲命是以區區不能廢遠臣密今年四十有四祖母劉今年九十有六是臣盡節於陛下之日長報養劉之日短也烏鳥私情願乞終養葛龔喪伯父還傳記曰烏鳥之情誠竊傷痛毛詩曰蓼莪孝子不得終養也臣之辛苦非獨蜀之人士及二州牧伯所見明知皇天后土實所共鑒左氏傳晉大夫曰皇天后土實聞君之言願陛下矜愍愚誠聽臣微志庶劉僥倖保卒餘年禮記曰子曰小人行險以僥倖僥與徼同古堯切臣生當隕首死當結草隕首已見上文左氏傳曰晉魏顆敗秦師於輔氏獲杜回秦之力人也初魏武子有嬖妾無子武子疾命顆必嫁是疾病曰必爲殉顆嫁之曰疾病則亂吾從其治也及輔氏之役魏顆見老人結草以亢杜回杜回躓而顛故獲之夜夢之曰余而所嫁婦人之父也臣不勝犬馬怖懼之情謹拜表以聞史記丞相青翟曰臣不勝

此十字別本中謝即其省文也

犬馬心

謝平原內史表

臧榮緒晉書曰成都王表理機起爲平原內史到官上表

陸士衡

陪臣陸機言蔡邕獨斷曰諸侯境內自相以下皆爲諸侯稱臣於朝皆稱陪臣今月九日魏郡太守遣兼丞張含齎板詔書印綬假臣爲平原內史凡王封拜謂之板官時成都攝政故稱板詔拜受祗竦不知所裁范曄後漢書陳蕃上疏曰臣誠悼心不知所裁臣機頓首頓首死罪死罪臣本吳人出自敵國漢書蒯通說韓信曰敵國破謀臣世無先臣宣力之效才非丘園耿介之秀尚書舜曰予欲宣力四方汝爲易曰賁于丘園束帛戔戔王肅曰隱處丘園道德弥明必有束帛之聘楚辭曰獨耿介而不隨皇澤廣被惠濟無遠四子講德論曰皇澤豐沛尚書曰無遠弗屆擢自群萃累蒙榮進國語曰群萃而同處

賈逵曰萃亦聚也入朝九載歷官有六身登三閣官成兩宮臧榮
緒晉書曰太熙末太傅楊駿辟機爲祭酒駿誅徵爲太子洗馬吳王出鎮淮南以機爲郎中令遷尚書中兵郎轉殿中郎又爲著作郎晉令曰秘書郎掌中外三閣經書兩宮東宮及上臺也服冕乘軒仰
齒貴游左傳衛太子謂渾良夫曰服冕乘軒三死無與杜預傳注曰齒列也周禮曰師氏以三德教國
子凡國之貴游子弟學焉振景拔迹顧邈同列臣瓚漢書注曰邈凌邈也施重山
岳義足灰沒葛龔讓州辟文曰恩重山岳言君之義我身如灰之滅不足報也遭國顛
沛無節可紀雖蒙曠盪臣獨何顏俛首頓膝憂愧若厲
中謝周易曰夕惕若厲而横爲故齊王冏九永所見枉陷誣臣與衆
人共作禪文王隱晉書曰齊王冏字景治趙王倫篡位冏舉兵討倫臨陳斬之禪文倫受禪之文
幽執囹圄當爲誅始司馬遷書曰深幽囹圄之中臣之微誠不負天

地倉卒之際慮有逼迫乃與弟雲及散騎侍郎袁瑜王隱晉書曰袁瑜字世都中書侍郎馮熊馮熊字文羆尚書右丞崔基廷尉正顧榮顧榮字彥先汝陰太守曹武晉百官名曰曹武字道淵思所以獲免陰蒙避迴岐一作嶇崎嶇自列言密自蒙蔽避迴岡黨岐嶇艱阻得自申列也廣雅曰列陳也片言隻字不關其間事蹤筆跡皆可推校王隱晉書曰機與吳王晏表曰禪文本草今見在中書一字一迹自可分別蔡邕書曰惟是筆跡可以當面而一朝翻然更以爲罪蕞爾之生尚不足恡左傳子產曰諺云蕞爾之國杜預曰蕞小貌也說文曰尚曾也孔安國尚書傳曰恡惜也區區本懷實有可悲李陵書曰區區之心切慕此爾畏逼天威即罪惟謹天威已見上讓開府表公羊傳曰不即罪爾何休曰不就罪也漢書曰終軍詰徐偃請下御史徵偃即罪論語曰子在宗廟朝廷便便言惟謹爾鉗口結舌不

悵悵　别本　陛下乃惠帝也　何焯說　共機宫為成都板授故注云然

敢上訴所天莊子曰鉗墨翟之口慎子曰臣下閉口主右結舌潛夫論曰臣鉗口結舌而不敢言左傳箴尹克黃曰君天也何休墨守曰君者臣之天也莫大之釁日經聖聽孝經曰五刑之屬三千而罪莫大於不孝肝血之誠終不一聞所以臨難慷慨而不能不悵悵者惟此而已重蒙陛下愷悌之宥陛下謂成都也毛詩曰愷悌君子杜預左傳注曰宥赦也迴霜收電使不隕越威如霜已見西征賦荀悅申鑒曰人主威如雷電之震左傳齊侯對宰孔曰小白恐隕越于下復得扶老攜幼生出獄戶戰國策曰薛人扶老攜幼迎孟嘗君道中懷金拖紫退就散輩楊子法言曰使我紆朱懷金其樂不可量也解嘲曰紆青拖紫拖徒我切感恩惟咎五情震悼文子曰昔中黃子曰色有五章人有五情跼天蹐地若無所容中謝毛詩曰謂天蓋高不敢不跼謂地蓋厚不敢不蹐史記曰魏公子自責似若無所容跼音局蹐精亦切不悟日月之明遂

垂曲照雲雨之澤播及朽瘁尚書武王曰惟我文考若日月之照臨范曄後漢書鄧騭上疏曰被雲雨之渥澤也忘臣弱才身無足采哀臣零落罪有可察苟削丹書得夷平民左傳曰斐豹隸也著於丹書書曰延及平民則塵洗天波謗絕衆口臣之始望尚未至是猥辱大命顯授符虎漢書文紀曰初與郡守爲銅虎符竹使符使春枯之條更與秋蘭垂芳陸沈之羽復與翔鴻撫翼莊子曰孔子之楚其鄰有夫妻臣妾登極者仲尼曰是陸沈者也班固漢書張陳述曰攜手遂秦撫翼俱起雖安國免徒起紆青組漢書曰韓安國事梁孝王爲中大夫其後安國坐法抵罪梁內史缺漢使使者拜安國爲梁內史起徒中爲二千石張敞亡命坐致朱軒漢書張敞爲京兆尹坐與楊惲厚善不宜處位免爲庶人數月冀州部中有大賊天子思敞功使使召敞敞即裝隨使者詣公車上書天子引敞見拜爲冀州刺史敞起亡命復奉使典州命名也謂

所犯罪名已定而逃亡避之謂之亡命青組朱軒並二千石之車飾方臣所荷未足為泰豈臣蒙垢含忝所宜忝竊范曄後漢書陳蕃曰鄙忝之萌復存于心方言曰貪而不施謂之忝非臣毀宗夷族所能上報喜懼參并悲慙哽結拘守常憲當便道之官如淳漢書注曰律二千石以上告歸寧不過行在所者便道之官無問也不得束身奔走稽顙城闕瞻係天衢馳心輦轂天衢已見上薦禰衡表輦轂已見上求通親親表臣不勝屏營延仰謹拜表以聞國語申胥曰昔楚靈王獨行屏營

勸進表

何法盛晉書曰劉琨連名勸進中宗嘉之晉紀曰劉琨作勸進表無所點竄封印既畢對使者流涕而遣之

劉越石

幽音幺

別本 下同

建興五年（晉書曰建興閔帝年號）三月癸未朔十八日辛丑使持
節散騎常侍都督河北并冀幽三州諸軍事領護匈
奴中郎將司空并州刺史廣武侯臣琨使持節侍中都
督冀州諸軍事撫軍大將軍冀州刺史左賢王渤海公
臣磾頓首死罪上書臣琨臣磾頓首頓首死罪死罪臣
聞天生蒸人樹之以君所以對越天地司牧黎元（左傳邾文公曰天生人而樹之君以利之也典引曰發祥流慶對越天地左傳師曠曰天生人而立之君使司牧之勿使失性孝經鉤命決曰天有顧盼之義授圖干黎元）
聖帝明王鑒其若此（易緯曰聖帝明王所以致太平）
知天地不可以乏饗食故屈其身以奉之（范曄後漢書袁紹上疏曰洛邑乏祀荀悅申鑒曰聖王屈己以申天下之樂）
知黎元不可以無主故

不得已而臨之。東觀漢記馮異曰更始敗亡天下無主莊子曰君子不得已而臨莅天下也社稷時難，則戚藩定其傾；郊廟或替，則宗哲纂其祀。所以弘振遐風，式固萬世。韋秀衛公誄曰御睎遐風重輝冠世毛詩曰式固爾猶三五以降，靡不由之。史記楚子西曰孔丘述三五之法明周召之業臣琨、臣磾頓首頓首，死罪死罪。伏惟高祖宣皇帝肇基景命，王隱晉書曰宣皇帝河内温人今上受禪追上尊號曰宣皇帝尚書武王曰至于大王肇基王迹詩曰景命有僕毛萇曰僕附也鄭玄曰天之大命又附著於汝世祖武皇帝遂造區夏，世祖武帝廟號書曰惟丕顯考文王用肇造我區夏三葉重光，四聖繼軌，三世謂景宣文四聖謂武帝也書曰昔我文王武王宣重光廣雅曰軌跡也惠澤侔於有虞，卜年過於周氏。左傳王孫滿曰成王定鼎郟鄏卜世三十卜年七百自元康以來，艱禍繁興，晉書曰惠帝即位改

原文御作馭

元日元康永嘉之際氛厲彌昏永嘉懷帝年號宸極失御登遐醜裔王隱晉書懷紀曰羯賊劉曜破洛皇帝崩於平陽宸極踰帝位苔賓戲曰周失其御禮曰天王崩告喪曰天王登遐國家之危有若綴旒公羊傳曰君若贅旒然贅猶綴也何休曰旒旗旒也以譬者言爲下所執持東西爾賴先后之德宗廟之靈皇帝嗣建舊物克甄王隱晉書懷紀曰洛陽破大司馬南陽王保於長安立秦王爲皇太子懷帝崩皇太子即位左傳伍員曰少康祀夏配天不失舊物鄭延玄尚書緯注曰甄表也誕授欽明服膺聰哲欽明已見上求通親親表禮曰服膺拳拳玉質幼彰金聲夙振應劭漢官儀曰太子太傅琢磨玉質言太子有王之質琢磨以道也孟子曰孔子之謂集大成集大成也者金聲而玉振之也冢宰攝其綱百辟輔其治尚書曰冢宰掌邦治統百官包咸論語注曰攝猶兼也毛詩曰不顯維德百辟其刑之四海想中興之美羣生懷來蘇之望毛詩序曰宣王任賢使能周室中興尚書

曰傒我后后來其蘇不圖天不悔禍大災荐臻左傳鄭伯曰天其悔禍于許國

未忘難寇害尋興左傳宮辰曰人未忘禍王又興之逆胡劉曜縱逸西

都何法盛晉書胡録曰建興四年劉載使劉曜寇長安敢肆犬羊凌虐天邑漢名臣奏

曰太尉應劭等議以爲鮮卑隔在漠北犬羊爲群尚書曰肆予敢求爾于天邑商臣等奉表使

還仍承西朝以去年十一月不守主上幽劫復沈虜庭

干寶晉愍紀曰賊入掠京都劉粲寇于城下天子蒙塵于平陽傳暢諸公讚曰葛藩傳檄平陽求連和迎上上

於是見害謝承後漢書序曰黄他求沒將投骸虜庭神器流離再辱荒逆冉謂懷愍二帝老子曰天下神器不可爲爲者敗之

韋昭曰神器天子璽符服御之物也臣每覽史籍觀之前載小雅曰載事也厄運

之極古今未有苟在食土之毛含氣之類左傳芋尹無宇謂楚子曰

食土之毛誰非君臣三略曰含氣之類咸願得志莫不叩心絶氣行號巷哭新序

三世謂三帝也

子貢曰子產死國人聞之皆叩心流涕曰子產已死吾將安歸皆巷哭況臣等荷寵三世位廁鼎司三世謂邁至琨也王隱晉書曰琨祖邁相國參軍父蕃太子洗馬侍御史鼎司謂司空也謝承後漢書序曰王龔幹事遂陟鼎司承問震惶精爽飛越謝承後漢書竇武上疏曰奉承詔命精爽隕越且悲且惋五情無主五情已見上謝平原內史表注莊子葉公見龍失其魂魄五情無主舉哀朔垂上下泣血謝承後漢書胡母班書曰董卓起朔垂毛詩曰鼠思泣血臣琨臣磾頓首頓首死罪死罪臣聞昬明迭用否泰相濟昬明謂晝夜也文子曰春秋之代謝日月之晝夜孫卿子曰日月遞照周易曰泰者通也物不可終通故受之以否天命未改歷數有歸左氏傳王孫滿謂楚子曰周德雖衰天命未改書曰天之歷數在爾躬或多難以固邦國或殷憂以啓聖明左氏傳曰楚使椒舉如晉求諸侯晉侯欲勿許司馬侯曰不可鄰國之難不可虞也或多難以固其國啓其疆土齊

有仲孫之難而獲桓公至今賴之晉有里丕之難而獲文公是以爲盟主也韓詩曰耿耿不寐如有殷憂啓聖見下注齊有無知之禍而小白爲五伯之長左傳曰初齊襄公立無常鮑叔牙曰君使民慢亂將作矣奉公子小白出奔莒亂作管夷吾召忽奉公子糾來奔雍廩殺無知公伐齊納子糾桓公自莒先入晉有驪姬之難而重耳主諸侯之盟左傳曰初晉獻公以驪姬爲夫人夫人譖太子太子縊于新城遂譖二公子曰皆知之重耳奔蒲夷吾奔屈漢書路温舒曰齊有無知之禍而桓公以興晉有驪姬之難而文公用伯繇是觀之禍亂之作將以開聖人也社稷靡安必將有以扶其危鹽鐵論曰定傾扶危黔首幾絕必將有以繼其緒史記曰秦更民名曰黔首伏惟陛下玄德通於神明聖姿合於兩儀陛下謂元帝也書曰玄德升聞乃命以位孝經援神契曰十世升平至德通神明兩儀天地也易曰易有太極是生兩儀應命代之期紹千載之運孟子曰五百年必有王者與其間必有名世者

也廣雅曰命名也桓子新論曰夫聖人乃千載一出賢人君子所想思而不可得見也夫符瑞之表天人有徵東觀漢記群臣上奏世祖曰符瑞之應昭然著聞矣中興之兆圖讖垂典自京畿隕喪九服崩離曹子建責躬詩曰得會京畿周書曰乃辨九服之國方千里曰王圻其外曰侯服甸服男服采服衛服蠻服夷服鎮服蕃服論語子曰邦分崩離析天下囂然無所歸懷班固漢書贊曰海內囂然喪其樂生之心雖有夏之遘夷羿宗姬之離犬戎蔑以過之左氏傳曰魏絳對晉侯曰昔有夏之方衰也后羿自鉏遷于窮石因夏人以代夏政又曰夷羿收之杜預曰夷氏也史記曰幽王嬖愛襃姒竟廢后立襃姒爲后廢后父申侯乃與西夷犬戎共攻幽王遂殺幽王驪山之下陛下撫寧江左奄有舊吳王隱晉書曰元帝琅邪共王之長子永興元年就國二年加揚州諸軍事韋孟諷諫詩曰撫寧遐荒江左江東也春秋歷序曰東方爲左毛詩曰奄有龜蒙柔服以德伐叛以刑左氏傳晉隨武子曰伐叛

刑也柔服德也抗明威以攝不類杖大順以肅宇內尚書曰我有周佑命將天明威漢書音義曰攝安也禮記曰天子以德爲車以樂爲御諸侯以禮相與大夫以法相序天下之肥也是謂大順純化既敷則率土宅心義風既暢則遐方企踵尚書曰汝丕遠惟商耇成人宅心知訓劇秦美新曰海外遐方延頸企踵百揆時敘于上四門穆穆于下書曰納于百揆百揆時敘賓于四門四門穆穆昔少康之隆夏訓以爲美談左氏傳伍員謂吳子曰昔有過澆滅夏后相后緡方娠逃出自竇歸于有仍生少康焉爲仍牧正以收夏衆使女艾諜澆遂滅過戈復禹之績澆五叫切公羊傳曰魯人至今以爲美談宣王之興周詩以爲休詠毛詩序曰烝民尹吉甫美宣王也任賢使能周室中興焉況茂勳格于皇天清輝光于四海尚書曰昔成湯既受命時則有若伊尹格于皇天孝經曰孝悌之至通于神明光于四海蒼生顒然莫不欣戴尹文子曰堯德化布于四海仁惠被于蒼

生淮南子曰聖人呼吸陰陽之氣而群生莫不喁喁然
仰其德以和順國語祭公謀父曰商王大惡庶人不忍
欣戴武王聲教所加願爲臣妾者哉尚書曰朔南暨聲教史記張良曰百姓莫不願
爲臣妾且宣皇之胤惟有陛下王隱晉書曰元皇帝宣帝之曾孫左傳介之推曰獻
公之子九人惟君在矣億兆攸歸曾無與二尚書曰受有億兆夷人晏子春秋晏子謂
魯哀公曰君矯魯國化而爲一心君曾无與二何暇有三乎天祚大晉必將有主主
晉祀者非陛下而誰法言曰昔在有熊高辛唐虞三代咸有顯德故天因而祚之左傳介
之推曰天未絶晉必將有主主晉祀者非君而誰是以邇無異言遠無異望漢書
曰霍光以内外異言左傳叔向曰我先君文公人從而與之獻无異親民无異望矣謳歌者無不
吟詠徽猷獄訟者無不思于聖德孟子曰堯崩三年之喪畢舜讓避丹朱於
南河之南天下朝覲訟獄者不之堯之子而之舜謳歌
者不謳歌堯之子而謳歌舜曰天也夫而後歸中國踐

原文作上下相發允答

晉書無

原然莫作鏌

天子之位焉詩曰君子有徽猷荅賓戲曰用納乎聖德天地之際既交華裔之情允洽封禪書曰天人之際已交上下之情允洽左傳孔子曰裔不謀夏夷不亂華一角之獸連理之木以爲休徵者蓋有百數春秋感精符曰麟一角明海内共一主也王者不刳胎不剖卵則出於郊孝經援神契曰德至草木則木連理尚書有休徵函都賓曰㲉乎斯列者盖以百數冠帶之倫要荒之衆冠帶謂中國也西蜀父老曰封疆之内冠帶之倫尚書曰五百里要服五百里荒服也不謀而同辭者動以萬計周書曰不謀同辭會於武王郊下羽獵賦曰枚莫邪而羅者万計矣是以臣等敢考天地之心因函夏之趣昧死以上尊號漢書楊雄河東賦曰函夏之大漢書又曰諸侯昧死再拜言上尊號願陛下存舜禹至公之情狹巢由抗矯之節以社稷爲務不以小行爲先東觀漢記群臣上奏世祖曰大王社稷爲計万姓爲心漢書賈誼上書曰人主

文三十七　六

難

之行異布衣布衣節小行以自託於鄉黨人主惟社稷固爾以黔首爲憂不以克讓
爲事書曰允恭克讓上以慰宗廟乃顧之懷下以釋普天傾首
之望詩曰乃眷西顧又曰溥天之下漢書翟義曰天下傾首服從莫能抗扞國難則所謂生
繁華於枯荑育豐肌於朽骨易曰枯楊生稊王弼曰稊者楊之秀稊与荑通左傳
蘧子馮曰所謂生死而肉骨神人獲安無不幸甚尚書帝曰夔命汝典樂神人以和
漢書漢王曰以韓信爲大將軍蕭何曰幸甚臣琨臣磾頓首頓首死罪死罪
臣聞尊位不可久虛萬機不可久曠史記李斯曰明主聖皇所能久勵尊
位東觀漢記諸將上奏世祖曰帝王不可以久曠虛之一日則尊位以殆曠之
浹辰則萬機以亂公羊傳曰緣臣之心不可一日无君左氏傳君子曰莒恃陋不修其城郭
浹辰之間而楚尅其二都杜預曰浹辰十二日也方今鍾百王之季當陽九之

會曹植九詠章句曰鍾當也班固漢書賛曰漢承百王之弊左傳叔向問晏子曰齊其何如晏子曰此季世也漢書曰陽九之厄曰初入百六陽九音義曰易傳所謂陽九之厄百六之會狡寇窺窬伺國瑕隙左氏傳師服曰民服其上下无覬覦杜預曰下不冀望上位也窬与覦同杜預左傳注曰狡猾也說文曰窺小視也文曰覦欲也毛萇詩傳曰瑕猶過也隙閒隙也齊人波蕩無所繫心安可以廢而不恤哉漢書曰富人博戲亂齊人如淯曰齊民齊等無有貴賤故謂之齊若今平民也范曄後漢書李熊說公孫述曰方今四海波蕩匹夫横議谷永集曰國家久無繼嗣天下无所繫心陛下雖欲逡巡其若宗廟何其若百姓何公羊傳曰齊侯逡巡而謝范曄後漢書馬武謂世祖曰大王雖欲執謙退奈宗廟社稷何昔惠公虜秦晉國震駭呂郤之謀欲立子圉外以絕敵人之志內以固闔境之情故曰喪君有君群臣輯穆好我者勸惡我者懼左傳僖十五年

原文不作非

晉與秦戰于韓原秦伯獲晉侯以歸乃許晉平晉侯使郤乞告瑕呂飴甥且召之呂甥曰將若君何衆皆曰何爲而可對曰征繕以輔孺子諸侯聞之喪君有君羣臣輯睦甲兵益多好我者勸惡我者懼庶有益乎茀子曰方二千餘里闔四境之內前事之不忘後代之元龜也戰國策張孟談謂趙襄子曰前事之不忘後事之師也吳志魏文帝策命孫權曰前代之懿事後王之元龜陛下明並日月無幽不燭家語孔子曰所謂聖者明並日月東都賦曰散皇明以燭幽深謀遠慮出自胷懷過秦論曰深謀遠慮行軍用兵之道不及曩時之士也不勝犬馬憂國之情遲覩人神開泰之路史記丞相翟青曰臣不勝犬馬心是以陳其乃誠布之執事左氏傳晉使呂相絕秦曰敢盡布之執事臣等各忝守方任職在遐外不得陪列闕庭共觀盛禮踊躍之懷南望罔極謹上臣琨謹遣兼左長史右司馬臣溫嶠王隱晉書曰溫嶠字泰真太原人也劉琨假守左長史西臺除司

空右司馬五年琨使詣江南主簿臣辟閭訓臧榮緒晉書曰辟閭訓字祖明樂安人也沒石勒爲幽州刺史臣磾遣散騎常侍征虜將軍清河太守領右長史高平亭侯臣榮卲晉百官名曰榮卲字茂世北平人爲清河太守輕車將軍關內侯臣郭穆百官名曰郭穆字景通沒胡中奉表臣琨臣磾等頓首頓首死罪死罪

三十七　七月二日　你覽